Suzanne Collins

GREGOR

UND DIE GRAUE PROPHEZEIUNG

Aus dem Englischen von Sylke Hachmeister
Mit Vignetten von Joachim Knappe

Oetinger Taschenbuch

Außerdem bei Oetinger Taschenbuch erschienen:

Gregor und der Schlüssel zur Macht (Band 2)
Gregor und der Spiegel der Wahrheit (Band 3)
Gregor und der Fluch des Unterlandes (Band 4)
Gregor und das Schwert des Kriegers (Band 5)

MIX
Papier aus verantwortungsvollen Quellen
FSC® C014496

Das für dieses Buch verwendete FSC®-zertifizierte
Papier Danube liefert Salzer Papier, St. Pölten, Austria.
Der FSC® ist eine nicht staatliche, gemeinnützige Organisation,
die sich für eine ökologische und sozialverantwortliche
Nutzung unserer Wälder einsetzt.

Sonderausgabe
1. Auflage 2015
Oetinger Taschenbuch GmbH, Hamburg
Juni 2015

Dieses Werk wurde vermittelt durch die Literarische Agentur
Thomas Schlück GmbH, Garbsen

Aus dem Englischen von Sylke Hachmeister
Titelbild und Vignetten: Joachim Knappe
Umschlaggestaltung: Kathrin Steigerwald
Druck: GGP Media GmbH, Pößneck
ISBN 978-3-8415-0377-0

www.oetinger-taschenbuch.de

Für meine Eltern

Teil 1

DER FALL

1. Kapitel

Gregor hatte die Stirn so lange gegen das Fliegengitter gedrückt, dass er das Muster der winzigen Quadrate über den Augenbrauen spürte. Er strich mit den Fingern über die Unebenheiten und widerstand der Versuchung, den Höhlenmenschenschrei auszustoßen, der sich in seiner Brust angestaut hatte. Es war ein langes gutturales Heulen, das für echte Notfälle reserviert war – wenn man zum Beispiel ohne Keule einem Säbelzahntiger in die Arme lief oder wenn einem mitten in der Eiszeit das Feuer ausging. Gregor machte den Mund auf und atmete tief ein, aber dann schlug er wieder nur mit dem Kopf gegen das Fliegengitter und ließ leise einen Frustlaut heraus. »Umpf.«

Schreien würde ja sowieso nichts ändern. Rein gar nichts. Nichts an der Hitze, nichts an der Langeweile, nichts an dem endlosen Sommer, der vor ihm lag.

Er überlegte, ob er seine zweijährige Schwester Boots wecken sollte, nur um ein bisschen Ablenkung zu haben, aber er ließ sie schlafen. Sie hatte es wenigstens kühl in dem klimatisierten Schlafzimmer, das sie sich mit ihrer siebenjährigen Schwester Lizzie und der Großmutter teilte. Es war der einzige klimatisierte Raum in der Wohnung. In den ganz heißen Nächten legten sich Gregor und seine Mutter manchmal mit Steppdecken auf den Fußboden dazu, aber mit fünf Leuten in einem Zimmer war es nicht kühl, höchstens lauwarm.

Gregor nahm einen Eiswürfel aus dem Gefrierschrank und rieb sich damit übers Gesicht. Er starrte hinaus auf den Hof, wo ein streunender Hund an einer überquellenden Mülltonne schnüffelte. Der Hund stellte sich mit den Vorderpfoten auf den Rand der Mülltonne und warf sie um. Der Inhalt ergoss sich quer über den Gehweg. Gregor sah ein paar Schatten über die Wand huschen und verzog das Gesicht. Ratten. An die hatte er sich immer noch nicht richtig gewöhnt.

Ansonsten war der Hof verlassen. Normalerweise waren da lauter Kinder, die Ball spielten, Seil hüpften oder in den quietschenden Klettergerüsten hingen. Aber heute Morgen war der Bus zum Ferienlager abgefahren und hatte alle Kinder zwischen vier und vierzehn mitgenommen. Alle bis auf eins.

»Tut mir Leid, Schatz, du kannst nicht mit«, hatte seine Mutter ihm vor ein paar Wochen gesagt. Und er hatte ihr angesehen, dass es ihr wirklich Leid tat. »Einer muss auf Boots aufpassen, wenn ich arbeite, und du weißt ja, dass deine Großmutter das nicht mehr schafft.«

Natürlich wusste er das. Seit einem Jahr passierte es immer mal wieder, dass seine Großmutter aus der Wirklichkeit rutschte. Im einen Moment war sie glasklar und im nächsten Moment nannte sie ihn plötzlich Simon. Wer war Simon? Er hatte keine Ahnung.

Vor ein paar Jahren wäre alles anders gewesen. Damals hatte seine Mutter nur Teilzeit gearbeitet, und sein Vater, der an der Highschool Naturwissenschaften unterrichtete, hatte im Sommer frei. Er hätte sich um Boots gekümmert. Doch seit sein Vater eines Nachts verschwunden war, hatte sich Gregors Rolle in der Familie verändert. Er war der Älteste, also blieb vieles an ihm hängen – nicht zuletzt, sich um die beiden kleinen Schwestern zu kümmern.

Also hatte Gregor nur gesagt: »Ist schon gut, Mom. Ferienlager ist sowieso was für Babys.« Er zuckte die Schultern, um zu zeigen, dass er mit seinen elf Jahren über so etwas wie ein Ferienlager hinaus war. Aber da hatte seine Mutter nur noch trauriger ausgesehen.

»Soll Lizzie auch dableiben? Damit du ein bisschen Gesellschaft hast?«, fragte sie.

Lizzie sah entsetzt aus, als sie das hörte. Hätte Gregor das Angebot angenommen, wäre sie wahrscheinlich in Tränen ausgebrochen. »Nee, sie kann ruhig fahren. Ich komme mit Boots schon klar.«

Da stand er jetzt also. Und kam überhaupt nicht klar. Kam nicht klar damit, dass er den ganzen Sommer mit einer Zweijährigen und seiner Großmutter eingesperrt war, die dachte, er sei jemand namens …

»Simon!«, rief seine Großmutter aus dem Schlafzimmer. Gregor schüttelte den Kopf, ein wenig lächeln musste er trotzdem.

»Ich komme, Oma!«, rief er und zerknirschte den restlichen Eiswürfel mit den Zähnen.

Das Zimmer war von einem goldenen Leuchten erfüllt, als die Nachmittagssonne versuchte sich durch die Jalousien zu zwängen. Seine Großmutter lag auf dem Bett unter einer Patchworkdecke aus dünner Baumwolle. Alle Flicken der Decke stammten von Kleidern, die sie sich im Laufe der Jahre geschneidert hatte. In ihren lichteren Momenten erzählte sie Gregor von der Decke. »Diesen Tüpfelmusselin habe ich mit elf zur Abschlussfeier meiner Cousine Lucy getragen, das zitronengelbe Stück war ein Sonntagskleid, und das Weiße ist ein Stück von meinem Brautkleid, so wahr ich hier liege.«

Jetzt war allerdings keiner ihrer lichteren Momente. »Simon«, sagte sie, und als sie ihn sah, spiegelte sich Erleichterung auf ihrem Gesicht. »Ich dachte schon, du hättest deinen Henkelmann vergessen. Pflügen macht hungrig.«

Seine Großmutter war auf einer Farm in Virginia aufgewachsen und nach New York gekommen, als sie seinen

Großvater geheiratet hatte. Sie war hier nie richtig heimisch geworden. Manchmal war Gregor insgeheim froh darüber, dass sie in Gedanken zu ihrer Farm zurückkehren konnte. Und ein bisschen neidisch. Es war kein Spaß, die ganze Zeit in der Wohnung rumzuhängen. Um diese Zeit kam der Bus wahrscheinlich am Ferienlager an, und die anderen würden …

»Ge-go!«, jammerte ein Stimmchen. Ein Lockenkopf guckte aus dem Kinderbett heraus. »Ich raus!« Boots nahm das durchweichte Schwanzende eines Plüschhundes in den Mund und streckte beide Arme nach Gregor aus. Gregor hob seine Schwester hoch in die Luft und prustete laut auf ihren Bauch. Sie kicherte und der Hund fiel herunter. Gregor setzte sie ab, um ihn wieder aufzuheben.

»Vergiss deinen Hut nicht!«, sagte Oma, die immer noch irgendwo in Virginia war.

Gregor nahm ihre Hand, um ihre Aufmerksamkeit auf sich zu lenken. »Möchtest du was Kaltes trinken, Oma? Wie wär's mit einer Cola?«

Sie lachte. »Cola? Hab ich etwa Geburtstag?«

Was sollte man darauf antworten?

Gregor drückte ihre Hand und hob Boots hoch. »Bin gleich wieder da«, sagte er laut.

Seine Großmutter lachte immer noch in sich hinein. »Eine Cola!«, sagte sie und wischte sich die Augen.

In der Küche goss Gregor eiskalte Cola in ein Glas und machte Boots ein Milchfläschchen.

»Kat«, sagte sie strahlend und drückte das Fläschchen ans Gesicht.

»Ja, schön kalt, Boots«, sagte Gregor.

Ein Klopfen an der Tür ließ ihn zusammenfahren. Der Spion funktionierte schon seit gut vierzig Jahren nicht mehr. »Wer ist da?«, rief er durch die Tür.

»Ich bin's, Mrs Cormaci, Schatz. Ich hab deiner Mutter versprochen, ab vier auf deine Oma aufzupassen!«

Da fiel Gregor der Wäscheberg ein, um den er sich kümmern sollte. Immerhin würde er dadurch mal rauskommen.

Als er die Tür öffnete, sah er eine Mrs Cormaci, die von der Hitze völlig erschöpft war. »Hallo! Ist es nicht grauenhaft? Ich kann diese Hitze einfach nicht ausstehen!« Sie eilte in die Wohnung und tupfte sich das Gesicht mit einem alten Taschentuch ab. »Oh, du bist ein Schatz, ist die für mich?«, sagte sie, und ehe er etwas erwidern konnte, hatte sie die Cola schon hinuntergestürzt wie ein Verdurstender in der Wüste.

»Klar«, murmelte Gregor und ging in die Küche, um ein neues Glas einzugießen. Er hatte eigentlich nichts gegen Mrs Cormaci, und heute war er sogar fast erleichtert, sie zu sehen.

Na super, der erste Tag und ich freue mich schon auf einen Ausflug in den Wäschekeller, dachte Gregor. Im September führe ich wahrscheinlich einen Freudentanz auf, wenn die Telefonrechnung kommt.

Mrs Cormaci hielt ihm das Glas hin, damit er ihr Cola nachschenken konnte. »Und wann darf ich dir die Tarotkarten legen, junger Mann?«, fragte sie. »Du weißt ja, dass ich die Gabe habe.« Mrs Cormaci klebte Zettel an Briefkästen mit dem Angebot, für zehn Dollar pro Sitzung Tarotkarten zu legen. »Für dich ist es umsonst«, sagte sie Gregor jedes Mal. Er hatte das Angebot noch nie angenommen, weil er befürchtete, dass Mrs Cormaci ihm am Ende viel mehr Fragen stellen würde als er ihr. Fragen, die er nicht beantworten konnte. Fragen über seinen Vater.

Er murmelte etwas von der Wäsche und flitzte davon, um sie zu holen. Wie er Mrs Cormaci kannte, hatte sie schon einen Satz Tarotkarten in der Tasche.

Im Wäschekeller sortierte Gregor die Wäsche, so gut er konnte, nach Farben. Weiße Wäsche, dunkle Wäsche, Buntwäsche … Was sollte er mit Boots' schwarzweiß gestreiften Shorts machen? Er warf sie in die dunkle Wäsche und hatte das sichere Gefühl, die falsche Entscheidung getroffen zu haben. Die meisten Sachen waren sowieso irgendwie gräulich – nicht weil er sie falsch gewaschen hatte, sondern weil sie so alt waren. Gregors Shorts waren allesamt an den Knien abgeschnittene Winterhosen, und nur ein paar der T-Shirts vom letzten Jahr passten noch. Aber wenn er sowieso den ganzen Sommer in der Wohnung hocken musste, war das auch egal.

»Ball!«, rief Boots verzweifelt. »Ball!«

Gregor langte zwischen die Trockner und holte den alten Tennisball hervor, mit dem Boots gespielt hatte. Er zupfte die Fusseln vom Ball und warf ihn quer durch den Raum. Wie ein Hündchen rannte Boots hinterher.

Wie sie aussieht, dachte Gregor mit einem leisen Lachen. Wie ein kleines Ferkel! Auf Boots' Gesicht und ihrem T-Shirt waren immer noch die Spuren vom Mittagessen zu erkennen, Eiersalat und Schokoladenpudding. Die Hände hatte sie mit wasserfestem lila Filzstift angemalt, den man höchstens mit einem Sandstrahler abbekommen würde, und die Windel hing ihr bis auf die Kniekehlen herab. Es war einfach zu heiß, um ihr Shorts anzuziehen.

Boots kam mit dem Ball wieder zu ihm gelaufen, die lockigen Haare voller Fusseln. Ihr verschwitztes Gesicht strahlte, als sie ihm den Ball hinhielt. »Worüber freust du dich denn so, Boots?«, fragte er.

»Ball!«, sagte sie, und dann stieß sie mit dem Kopf gegen seine Knie, um ihn anzutreiben. Gregor warf den Ball in den Gang zwischen den Waschmaschinen und den Trocknern. Boots rannte hinterher.

Während sie weiterspielten, überlegte Gregor, wann er zuletzt so glücklich gewesen war wie Boots jetzt mit ihrem Ball. Nicht alles in den letzten Jahren war schlecht gewesen. Die Schulband hatte einen Auftritt in der Carnegie Hall gehabt. Das war ziemlich cool. Er hatte sogar ein kleines Solo auf dem Saxophon gespielt. Wenn er Musik machte, war alles besser; die Töne schienen ihn in eine andere Welt zu entführen.

Laufen war auch gut. Den Körper immer weiter anzufeuern, bis alle Gedanken aus dem Kopf gehämmert waren.

Aber wenn er ganz ehrlich war, wusste Gregor, dass er seit Jahren nicht mehr richtig glücklich gewesen war. Seit genau zwei Jahren, sieben Monaten und dreizehn Tagen, dachte er. Er versuchte nicht zu zählen, aber die Zahlen addierten sich ganz von selbst in seinem Kopf. Er hatte einen eingebauten Rechner, der immer genau wusste, wie lange sein Vater schon weg war.

Boots konnte glücklich sein. Als es passierte, war sie noch nicht mal auf der Welt. Lizzie war gerade vier. Aber Gregor war acht und hatte alles mitbekommen, zum Beispiel die verzweifelten Anrufe bei der Polizei, die beinahe gelangweilt zur Kenntnis genommen hatte, dass sein Vater sich in Luft aufgelöst hatte. Sie dachten natürlich, er wäre abgehauen. Sie hatten sogar angedeutet, dass eine andere Frau im Spiel sein könnte.

Das stimmte einfach nicht. Eins wusste Gregor ganz genau: dass sein Vater seine Mutter, ihn und Lizzie lieb hatte und dass er Boots lieb gehabt hätte.

Aber wieso war er dann ohne ein Wort gegangen?

Gregor konnte nicht glauben, dass sein Vater die Familie verlassen hatte, ohne zurückzuschauen. »Kapier es endlich«, flüsterte er sich zu. »Er ist tot.« Eine Welle von Schmerz überspülte ihn. Es stimmte nicht. Es konnte nicht wahr sein. Sein Vater würde wiederkommen, weil … weil … weil was? Weil Gregor es sich so sehr wünschte, dass es wahr werden musste? Weil sie ihn brauchten? Nein, dachte Gregor. Ich spüre es einfach. Ich weiß, dass er wiederkommt.

Die Waschmaschine schleuderte zu Ende, und Gregor verteilte die Wäsche auf mehrere Trockner. »Und wenn er zurückkommt, dann soll er mal zusehen, dass er eine gute Erklärung für sein Verschwinden hat!«, murmelte Gregor und knallte die Tür eines Trockners zu. »Zum Beispiel, dass er einen Schlag auf den Kopf gekriegt und vergessen hat, wer er ist. Oder dass er von Außerirdischen entführt worden ist.« Im Fernsehen wurden viele Leute von Außerirdischen entführt. Vielleicht gab es das wirklich.

Er spielte die verschiedenen Möglichkeiten oft in Gedanken durch, aber zu Hause sprachen sie kaum über seinen Vater. Die Nachbarn dachten, er hätte sich einfach aus dem Staub gemacht. Die Erwachsenen erwähnten ihn nie und die meisten Kinder auch nicht – praktisch jeder Zweite lebte sowieso nur mit einem Elternteil zusammen. Fremde fragten dann doch manchmal. Nachdem Gregor ein Jahr lang versucht hatte, es zu erklären, erzählte er jetzt, seine Eltern seien geschieden und sein Vater lebe in Kalifornien. Das war gelogen, aber die Leute glaubten es, während die Wahrheit niemand zu glauben schien – was auch immer die Wahrheit sein mochte.

»Und wenn er wieder zu Hause ist, gehe ich mit ihm …«, sagte Gregor laut und unterbrach sich dann selbst. Beinahe hätte er gegen die Regel verstoßen. Die Regel besagte, dass er keine Pläne für die Zeit schmieden durfte, wenn sein Vater wieder da wäre. Und da sein Vater jeden Moment wiederkommen konnte, hatte Gregor sich alle Gedanken an die Zukunft verboten. Wenn er sich konkrete Ereignisse vorstellen würde, zum Beispiel dass sein Vater Weihnachten wieder da wäre oder dass er helfen würde, das Laufteam zu trainieren, dann würden diese Ereignisse nie eintreten – das sagte ihm eine innere Stimme. Außerdem würden ihn solche Tagträume zwar sehr glücklich machen, aber umso schmerzlicher wäre es dann, auf den Boden der Tatsachen zurückzukehren. Das war also die Regel. Gregor musste mit den Gedanken in der Gegenwart bleiben und die Zukunft Zukunft sein lassen. Ihm war klar, dass das nicht gerade ein großartiges Prinzip war, aber so ließen sich die Tage immer noch am besten überstehen.

Gregor fiel auf, dass Boots schon seit einer Weile verdächtig ruhig war. Er schaute sich um und erschrak, als er sie nicht sofort entdeckte. Dann sah er eine abgewetzte lila Sandale hinter dem letzten Trockner hervorragen. »Boots! Komm da raus!«, rief Gregor.

Wenn elektrische Geräte in der Nähe waren, musste man sie im Auge behalten. Sie liebte Steckdosen.

Als er durch den Wäscheraum lief, hörte er ein metallisches Dröhnen und dann ein Kichern von Boots. Na super, jetzt zerlegt sie den Trockner, dachte Gregor und lief noch schneller. Als er an der Wand angelangt war, bot sich ihm ein merkwürdiger Anblick.

In der Wand war ein Metallgitter, hinter dem ein alter Luftschacht lag. Jetzt stand das Gitter, das oben mit zwei rostigen Scharnieren befestigt war, sperrangelweit offen. Boots schielte in die etwa sechzig mal sechzig Zentimeter große Öffnung. Von dort, wo Gregor stand, war nur ein schwarzes Loch zu sehen. Dann ein Wölkchen … was war das? Dampf? Rauch? Weder noch, wie es schien. Ein eigenartiger Dunst kam aus dem Loch und kringelte sich um Boots. Neugierig streckte sie die Arme aus und beugte sich vor.

»Nein!«, rief Gregor und versuchte sie zu packen, aber Boots' winziger Körper wurde förmlich in den Luftschacht gesogen. Ohne nachzudenken zwängte Gregor sich mit Kopf und Schultern durch das Loch. Das Metallgitter schlug ihm in den Rücken. Und dann fiel er tiefer, tiefer und immer tiefer in eine dunkle Leere hinein.

2. Kapitel

Während Gregor durch die Luft sauste, versuchte er sich so zu drehen, dass er beim Aufprall auf dem Kellerfußboden nicht auf Boots landen würde. Aber es kam kein Aufprall. Da fiel ihm ein, dass der Wäscheraum ja im Keller lag. Wo waren sie dann hineingefallen?

Die Dunstwölkchen hatten sich zu einem Nebel verdichtet, der das Licht fahl erscheinen ließ. Gregor konnte in alle Richtungen nur ein paar Meter weit sehen. Er fasste mit den Fingern verzweifelt durch den weißen Nebel, doch er fand keinen Halt. Er stürzte so schnell in die Tiefe, dass seine Kleider sich blähten.

»Boots!«, schrie er, und seine Stimme gab ein unheimliches Echo. Das Ding muss Wände haben, dachte er. Wieder rief er: »Boots!«

Irgendwo unter sich hörte er ein fröhliches Kichern. »Ge-go wuuusch!«, rief Boots.

Sie denkt, sie wär auf einer riesigen Rutsche oder so, dachte Gregor. Wenigstens hat sie keine Angst. Dafür hatte er Angst genug für zwei. Dieses komische Loch, in das sie gefallen waren, musste einen Boden haben. Es gab nur eine Möglichkeit, wie diese Wirbelfahrt durch den leeren Raum enden konnte.

Er fiel und fiel. Gregor wusste nicht genau, wie lange, aber auf jeden Fall so lange, dass es eigentlich nicht sein konnte. Es gab doch eine Grenze für die mögliche Tiefe eines Lochs. Irgendwann musste man im Wasser landen oder auf einem Felsen oder auf den Erdplatten oder so.

Es war wie der Albtraum, den er manchmal hatte. In dem Traum war er immer hoch oben, irgendwo, wo er nicht sein sollte, zum Beispiel auf dem Dach seiner Schule. Er ging am Rand entlang, und plötzlich gab der feste Boden unter seinen Füßen nach und er segelte nach unten. Alles löste sich auf, nur das Gefühl des Fallens blieb, der näher kommende Boden, der Schrecken. Genau im Moment des Aufpralls wachte er jedes Mal schweißgebadet und mit wildem Herzklopfen auf.

Es ist ein Traum! Ich bin im Wäschekeller eingeschlafen, und das ist der verrückte Traum, den ich immer habe!, dachte Gregor. Natürlich! Was soll es sonst sein?

Das Bewusstsein, dass er nur schlief, beruhigte ihn, und er begann die Zeit zu messen. Eine Armbanduhr hatte er nicht, aber Sekunden zählen konnte jedes Kind.

»Einundzwanzig … zweiundzwanzig … dreiundzwanzig ...« Bei einundneunzig gab er auf und bekam allmählich wieder Panik. Selbst in einem Traum musste man irgendwann landen, oder?

In diesem Moment bemerkte Gregor, dass sich der Nebel ein wenig lichtete. Er konnte eine glatte runde Wand erkennen. Offenbar fiel er durch ein riesiges dunkles Rohr. Von unten her spürte er einen Wind aufsteigen. Die letzten Dunstwolken verzogen sich und Gregor fiel langsamer. Seine Kleider legten sich wieder an seinen Körper.

Unter sich hörte er einen leisen Schlag und dann das Trippeln von Boots' Sandalen. Kurz darauf hatte er selbst wieder festen Boden unter den Füßen. Er versuchte sich zu orientieren, wagte sich jedoch nicht zu bewegen. Völlige Finsternis umgab ihn. Während seine Augen sich an die Dunkelheit gewöhnten, bemerkte er einen schwachen Lichtstrahl zu seiner Linken.

Dahinter ertönte ein fröhliches Kieksen. »Käfer! Goßer Käfer!«

Gregor lief auf das Licht zu, das durch einen schmalen Spalt zwischen zwei glatten Felswänden drang. Er schaffte es so gerade, sich durch die Öffnung zu quetschen, stieß dann mit dem Turnschuh gegen etwas und verlor das Gleichgewicht. Er stolperte zwischen den Felswänden hervor und landete auf Händen und Knien.

Als Gregor den Kopf hob, schaute er in das Gesicht des größten Kakerlaks, den er je gesehen hatte.

In ihrem Wohnblock gab es einige beeindruckende Exemplare. Mrs Cormaci behauptete, aus ihrem Badewannenabfluss sei einmal ein Vieh so groß wie ihre Hand gekrochen, und das hatte auch niemand bezweifelt. Aber das Krabbeltier, dem Gregor jetzt gegenüberstand, ragte mindestens einen Meter zwanzig in die Höhe. Zugegeben, es saß aufrecht auf den Hinterbeinen, eine für einen Kakerlak sehr unnatürliche Haltung, aber trotzdem …

»Goßer Käfer!«, rief Boots wieder, und Gregor schaffte es, den Mund zuzuklappen. Er setzte sich auf, aber er musste immer noch den Kopf heben, um den Kakerlak zu sehen, der so etwas wie eine Fackel in der Hand hielt. Boots trippelte zu Gregor herüber und zupfte am Ausschnitt seines T-Shirts. »Gooooßer Käfer!«, sagte sie wieder.

»Ja, das sehe ich auch, Boots. Ein großer Käfer!«, sagte Gregor gedämpft und nahm sie fest in die Arme. »Ein … sehr … großer … Käfer.«

Er überlegte fieberhaft, was Kakerlaken fraßen. Müll, verdorbenes Essen … Menschen? Er konnte sich nicht vorstellen, dass sie Menschen fraßen. Jedenfalls nicht die kleinen. Vielleicht würden sie gern Menschen fressen, wenn man sie nicht vorher tottrampeln würde. Wie dem auch sei, jetzt war nicht der richtige Moment, um es herauszufinden.

Vorsichtig schlich Gregor zurück zu der Felsspalte und versuchte dabei, möglichst lässig zu wirken. »Also dann,

Herr Kakerlak, wir müssen weiter, tut mir Leid, wenn wir Sie gekäfert, ich meine geärgert haben, ich meine …«

»Riecht was so gut, riecht was?«, zischelte eine Stimme, und es dauerte bestimmt eine Minute, bis Gregor begriff, dass es die Stimme des Kakerlaks war. Er war zu verdattert, um den Sinn der merkwürdigen Worte zu erfassen.

»Öh … wie bitte?«, brachte er hervor.

»Riecht was so gut, riecht was?«, zischelte die Stimme wieder. Es klang nicht drohend, eher neugierig und ein wenig aufgeregt. »Ist kleines Mensch, ist?«

Na gut, wir haben es hier mit einem Riesenkakerlak zu tun, dachte Gregor. Bleib schön ruhig und freundlich und antworte ihm. Er will wissen »Riecht was so gut, riecht was?«. Also, sag's ihm. Gregor zwang sich, einmal tief durch die Nase zu atmen. Er bereute es sofort. Es gab nur eins, was so roch.

»Ich Kacka!«, rief Boots, als hätte sie nur auf ihren Einsatz gewartet. »Ich Kacka, Ge-go!«

»Meine Schwester braucht eine frische Windel«, sagte Gregor, dem die Sache etwas peinlich war.

Wenn Gregor den Kakerlak richtig verstand, zeigte er sich beeindruckt. »Ahhh. Näher kommen können wir, näher kommen?«, fragte er und scharrte sacht mit einem Vorderbein.

»Wir?«, sagte Gregor. Dann sah er die anderen Gestalten, die sich um sie herum aus der Dunkelheit erhoben. Die glatten schwarzen Hügel, die er für Felsen gehalten hatte, waren in Wirklichkeit die Hinterteile von rund einem Dutzend Kakerlaken. Begierig scharten sie sich um Boots, streckten ihre Fühler aus und bebten verzückt.

Boots, die für ihr Leben gern Komplimente bekam, merkte sofort, dass sie bewundert wurde. Sie streckte ihre speckigen Ärmchen zu den Rieseninsekten aus. »Ich Kacka«, sagte sie huldvoll, und die Kakerlaken zischelten beifällig.

»Ist sie Prinzessin, Überländer, ist sie? Ist sie Königin, ist sie?«, fragte der Anführer und senkte unterwürfig den Kopf.

»Boots? Königin?«, fragte Gregor. Auf einmal musste er lachen.

Das Geräusch schien die Kakerlaken zu verwirren, und sie wichen steif zurück. »Lacht warum, Überländer, lacht warum?«, zischelte einer, und Gregor begriff, dass er sie beleidigt hatte.

»Weil wir, na ja, wir sind arm und sie ist ziemlich verdreckt und … warum nennt ihr mich Überländer?«, fragte er schließlich lahm.

»Bist du nicht Überländermensch, bist du? Nicht Unterländer du«, sagte der Kakerlak mit der Fackel, während er ihn scharf ansah. »Siehst sehr so aus, aber riechst nicht so.«

Jetzt schien dem Anführer etwas zu dämmern. »Ratte schlecht.« Er drehte sich zu seinen Kameraden um. »Lassen wir Überländer hier, lassen wir?« Die Kakerlaken scharten sich zusammen, um zu beratschlagen. Alle redeten durcheinander.

Gregor schnappte ein paar Gesprächsfetzen auf, aus denen er jedoch nicht schlau wurde. Die Kakerlaken waren so in die Diskussion vertieft, dass er wieder an Flucht dachte. Er schaute sich um. Im schwachen Schein der Fackel sah es so aus, als befänden sie sich in einem langen, niedrigen Tunnel. Wir müssen wieder rauf, dachte Gregor, nicht links oder rechts lang. Niemals würde er mit Boots auf dem Arm die Wände des Lochs hochklettern können, durch das er gefallen war.

Die Kakerlaken waren sich einig. »Kommt ihr, Überländer. Bringen zu Menschen«, sagte der Anführer.

»Menschen?«, sagte Gregor erleichtert. »Hier unten gibt's andere Menschen?«

»Reitest du, reitest du? Rennst du, rennst du?«, fragte der Kakerlak, und Gregor begriff, dass das ein Angebot war, ihn mitzunehmen. Der Kakerlak sah nicht kräftig genug aus, um ihn zu tragen, aber Gregor wusste, dass manche Insekten, zum Beispiel Ameisen, das Vielfache ihres eigenen Gewichts tragen konnten. Trotzdem hatte er die ekelhafte Vorstellung, den Kakerlak beim Versuch, sich auf ihn zu setzen, zu zerquetschen.

»Ich glaub, ich gehe – ich meine, ich renne«, sagte Gregor.

»Reitet Prinzessin, reitet sie?«, fragte der Kakerlak hoffnungsvoll, wackelte schmeichlerisch mit den Fühlern und legte sich vor Boots flach auf den Bauch. Gregor wollte nein sagen, doch da kletterte Boots schon auf den Rücken des Kakerlaks. Das hätte Gregor sich denken können. Im Zoo im Central Park saß sie wahnsinnig gern auf den Riesenschildkröten aus Metall.

»Na gut, aber nur, wenn ich sie an der Hand halte«, sagte Gregor, und Boots fasste gehorsam seinen Finger.

Der Kakerlak lief sofort los, und Gregor musste joggen, um mit ihm Schritt zu halten. Er wusste, dass Kakerlaken schnell waren; er hatte sie oft genug weglaufen sehen, wenn seine Mutter nach ihnen schlug. Diese Riesenkakerlaken waren kein bisschen langsamer als die kleinen. Zum Glück war der Boden des Tunnels eben, und Gregor hatte bis vor ein paar Wochen regelmäßig trainiert. Er passte seinen Schritt dem der Kakerlaken an und fand schon bald einen angenehmen Rhythmus.

Der Tunnel war voller Kurven und Windungen. Die Kakerlaken bogen in Seitengänge ein, und hin und wieder machten sie kehrt, um die Route zu ändern. Gregor hatte im Nu die Orientierung verloren, und die Zeichnung, die er im Geist von dem Weg machte, den sie bisher zurückgelegt hatten, erinnerte an eins von Boots' Kritzelbildern. Er gab es auf, sich den Weg merken zu wollen, und konzentrierte sich darauf, mit den Insekten Schritt zu halten. Mann, dachte er, die Viecher haben echt ein Tempo drauf!

Gregor fing an zu keuchen, während die Kakerlaken keinerlei Anzeichen von Erschöpfung erkennen ließen. Er hatte keine Ahnung, wie weit es noch war. Ihr Ziel konnte hundert Kilometer entfernt sein. Wer wusste, wie lange diese Viecher laufen konnten?

Gerade als Gregor ihnen sagen wollte, dass er mal verschnaufen musste, hörte er ein vertrautes Gebrüll. Erst dachte er, er hätte sich verhört, aber als sie näher kamen, war er sich sicher. Es war eine Menschenmenge, dem Lärm nach zu urteilen sogar eine ziemlich große. Aber wo sollte man in diesen Tunnels eine Menschenmenge unterbringen?

Es ging jetzt steil nach unten, und Gregor musste abbremsen, um dem Anführer nicht auf die Füße zu treten. Etwas Weiches, Fedriges streifte sein Gesicht und seine Arme. Stoff? Flügel? Er ging hindurch, und dann war es plötzlich so hell, dass es ihn fast blendete. Instinktiv hielt er sich eine Hand vor die Augen, bis er sich an das Licht gewöhnt hatte.

Er hörte, wie eine Menschenmenge den Atem anhielt. Er hatte sich also nicht getäuscht. Dann wurde es ungewöhnlich still, und er hatte das Gefühl, von vielen Leuten angestarrt zu werden.

Allmählich nahm Gregor die Umgebung wahr. So furchtbar hell war es gar nicht – in Wirklichkeit war es wie Abendlicht –, aber nach der langen Zeit in völliger Dunkelheit kam es ihm so vor. Als Erstes sah er den Boden, der mit dunkelgrünem Moos bedeckt zu sein schien. Allerdings war er nicht uneben wie Moos, sondern glatt wie

Asphalt. Gregor spürte, wie der Boden unter seinen Füßen nachgab. Es ist ein Spielfeld, dachte er. Deshalb ist hier eine Menschenmenge. Ich bin in einem Stadion.

Langsam konnte er mehr erkennen. Eine glänzende Wand umschloss eine große ovale, etwa fünfzehn Meter hohe Höhle. Ganz oben war das Oval von Zuschauertribünen umgeben. Gregors Blick schweifte über die fernen Ränge mit Zuschauern, als er die Decke suchte. Statt der Decke sah er die Sportler.

Dort oben kreiste ein Dutzend Fledermäuse langsam um die Arena. Ihre Farben reichten von Hellgelb bis Schwarz. Gregor schätzte, dass die kleinste eine Flügelspannweite von knapp fünf Metern hatte. Offenbar hatten die Leute auf der Tribüne ihnen zugeschaut, als er hereingekommen war, denn auf dem Spielfeld war niemand. Vielleicht geht es hier zu wie im alten Rom, und man wirft Menschen den Fledermäusen zum Fraß vor. Vielleicht haben die Kakerlaken uns deshalb hierher gebracht, dachte Gregor.

Eine der Fledermäuse ließ etwas fallen. Es kam mitten im Stadion auf und sprang dann fünfzehn Meter hoch in die Luft. Er dachte: Ach, es ist nur ein …

»Ball!«, rief Boots, und bevor er sie aufhalten konnte, war sie schon von ihrem Kakerlak gerutscht, zwängte sich zwischen den anderen Kakerlaken hindurch und lief mit ihren kleinen Plattfüßen übers Moos.

»Sehr anmutig, die Prinzessin«, zischelte ein Kakerlak

verträumt, als Gregor hinter ihr herlief. Während die Kakerlaken Boots bereitwillig Platz gemacht hatten, stellten sie für ihn den reinsten Hindernisparcours dar. Entweder versuchten sie ihn absichtlich aufzuhalten, oder sie waren so gebannt von Boots' Schönheit, dass sie ihn einfach übersahen.

Der Ball kam ein zweites Mal auf und flog wieder in die Luft. Boots lief ihm mit hoch erhobenen Armen hinterher.

Als Gregor an den Kakerlaken vorbei war und seiner Schwester hinterherrannte, glitt ein Schatten über ihn hinweg. Er schaute hoch und sah zu seinem Entsetzen eine goldene Fledermaus, die im Sturzflug auf Boots zukam. Er würde auf keinen Fall rechtzeitig bei ihr sein. »Boots!«, schrie er und spürte, wie sich sein Magen zusammenzog.

Sie drehte sich zu ihm um, und erst jetzt sah sie die Fledermaus. Ihr Gesicht fing an zu leuchten wie ein Weihnachtsbaum. »Federmaus!«, rief sie und zeigte auf das monströse Tier über sich.

Das gibt's doch nicht, dachte Gregor. Hat sie denn vor gar nichts Angst?

Die Fledermaus glitt über Boots hinweg und streifte dabei mit dem Bauchfell leicht ihre Finger. Dann erhob sie sich mit einem Looping wieder in die Lüfte. Erst auf dem höchsten Punkt des Bogens, als die Fledermaus auf dem Rücken lag, sah Gregor, dass jemand auf ihr saß. Der Pilot hatte die Beine um den Hals der Fledermaus geschlungen. Gregor sah, dass es ein Mädchen war.

Das umgedrehte Mädchen löste die Beine und ließ sich von der Fledermaus fallen. Sie vollführte einen makellosen doppelten Salto rückwärts, drehte sich in letzter Sekunde zu Gregor herum und landete leichtfüßig wie eine Katze vor Boots' Füßen. Sie streckte eine Hand aus, und der Ball fiel hinein, was entweder bemerkenswertes Timing oder unwahrscheinliches Glück war.

Gregor schaute das Mädchen an und sah an ihrem arroganten Gesichtsausdruck, dass hier ganz sicher kein Glück im Spiel gewesen war.

3. Kapitel

Sie war das merkwürdigste Mädchen, das Gregor je gesehen hatte. Ihre Haut war so blass, dass man jede Ader in ihrem Körper sah. Gregor musste an das Kapitel über die Anatomie des Menschen in seinem Biobuch denken. Blättert man eine Seite um, sieht man die Knochen. Nächste Seite, das Verdauungssystem. Dieses Mädchen war ein wandelnder Blutkreislauf.

Zuerst dachte er, sie hätte graue Haare wie seine Großmutter, aber das stimmte nicht. Sie waren eher silbern, wie blonde Haare mit einem metallischen Stich. Sie waren zu einem komplizierten Zopf geflochten, der auf Höhe der Taille in einen Gürtel gesteckt war. Um den Kopf trug das Mädchen ein dünnes Goldband. Es hätte irgendein Haarband sein können, aber Gregor hatte das ungute Gefühl, dass es eine Krone war.

Er wollte nicht, dass dieses Mädchen das Sagen hatte.

An ihrer aufrechten Haltung, dem angedeuteten Lächeln um den linken Mundwinkel und an der Art, wie sie auf ihn herabschaute, obwohl er gut fünfzehn Zentimeter größer war als sie, sah er, wie eingebildet sie war. Das sagte seine Mutter immer über gewisse Mädchen. »Die ist vielleicht eingebildet.« Sie schüttelte den Kopf, wenn sie das sagte, doch Gregor wusste, dass diese Mädchen ihr imponierten.

Aber es gab einen Unterschied zwischen einem eingebildeten Mädchen und einer totalen Angeberin.

Gregor hätte gewettet, dass sie den kunstvollen Absprung einzig und allein für ihn vollführt hatte. Ein einfacher Salto hätte es auch getan. Sie wollte ihn einschüchtern, aber er würde sich nicht einschüchtern lassen. Gregor schaute dem Mädchen in die Augen und sah, dass sie von einem irritierenden hellen Violett waren. Er zuckte nicht mit der Wimper.

Gregor wusste nicht, wie lange sie noch dagestanden und einander mit Blicken gemessen hätten, wenn Boots nicht aufgetaucht wäre. Sie rannte das Mädchen fast über den Haufen. Das Mädchen schwankte einen Schritt zurück und sah Boots fassungslos an.

Boots grinste gewinnend und hob eine Patschhand. »Ball?«, sagte sie hoffnungsvoll.

Das Mädchen kniete sich auf ein Bein und hielt Boots den Ball hin, hatte die Hand jedoch fest geschlossen. »Hol ihn dir, dann ist er dein.« Ihre Stimme war wie ihre Augen: kalt, klar und fremd.

Boots wollte den Ball nehmen, aber das Mädchen ließ ihn nicht los. Verwirrt zog Boots an den Fingern des Mädchens. »Ball?«

Das Mädchen schüttelte den Kopf. »Du musst entweder stärker oder schlauer sein als ich.«

Boots schaute zu dem Mädchen auf, bemerkte etwas und stach ihr dann mit einem Finger ins Auge. »Lilla!«, sagte sie. Das Mädchen zuckte zurück und ließ den Ball fallen. Boots krabbelte hinterher und hob ihn auf.

Gregor konnte es sich nicht verkneifen zu sagen: »Ich glaube, sie ist schlauer.« Das war ein bisschen gemein, aber es gefiel ihm nicht, wie sie mit Boots umging.

Die Augen des Mädchens wurden schmal. »Du aber nicht. Sonst sprächest du nicht so zu einer Königin.«

Er hatte also Recht gehabt. Jetzt würde sie ihm wahrscheinlich den Kopf abhacken oder so. Trotzdem hatte er das Gefühl, dass er sich nicht ins Bockshorn jagen lassen sollte. Er zuckte die Achseln. »Nein, wenn ich gewusst hätte, dass du eine Königin bist, hätte ich bestimmt was Cooleres gesagt.«

»Cooleres?«, fragte sie und zog die Augenbrauen hoch.

»Etwas Besseres«, sagte Gregor, weil ihm kein cooleres Wort einfiel.

Das Mädchen beschloss, es als Entschuldigung zu nehmen. »Ich werde dir vergeben, weil du unwissend bist. Wie nennt man dich, Überländer?«

»Ich heiße Gregor. Und das ist Boots«, sagte er und

zeigte auf seine Schwester. »Na ja, eigentlich heißt sie Margaret, aber wir nennen sie Boots, weil sie uns im Winter immer die Stiefel klaut und damit rumläuft, und wegen diesem Musiker, den mein Vater gut findet.« Gregor fand selbst, dass das ziemlich verworren klang. »Wie heißt du?«

»Ich bin Königin Luxa«, sagte das Mädchen.

»Luxa?«, sagte Gregor. Was für ein komischer Name.

»Was bedeutet das, was die Kleine gesagt hat? Lilla?«, fragte sie.

»Lila. Das ist ihre Lieblingsfarbe. Deine Augen, sie hat vorher noch nie lila Augen gesehen«, erklärte Gregor.

Boots, die das Wort gehört hatte, kam herüber und hob die Hände hoch, die immer noch mit lila Filzstift beschmiert waren. »Lilla!«

»Und ich habe noch nie braune Augen gesehen. Jedenfalls nicht bei einem Menschen«, sagte Luxa und starrte Boots in die Augen. »Oder das hier.« Sie fasste Boots am Handgelenk und fuhr mit den Fingern über ihre seidige hellbraune Haut. »Sie braucht gewiss viel Licht.«

Boots kicherte. Sie war überall kitzelig. Luxa fuhr ihr mit den Fingern absichtlich unters Kinn und brachte sie zum Lachen. Einen kurzen Augenblick wirkte Luxa nicht ganz so eingebildet, und Gregor dachte, vielleicht ist sie doch nicht so übel. Dann richtete sie sich auf und nahm wieder ihre arrogante Haltung an.

»Nun denn, Gregor der Überländer, ihr beide müsst jetzt baden.«

Gregor wusste, dass er von der Rennerei durch die Tunnels verschwitzt war, aber er fand die Bemerkung trotzdem reichlich taktlos. »Vielleicht ist es das Beste, wenn wir einfach gehen.«

»Gehen? Wohin?«, fragte Luxa überrascht.

»Nach Hause«, sagte er.

»So, wie ihr riecht?«, sagte Luxa. »Bis zur Wasserstraße wäret ihr schon dreimal tot, selbst wenn ihr den Weg kenntet.« Sie sah ihm an, dass er kein Wort verstand. »Ihr riecht nach Überland. So seid ihr hier nicht sicher. Und wir auch nicht.«

»Ach so«, sagte Gregor und kam sich ein bisschen blöd vor. »Dann waschen wir uns wohl lieber, bevor wir nach Hause gehen.«

»So einfach ist es nicht. Doch das soll Vikus dir erklären«, sagte Luxa. »Ihr hattet heute seltenes Glück, dass man euch so schnell fand.«

»Woher weißt du, dass man uns schnell gefunden hat?«, fragte Gregor.

»Unsere Wachen bemerkten euch kurz nach eurer Landung. Da die Krabbler euch fanden, überließen wir es ihnen, euch vorzustellen«, sagte sie.

»Aha«, sagte Gregor. Wo waren die Wachen gewesen? Irgendwo in den düsteren Tunnels? In dem Nebel, durch den er gefallen war? Bis zum Stadion war ihm außer den Kakerlaken niemand aufgefallen.

»Sie sind mit Absicht hierher gekommen«, sagte sie mit

einer Handbewegung zu den Kakerlaken. »Wie du siehst, haben sie Fackeln dabei. Würden sie uns nicht besuchen, wäre das nicht der Fall.«

»Wieso?«, fragte Gregor.

»Krabbler brauchen kein Licht. Doch sie zeigen sich uns, damit wir um ihre friedliche Absicht wissen. Hat es dich nicht verwundert, wie einfach du hierher gelangtest?« Ohne seine Antwort abzuwarten, wandte sie sich zu der Gruppe der Kakerlaken, die ein Stück entfernt geduldig gewartet hatten. »Krabbler, was wollt ihr für die Überländer?«

Der Anführer kam vorgetrippelt. »Gebt Ihr fünf Körbe, gebt Ihr?«, zischelte er.

»Wir geben euch drei Getreidekörbe«, sagte Luxa.

»Ratten geben viel Fisch«, sagte der Kakerlak und putzte beiläufig seine Fühler.

»Dann bringt sie zu den Ratten. Damit gewinnt ihr keine Zeit«, sagte Luxa.

Gregor wusste nicht genau, worüber sie sprachen, aber er hatte das unangenehme Gefühl, dass er verkauft werden sollte.

Der Kakerlak dachte über Luxas letztes Angebot nach. »Gebt Ihr vier Körbe, gebt Ihr?«, sagte er.

»Wir geben euch vier Körbe und einen als Dank«, sagte eine Stimme hinter Gregor. Er drehte sich um und sah einen blassen Mann mit Bart auf sie zukommen. Sein kurz geschorenes Haar war wirklich silbern, nicht nur silberblond.

Luxa warf dem alten Mann einen zornigen Blick zu, widersprach jedoch nicht.

Gewissenhaft zählte der Kakerlak vier und eins mit den Beinen zusammen. »Gebt Ihr fünf Körbe, gebt Ihr?«, fragte er, als wäre das noch nicht besprochen worden.

»Wir geben euch fünf Körbe«, sagte Luxa ungnädig und verbeugte sich knapp. Der Kakerlak verbeugte sich ebenfalls und machte sich mit seinen Kameraden davon.

»Wenn es nach Vikus geht, haben wir bald keine Körbe mehr übrig«, sagte sie spitz zu dem alten Mann, der sich Gregor und Boots zugewandt hatte.

»Ein Korb mehr ist ein kleiner Preis, wenn wir *ihn* erwarten«, sagte er. Mit seinen violetten Augen starrte er Gregor an. »Sag mir, Überländer, kommst du aus …« Er suchte nach Worten. »New York City?«

4. Kapitel

Es war, als hätte ihm jemand Wasser über den Kopf gegossen und ihn damit zurück in die Wirklichkeit geholt. Seit dem Fall durch das Loch in der Wand war alles so schnell gegangen, dass er kaum hinterhergekommen war. Jetzt, wo er einen Moment verschnaufen konnte, versetzten ihm die Worte »New York City« einen Schock.

Ja! Er war ein Junge aus New York City, der Wäsche waschen und mit seiner kleinen Schwester wieder oben sein musste, bevor seine Mutter – *seine Mutter*!

»Ich muss sofort nach Hause!«, platzte Gregor heraus.

Seine Mutter arbeitete bei einem Zahnarzt an der Anmeldung. Normalerweise hatte sie um fünf Uhr Feierabend und war um halb sechs zu Hause. Sie würde sich zu Tode erschrecken, wenn Boots und er nicht da wären. Vor allem nach der Sache mit seinem Vater. Er überlegte, wie viel Zeit wohl vergangen war, seit er im Wäschekeller gewesen war. Wir sind ungefähr, na, sagen wir fünf Minuten gefallen, dann waren wir etwa zwanzig Minuten mit den Kakerlaken unterwegs und hier sind wir jetzt vielleicht zehn Minuten, dachte er. Fünfunddreißig Minuten.

»Also, die Wäsche müsste jetzt trocken sein!«, sagte er laut. »Wenn wir in den nächsten zwanzig Minuten wieder hochkommen, ist es in Ordnung.« Bis dahin würde niemand sie vermissen. Er würde einfach die Wäsche holen und sie in der Wohnung zusammenlegen.

»Ich muss jetzt wirklich sofort wieder nach oben«, sagte er zu Vikus.

Der alte Mann sah ihn immer noch scharf an. »Herunterfallen ist einfach, aber um wieder hinaufzukommen, braucht es viel.«

»Wie meinen Sie das?«, fragte Gregor mit zugeschnürter Kehle.

»Er meint, dass du nicht nach Hause kannst«, sagte Luxa unverblümt. »Du musst bei uns im Unterland bleiben.«

»Auf keinen Fall! Nein danke!«, sagte Gregor. »Ich meine, ihr seid alle super, aber ich hab was zu erledigen … oben!«, sagte er. »Nochmals vielen Dank! War nett, euch kennen zu lernen! Komm, Boots!«

Gregor nahm seine Schwester auf den Arm und ging zu dem Rundbogen, durch den die Kakerlaken verschwunden waren. Aus dem Augenwinkel sah er, wie Luxa die Hand hob. Einen Moment dachte er, sie würde ihnen nachwinken, aber das konnte nicht sein. Luxa war nicht freundlich genug, um zu winken. »Wenn es kein Winken ist, muss es ein Zeichen sein«, murmelte er. Dann rannte er zum Ausgang.

Er hätte es schaffen können, wenn er Boots nicht hätte tragen müssen. Mit ihr auf dem Arm war er nicht schnell genug. Zehn Meter vorm Ausgang flog ihm die erste Fledermaus vor die Nase, und er fiel flach auf den Rücken. Boots fiel weich auf ihn drauf, und sie setzte sich sofort auf seinen Bauch, um sich das Spektakel anzusehen.

Alle Fledermäuse in der Arena stürzten sich auf Gregor und Boots herab. Sie flogen in einem engen Kreis um sie herum und schlossen sie in einem Gefängnis aus Fell und Flügeln ein. Auf den Fledermäusen saßen Menschen, die genauso blasse Haut und silberne Haare hatten wie Luxa. Obwohl die Fledermäuse so dicht beieinander und so schnell flogen, konnten die Menschen sich problemlos halten. Die meisten hielten sich noch nicht einmal fest. Ein großspurig wirkender Junge auf einer schwarz glänzenden Fledermaus hatte sich lässig zurückgelehnt und den Kopf in die Hand gestützt.

Die Piloten konnten den Blick nicht von den Gefangenen lösen. Während sie vorbeiflitzten, sah Gregor viele Gesichter, die teils belustigt, teils feindselig guckten. Boots hüpfte auf seinem Bauch herum und klatschte in die Hände. »Federmäuse! Federmäuse! Federmäuse! Federmäuse!«

Na, wenigstens einer von uns hat Spaß, dachte Gregor. Boots war ganz verrückt nach Fledermäusen. Im Zoo konnte sie eine Ewigkeit vor der großen Glasscheibe des Fledermausgeheges stehen. Hinter dem dunklen Glas flitzten Hunderte von Fledermäusen mühelos hin und her, ohne gegeneinander zu stoßen. Das konnten sie, weil sie etwas hatten, das man Ultraschallortung nennt. Wenn der Ton, den die Fledermaus ausstößt, auf einen festen Gegenstand trifft, verrät ihr das Echo, wo sich dieser Gegenstand befindet. Gregor hatte die Tafel über Ultraschallortung tausendmal gelesen, während er darauf wartete, dass Boots von den Fledermäusen genug hatte. Auf dem Gebiet war er sozusagen Experte.

»Federmäuse! Federmäuse! Federmäuse!«, sang Boots, während sie seinen Bauch als Trampolin missbrauchte. Gregor wurde ganz übel davon, und er stützte sich auf die Unterarme, um Boots auf den Boden zu setzen. Auf keinen Fall wollte er sich vor diesen Leuten übergeben.

Als er aufstand, schlang Boots einen Arm um sein Knie und lehnte sich an ihn. Die Fledermäuse schlossen sie noch enger ein. »Was soll das? Glaubt ihr, ich will abhauen?«, sagte Gregor ärgerlich. Er hörte einige Piloten lachen.

Luxa musste jetzt ein anderes Zeichen gegeben haben, denn die Fledermäuse scherten eine nach der anderen aus dem Kreis aus und begannen in komplizierten Mustern durch die Arena zu schwirren. Gregor sah, dass weder

Luxa noch Vikus sich auch nur einen Zentimeter von der Stelle bewegt hatten. Er schaute zum Ausgang und wusste, dass es keinen Sinn hatte. Trotzdem … diese Leute waren ihm ein bisschen zu selbstgefällig.

Gregor rannte drei Schritte in Richtung Ausgang, bevor er blitzschnell zurück zu Luxa lief und dabei die Hand seiner Schwester fasste. In ihrer Überraschung vergaßen die Fledermäuse ihre Formation und sausten herab, doch da war niemand mehr, den sie hätten fangen können. Sie trafen sich in einem chaotischen Haufen, und wenn sie auch nicht zusammenstießen, sah Gregor doch mit Genugtuung, dass einige Piloten sich nur mit Mühe halten konnten.

Die Zuschauer, die sich, seit Gregor mit Boots aufgetaucht war, erstaunlich ruhig verhalten hatten, brachen jetzt in beifälliges Gelächter aus. Das gab Gregor Auftrieb. Wenigstens war er nicht der Einzige, der sich blamiert hatte. »Die haben wir ausgetrickst«, sagte er zu Boots.

Luxas Blick war eisig, aber Gregor sah, dass Vikus ein Lächeln unterdrücken musste. »Hattest du nicht was von einem Bad gesagt?«, fragte er Luxa.

»Du wirst uns jetzt unverzüglich zum Palast folgen«, sagte sie wütend. Sie gab ihrer goldenen Fledermaus ein Zeichen, und sofort schoss sie hinter ihr herab. Bevor die Fledermaus sie berührte, machte Luxa einen Satz in die Luft. Sie sprang mit gegrätschten Beinen hoch und fasste sich mit den Händen an die Zehen. Gregor meinte, so etwas schon einmal bei Cheerleadern gesehen zu haben. Die Fledermaus flog halb unter ihr hindurch, und Luxa landete mühelos auf ihrem Rücken. In einem Bogen zog die Fledermaus wieder nach oben, wobei sie Gregor um ein Haar gestreift hätte. In der Luft brachte sie sich wieder in Position und sauste aus dem Stadion.

»Das ist reine Zeitverschwendung!«, rief Gregor, als Luxa schon außer Hörweite war. Er war wütend auf sich selbst. Dieses Mädchen hatte schon was drauf, das musste man ihr lassen.

Vikus hatte seine Worte gehört. Sein Lächeln wurde noch breiter. Gregor schaute den alten Mann finster an. »Was ist?«

»Folgst du uns zum Palast, Überländer?«, fragte Vikus höflich.

»Als was, euer Gefangener?«, sagte Gregor geradeheraus.

»Als unser Gast, wie ich hoffe«, sagte Vikus. »Obwohl Königin Luxa ohne Zweifel befohlen hat, den Kerker für dich bereitzuhalten.« Gregor sah den Schalk in seinen violetten Augen und merkte, dass er den Mann gegen seinen Willen mochte. Vielleicht, weil er das sichere Gefühl hatte, dass Vikus ihn auch mochte. Er widerstand der Versuchung zu lächeln.

»Gehen Sie vor«, sagte Gregor gleichmütig.

Vikus nickte und winkte ihn zum anderen Ende der Arena. Gregor ging mit Boots im Schlepptau hinter ihm her.

Die Tribüne leerte sich allmählich. Hoch oben verschwanden die Leute einer nach dem anderen durch die Ausgänge zwischen den Plätzen. Einige Fledermäuse schwebten immer noch durchs Stadion und vollführten ihre aerodynamischen Manöver. Das Spiel, das offenbar im Gange gewesen war, bevor Gregor kam, war mit seinem Auftauchen beendet. Die übrigen Fledermäuse und Piloten lungerten herum und behielten ihn im Auge.

Kurz vorm Haupteingang des Stadions verlangsamte Vikus seinen Schritt und wartete auf Gregor. »Du musst dir vorkommen, als wärest du in einem Traum gefangen, Überländer.«

»In einem Albtraum«, sagte Gregor ruhig.

Vikus lachte in sich hinein. »Unsere Fledermäuse und Krabbler – nein, wie nennt ihr sie doch gleich? Kakerlocken?«

»Kakerlaken«, verbesserte Gregor ihn.

»Ach ja, Kakerlaken«, sagte Vikus. »Im Überland gibt es nur wenige, während sie hier weit verbreitet sind.«

»Woher wissen Sie das? Waren Sie schon mal im Überland?«, fragte Gregor. Wenn Vikus dahin konnte, müssten Boots und er es auch schaffen.

»O nein, solche Besuche sind so selten wie Bäume. Aber die Überländer kommen dann und wann zu uns. Ich habe sechs oder sieben kennen gelernt. Einen namens Fred Clark, einen namens Mickey und erst kürzlich eine

Frau mit dem Namen Coco. Wie ist dein Name, Überländer?«, fragte Vikus.

»Gregor. Sind sie noch hier? Die anderen Überländer, sind die noch hier?«, fragte Gregor, dem es bei diesem Gedanken gleich besser ging.

»Leider nein. Dies ist kein freundlicher Ort für Überländer«, sagte Vikus, und ein Schatten fiel auf sein Gesicht.

Gregor blieb stehen und zog Boots schnell an sich. »Sie meinen, Sie haben sie umgebracht?«

Jetzt hatte er den Mann beleidigt.

»Wir? Wir Menschen sollen die Überländer umgebracht haben? Ich weiß, wie es in eurer Welt zugeht, von dem Bösen, das sich dort zuträgt. Aber wir töten nicht zum Spaß!«, sagte Vikus streng. »Wir haben euch heute bei uns aufgenommen. Hätten wir dich abgewiesen, sei gewiss, dann würdest du jetzt nicht mehr atmen!«

»Ich habe nicht Sie gemeint ... ich meine, ich weiß ja nicht, wie es hier läuft«, stammelte Gregor. Obwohl er sich hätte denken können, dass es nicht besonders diplomatisch war, Vikus als Mörder hinzustellen. »Die Kakerlaken hätten uns also umgebracht?«

»Die Krabbler euch töten?«, sagte Vikus. »Nein, damit würden sie keine Zeit gewinnen.«

Schon wieder dieser Ausdruck. Wofür sollten die Kakerlaken Zeit gewinnen?

»Aber sonst weiß doch keiner, dass wir hier sind«, sagte Gregor.

Vikus sah ihn ernst an. Sein Ärger war großer Sorge gewichen. »Glaub mir, Junge, inzwischen weiß das ganze Unterland, dass ihr hier seid.«

Gregor hätte am liebsten einen Blick über die Schulter geworfen, aber er beherrschte sich. »Und das ist nicht gut, oder?«

Vikus schüttelte den Kopf. »Nein. Das ist ganz und gar nicht gut.«

Der alte Mann wandte sich zum Ausgang des Stadions. Sechs blasse, lilaäugige Wachen standen zu beiden Seiten des gewaltigen Steintors. Alle mussten mithelfen, um es so weit zu öffnen, dass Vikus hindurchgehen konnte.

Gregor führte Boots durch das Tor, und sofort schloss es sich hinter ihnen. Er folgte Vikus durch einen Tunnel, der von Fackeln aus Stein gesäumt war. Sie kamen zu einem schmalen Bogen voller dunkler, flatternder Wesen. Erst dachte Gregor, es seien noch mehr Fledermäuse, doch beim Näherkommen sah er, dass es ein Schwarm winziger schwarzer Motten war. War er durch Motten gekommen, als er ins Stadion gestolpert war?

Vorsichtig fuhr Vikus mit einer Hand in den Schwarm. »Diese Motten sind ein einzigartiges Warnsystem des Unterlandes. Sobald ein Eindringling ihr Flugmuster stört, bemerkt es jede Fledermaus in der Umgebung. Es ist so einfach wie vollkommen«, sagte er. Dann verschwand er in dem Mottenschwarm.

Hinter dem Flattervorhang hörte Gregor ihn rufen:

»Gregor der Überländer, willkommen in der Stadt Regalia!«

Gregor schaute zu Boots, die ihn verwirrt ansah. »Hause, Ge-go?«, fragte sie.

Er hob sie hoch und nahm sie, wie er hoffte, beruhigend in die Arme. »Noch nicht, Süße. Erst müssen wir noch was erledigen. Dann gehen wir nach Hause.«

Gregor holte tief Luft und ging durch den Mottenvorhang.

5. Kapitel

Die Samtflügel streiften seine Wangen und dann sah er zum ersten Mal Regalia. »Wahnsinn«, sagte er und blieb wie angewurzelt stehen.

Gregor wusste nicht, was er erwartet hatte. Vielleicht Häuser aus Stein, vielleicht Höhlen – irgendetwas Primitives. Doch die prächtige Stadt, die vor ihm lag, war alles andere als primitiv.

Sie standen am Rande eines Tals mit den schönsten Gebäuden, die Gregor je gesehen hatte. New York war berühmt für seine Architektur, die eleganten Brownstones, die hoch aufragenden Wolkenkratzer, die großartigen Museen. Doch im Vergleich zu Regalia wirkte New York ungeplant, als hätte dort jemand ein paar merkwürdig geformte Kästen aneinander gereiht.

Alle Gebäude waren von einem wunderschönen Nebelgrau, das ihnen etwas Traumgleiches verlieh. Sie schienen sich direkt aus dem Felsen zu erheben, als wären sie nicht von Menschen geschaffen, sondern natürlich gewachsen. Sie waren vielleicht nicht so hoch wie die Wolkenkratzer in New York, die Gregor mit Namen kannte, doch sie ragten hoch über seinem Kopf auf, manche mindestens dreißig Stockwerke, mit kunstvoll verzierten Türmchen und Spitzen. Tausende von Fackeln sorgten dafür, dass die ganze Stadt in weichem Dämmerlicht lag.

Und dann die Bilder, die in die Wände gemeißelt waren … Gregor hatte zwar schon Engelsfiguren und Wasserspeier an Gebäuden gesehen, aber in Regalia wimmelten die Häuserwände förmlich von Leben. Auf jedem freien Flecken kämpften, feierten und tanzten Menschen, Kakerlaken, Fische und andere Wesen, die Gregor nicht kannte.

»Leben in Regalia nur Menschen oder auch Kakerlaken und Fledermäuse?«, fragte Gregor.

»Dies ist die Stadt der Menschen. Die anderen haben ihre eigenen Städte, oder vielleicht könnte man besser von Revieren sprechen«, sagte Vikus. »Die meisten unseres Volkes leben hier; nur einige, deren Arbeit es gebietet, wohnen in den Vorstädten. Da steht unser Palast.« Vikus zeigte auf eine riesige runde Festung auf der anderen Seite des Tals. »Dorthin führt unser Weg.«

Die vielen erleuchteten Fenster verliehen der Stadt etwas Festliches, und Gregor wurde es etwas leichter ums Herz. New York funkelte auch die ganze Nacht. Vielleicht war diese Stadt doch nicht so fremd.

»Es ist echt super hier«, sagte er. Wenn er nicht so dringend nach Hause müsste, hätte er große Lust, die Stadt zu erkunden.

»Ja«, sagte Vikus, während er den Blick liebevoll über die Stadt schweifen ließ. »Mein Volk hat Stein sehr gern. Wenn wir Zeit hätten, könnten wir ein Land von seltener Schönheit erschaffen.«

»Ich glaube, das habt ihr schon«, sagte Gregor. »Im Überland gibt es nichts, was so schön ist wie diese Stadt.«

Das schien Vikus zu freuen. »Komm mit, der Palast bietet den besten Blick auf die Stadt. Bis zum Abendessen bleibt dir noch Zeit, sie zu bewundern.«

Als Gregor ihm durch die Straße folgte, legte Boots den Kopf in den Nacken und drehte ihn hin und her.

»Hast du was verloren, Boots?«

»Mond?«, sagte Boots. Von ihrer Wohnung aus konnte man die Sterne normalerweise nicht sehen, wohl aber den Mond, wenn die Nächte klar waren.

Gregor schaute in den pechschwarzen Himmel, als ihm einfiel, dass es ja gar keinen Himmel gab. Sie befanden sich in einer riesigen unterirdischen Höhle. »Kein Mond, Kleine. Heute gibt's keinen Mond«, sagte er.

»Mann im Mond versteckt«, sagte sie.

»Hm-hm«, machte Gregor zustimmend. In einer Welt, in der Kakerlaken sprechen konnten und Fledermäuse Ball spielten, gab es vielleicht auch einen Mann im Mond. Er seufzte, als er an das zerfledderte Buch mit Kinderliedern in der Kiste neben Boots' Bettchen dachte.

Als sie durch die Straßen gingen, standen die Leute an den Fenstern und starrten sie unverhohlen an. Hin und wieder nickte Vikus jemandem zu oder rief einen Namen, und die Leute hoben die Hand zum Gruß.

Als Boots das sah, fing sie an zu winken. »Hallo!«, rief sie. »Hallo!« Die Erwachsenen reagierten nicht, aber einige kleine Kinder winkten zurück.

»Sie sind von euch gebannt«, sagte Vikus mit einer Handbewegung zu den Leuten hinter den Fenstern. »Wir bekommen nicht oft Besuch aus dem Überland.«

»Woher wussten Sie, dass ich aus New York bin?«, fragte Gregor.

»Wir wissen nur von fünf Toren zum Unterland«, sagte Vikus. »Zwei führen ins Land des Todes, das hättet ihr niemals überlebt. Zwei führen in die Wasserstraße, doch eure Kleider sind trocken. Ihr lebt, ihr seid trocken, und daraus schließe ich, dass ihr durch das fünfte Tor gefallen sein müsst, dessen Mundung, wie wir wissen, in New York City liegt.«

»Und zwar in unserem Wäschekeller!«, platzte Gregor heraus. »In unserem Haus!« Er empfand die Tatsache, dass sein Wäschekeller mit diesem seltsamen Ort verbunden war, als Verletzung seiner Privatsphäre.

»Euer Wäschekeller, ja«, sagte Vikus nachdenklich. »Euer Fall traf auf äußerst günstige Strömungen.«

»Strömungen? Meinen Sie diesen komischen Nebel?«

»Ja, ihnen habt ihr es zu verdanken, dass ihr heil angekommen seid. Es ist alles eine Frage des richtigen Zeitpunkts«, sagte Vikus.

»Was passiert, wenn man den falschen Zeitpunkt erwischt?«, fragte Gregor, aber er kannte die Antwort bereits.

»Dann hätten wir jemanden zu begraben, nicht zu bewirten«, sagte Vikus ruhig. »So geht es für gewöhnlich aus. Ein lebender Überländer wie du und dann noch deine Schwester dazu, nun ja, das ist höchst außergewöhnlich.«

Bis zum Palast waren es gut zwanzig Minuten, und Gregors Arme fingen an zu zittern, weil er Boots so lange getragen hatte. Er wollte sie nicht absetzen. Es kam ihm zu gefährlich vor mit den vielen Fackeln.

Als sie das prächtige Bauwerk erreichten, sah Gregor, dass es keine Wandverzierungen hatte. Die Wände waren glatt wie Glas und das niedrigste Fenster befand sich mehr als fünfzig Meter über dem Boden. Irgendwas stimmte nicht, aber er wusste nicht, was es war. Etwas fehlte. »Es gibt keine Tür«, sagte er laut.

»Nein«, sagte Vikus. »Türen sind etwas für Leute ohne Feinde. Hier findet selbst der geschickteste Kletterer keinen Halt.«

Gregor strich mit der Hand über die glänzende Steinwand. Sie wies keinen Spalt auf, nicht die kleinste Kerbe. »Und wie kommt ihr rein?«

»Für gewöhnlich fliegen wir auf unseren Fledermäusen, doch wenn sie nicht abkömmlich sind …« Vikus zeigte nach oben. Gregor legte den Kopf zurück und sah eine an Seilen befestigte Plattform, die schnell aus einem großen, rechteckigen Fenster herabgelassen wurde. Dreißig Zentimeter über dem Boden hielt sie an, und Vikus stieg hinauf.

Gregor ging mit Boots hinterher. Seine Höhenangst hatte sich durch den Fall ins Unterland noch verschlimmert. Die Plattform fuhr sofort nach oben, und er suchte an einem der Seile Halt. Vikus stand ganz gelassen da, die Hände vorm Körper gefaltet. Aber Vikus hatte auch kein zappliges Kleinkind im Arm, und wahrscheinlich war er schon hunderttausendmal mit diesem Ding gefahren.

Es ging schnell und gleichmäßig hinauf. Vor einer kleinen Steintreppe an einem Fenster kam die Plattform zum Stehen, und Gregor trug Boots hinein. Sie standen in einem großen Raum mit gewölbter Decke. Dort wurden sie schon von drei Unterländern erwartet. Alle hatten die gleiche durchscheinende Haut und lila Augen.

»Einen späten Gruß«, sagte Vikus und nickte ihnen zu. »Ich stelle euch Gregor und Boots die Überländer vor, Bruder und Schwester, die erst eben in unsere Mitte gefallen sind. Badet sie bitte und geleitet sie dann zur Hohen Halle.« Ohne sich umzuschauen, schritt Vikus aus dem Raum.

Gregor und die Unterländer sahen sich verlegen an.

Keiner der Unterländer hatte Luxas Arroganz oder Vikus' natürliche Autorität. Das sind ganz normale Leute, dachte Gregor. Die kommen sich bestimmt genauso komisch vor wie ich.

»Freut mich, euch kennen zu lernen«, sagte er und setzte Boots auf die andere Hüfte. »Boots, sag mal hallo.«

»Hallo!«, sagte Boots. Sie winkte den Unterländern zu und sah völlig begeistert aus. »Hallo! Hallo ihr!«

Die Unterländer schmolzen dahin wie Butter an der Sonne. Alle lachten und wirkten sofort lockerer. Auch Gregor musste lachen. Seine Mutter sagte immer, Boots kenne keine Fremden, und das bedeutete, dass sie alle Welt für ihre Freunde hielt.

Manchmal beneidete Gregor sie ein bisschen darum. Er hatte ein paar gute Freunde, aber von den Cliquen in der Schule hielt er sich fern. Es ging vor allem darum, mit wem man in der Mittagspause zusammensaß. Er könnte sich zu den Jungs setzen, mit denen er lief. Oder mit denen aus der Band. Stattdessen war er lieber mit Angelina zusammen, die immer in irgendeiner Schulaufführung mitspielte, und mit Larry, der nur ... na ja, meistens zeichnete er irgendwas. Manche Leute, die Gregor nicht richtig kannten, hielten ihn für überheblich, aber eigentlich war er nur verschlossen. Seit sein Vater weg war, öffnete er sich nicht mehr so leicht. Aber auch vorher war er nie so kontaktfreudig gewesen wie Boots.

Ein Mädchen, das Gregor auf fünfzehn schätzte, kam

auf sie zu und streckte die Arme aus. »Man nennt mich Dulcet. Kommst du auf meinen Arm, Boots? Würde dir ein Bad gefallen?« Boots sah Gregor an und wartete auf seine Zustimmung.

»Eine gute Idee. Badezeit. Möchtest du baden, Boots?«, fragte er.

»Jaaa!«, rief Boots fröhlich. »Baden!« Sie streckte Dulcet die Arme hin, und Dulcet nahm sie Gregor ab.

»Ich stelle Euch Mareth und Perdita vor«, sagte Dulcet und zeigte auf den Mann und die Frau neben sich. Beide waren groß und kräftig, und obwohl sie keine Waffen trugen, hatte Gregor das Gefühl, dass sie Wachen waren.

»Hi«, sagte er.

Mareth und Perdita nickten ihm förmlich, aber freundlich zu.

Dulcet zog die Nase kraus und pikste Boots sanft in den Bauch. »Du brauchst ein sauberes Auffangtuch«, sagte sie.

Gregor konnte sich denken, was ein Auffangtuch war. »Ja, stimmt, ihre Windel muss gewechselt werden.« Das letzte Mal war schon ganz schön lange her. »Sonst wird sie wund.«

»Ich Kacka!«, sagte Boots selbstbewusst und zog an ihrer Windel.

»Ich werde mich darum kümmern«, sagte Dulcet belustigt, und Gregor dachte, wie viel netter sie doch war als Luxa. »Folgt Ihr mir zu den Wassern, Gregor der Überländer?«

»Ja, danke, ich folge dir zu den Wassern«, sagte Gregor. Es fiel ihm selber auf, wie förmlich das klang. Er wollte nicht, dass die Unterländer dachten, er mache sich über sie lustig. Die Kakerlaken waren so schnell beleidigt gewesen. »Ich meine, ja, danke.«

Dulcet nickte und wartete auf ihn. Mareth und Perdita gingen ein paar Schritte hinter ihnen her. Sie sind also wirklich Wachen, dachte Gregor.

Sie verließen die Eingangshalle und gingen durch einen geräumigen Flur. Sie kamen an zahllosen Rundbögen vorbei, die in große Zimmer, Treppenhäuser und Hallen führten. Gregor merkte bald, dass er einen Lageplan brauchen würde, um sich hier zurechtzufinden. Er könnte nach dem Weg fragen, aber wenn er versuchen wollte zu fliehen, wäre das nicht besonders schlau. Auch wenn sie ihn als Gast bezeichneten, änderte das nichts an der Tatsache, dass Boots und er Gefangene waren. Gäste konnten gehen, wann sie wollten. Gefangene mussten fliehen. Und genau das hatte er vor.

Aber wie sollte er das anstellen? Selbst wenn er zu der Plattform zurückfände, würde ihn niemand hinunterlassen, und er konnte nicht fünfzig Meter in die Tiefe springen. Aber es muss noch andere Möglichkeiten geben, hier reinzukommen, dachte er. Es muss …

»Ich habe noch nie einen Überländer kennen gelernt«, sagte Dulcet in seine Gedanken hinein. »Nur der Kleinen wegen lerne ich Euch jetzt kennen.«

»Wegen Boots?«, fragte Gregor.

»Ich kümmere mich um viele kleine Kinder«, sagte Dulcet. »Für gewöhnlich begegne ich nicht so wichtigen Leuten wie einem Überländer«, sagte sie schüchtern.

»Das ist aber schade, Dulcet«, sagte Gregor. »Von allen, die ich hier bisher getroffen hab, bist du mit Abstand die Netteste.«

Dulcet wurde rot, und wenn diese Leute rot wurden, dann wurden sie wirklich rot! Ihre Haut sah aus wie eine reife Wassermelone. Und nicht nur im Gesicht, sie errötete bis in die Fingerspitzen.

»Oh«, stammelte sie, tödlich verlegen. »Oh, das kann ich gar nicht annehmen.« Die beiden Wachen hinter ihnen tuschelten miteinander.

Anscheinend hatte Gregor etwas ganz und gar Unmögliches gesagt, aber er hatte keine Ahnung, was das sein könnte. Vielleicht durfte man nicht sagen, dass ein Kindermädchen netter war als die Königin. Selbst wenn es stimmte. Er musste in Zukunft besser aufpassen, was er sagte.

Zum Glück blieben sie genau in diesem Moment vor einem Eingang stehen. Er hörte Wasser rauschen, und Dampf zog in den Flur.

Das muss das Bad sein, dachte er. Er schaute hinein und sah, dass eine Wand den Raum in zwei Bereiche teilte.

»Ich nehme Boots, und Ihr geht dort hinein«, sagte Dulcet.

Also war wohl die eine Hälfte für die Mädchen und die andere für die Jungs, wie in einer Umkleide. Vielleicht sollte er lieber mit Boots gehen, aber er hatte das Gefühl, dass er Dulcet vertrauen konnte, und er wollte sie nicht schon wieder aus der Fassung bringen. »Alles klar, Boots? Bis gleich, ja?«

»Tschühüs!«, rief Boots und winkte über Dulcets Schulter. Trennungsangst war für sie offenbar kein Thema.

Gregor verschwand nach rechts. Wenn Umkleidekabinen wunderschön wären und gut riechen würden, hätte dieser Raum tatsächlich Ähnlichkeit mit einer Umkleidekabine. Exotische Meerestiere waren in die Wände gemeißelt, und Öllampen tauchten den Raum in goldenes Licht. Jedenfalls gibt es hier so was wie Bänke und Schließfächer, dachte er, als er die Reihen von Steinbänken und die offenen Kabinen an einer Wand sah.

Mareth war ihm nachgekommen. Unsicher sprach er Gregor an. »Hier könnt Ihr Euch umziehen. Hier ist der Raum für die Erleichterung und dort der Raum für die Reinigung. Braucht Ihr etwas, Gregor der Überländer?«

»Nein, danke, ich komm schon klar«, sagte Gregor.

»Solltet Ihr etwas benötigen, wir sind im Flur«, sagte Mareth.

»Okay, vielen Dank«, sagte Gregor. Als Mareth durch die niedrige Tür verschwunden war, merkte Gregor, wie sich seine Gesichtszüge entspannten. Es tat gut, allein zu sein.

Er sah sich kurz um. Im Raum für die Erleichterung gab es nur einen massiven Stuhl aus Stein mit einer Öffnung in der Mitte der Sitzfläche. Als Gregor hineinschaute, sah er, dass darunter unaufhörlich Wasser floss. Ach so, das ist das Klo, dachte er.

In dem Raum für die Reinigung war ein kleines Dampfbecken. Eine Treppe führte hinunter ins Wasser. Die Luft war von einem zarten Duft erfüllt. Sein ganzer Körper verlangte nach dem Bad.

Schnell ging Gregor zurück in den Umkleideraum und zog die verschwitzten Kleider aus. Er fühlte sich befangen, als er ins Klo pinkelte. Danach lief er zum Becken. Er testete die Temperatur mit einem Zeh und stieg langsam in das dampfende Wasser. Es ging ihm nur bis zur Taille, aber dann sah er, dass am Beckenrand eine Bank entlanglief. Als er sich setzte, leckte das Wasser an seinen Ohren.

Ein Strom umspülte seinen Körper, und die Verspannungen im Rücken und in den Schultern lösten sich. Gregor durchschnitt die Wasseroberfläche mit der Hand und ließ das Wasser durch die Finger rinnen. Wie das Wasser in der Toilette strömte es zu einer Seite herein und zur anderen wieder hinaus.

Das muss eine Art unterirdischer Fluss sein, dachte er.

Bei diesem Gedanken setzte er sich blitzartig auf. Das Wasser kam irgendwoher! Und es floss irgendwohin!

Wenn Wasser in den Palast hinein- und wieder herauskommen konnte … dann konnte er das vielleicht auch.

6. Kapitel

Mit einem Schwamm und irgendeinem klebrigen Zeug, das er in einer Schale am Becken gefunden hatte, schrubbte Gregor sich ab. Er seifte sich die Haare ein und wusch sich sogar die Ohren, um auch das letzte bisschen Überländergeruch loszuwerden. Wenn er fliehen wollte, durfte er sich so wenig wie möglich von seinen Gastgebern unterscheiden.

Am Becken hingen an einer Reihe Haken mehrere weiße Handtücher. Der dicke gewebte Stoff war Gregor unbekannt. »Baumwolle ist das nicht«, murmelte er. Das Handtuch war weich und saugte das Wasser besser auf als die dünnen, abgenutzten Handtücher, die sie zu Hause hatten.

Er ging wieder in den Umkleideraum und trocknete sich die Haare. Dann stellte er fest, dass seine Kleider verschwunden waren. Dort, wo sie gelegen hatten, fand er einen ordentlichen Stapel rauchblauer Kleider. Ein Hemd, eine Hose und etwas, das so aussah wie Unterwäsche. Die Kleider waren viel feiner als die Handtücher – seidig floss der Stoff durch seine Finger. Was das wohl für ein Material ist?, fragte er sich, als er das Hemd überzog.

Er schlüpfte in ein Paar Sandalen aus geflochtenem Stroh und ging aus der Umkleide. Mareth und Perdita erwarteten ihn.

»Wo sind meine Sachen geblieben?«, fragte Gregor.

»Wir haben sie verbrannt«, sagte Mareth zaghaft. Gregor spürte, dass Mareth Angst hatte, er könnte wütend werden.

»Es wäre höchst gefährlich, sie zu behalten«, erklärte Perdita. »Die Asche ist ohne Geruch.«

Gregor zuckte die Achseln, um zu zeigen, dass es ihm nichts ausmachte. »Das geht schon in Ordnung«, sagte er. »Die hier passen gut.«

Mareth und Perdita schauten ihn dankbar an. »Wenn Ihr ein paar Tage bei uns gegessen habt, werdet Ihr nicht mehr so stark riechen«, sagte Perdita aufmunternd.

»Darauf freu ich mich schon«, sagte Gregor trocken. Diese Unterländer waren ja wirklich besessen von seinem Geruch.

Aus dem linken Teil des Bads kam Dulcet mit einer quietschsauberen Boots. Sie trug ein weiches rosafarbenes Hemdchen und eine Windel aus dem gleichen Material wie Gregors Handtuch. Sie streckte ein Bein aus und zeigte stolz auf die neue Sandale an ihrem Fuß. »San-da«, sagte sie zu Gregor.

Er streckte einen Fuß vor und zeigte ihr seine Schuhe. »Ich auch«, sagte er. Bestimmt waren Boots' Kleider ebenfalls verbrannt worden. Er versuchte sich an die Sachen zu erinnern für den Fall, dass er seiner Mutter erklären musste, wo sie geblieben waren. Eine schmutzige Windel, das war kein Verlust. Ein Paar abgewetzte lila Sandalen, aus denen sie sowieso bald herausgewachsen wäre. Ein fleckiges T-Shirt. Das würde wohl keine großen Probleme geben.

Gregor wusste noch nicht genau, was er seiner Mutter vom Unterland erzählen wollte. Die Wahrheit würde sie zu Tode erschrecken. Er würde sich etwas ausdenken, sobald sie wieder im Wäschekeller waren. Je eher das der Fall wäre, desto einfacher könnte die Geschichte sein.

Boots streckte die Arme aus und Gregor nahm sie und drückte die Nase in ihre feuchten Locken. Sie roch frisch und ein bisschen nach Ozean.

»Sie ist gut gewachsen«, sagte Dulcet. »Ihr habt sicher müde Arme.« Sie verschwand wieder in der Umkleide und kam mit einer Art Rucksack zurück. Er ließ sich mit Riemen auf dem Rücken befestigen, und Boots konnte darin sitzen und ihm über die Schulter gucken. In New York hatte Gregor schon Leute mit speziellen Tragegestellen für Kleinkinder gesehen, aber für so etwas hatte seine Familie kein Geld.

»Danke«, sagte er leichthin, während er innerlich jubelte. Mit Boots im Tragegestell könnte er wesentlich leichter fliehen, als wenn er sie auf dem Arm tragen müsste.

Dulcet führte sie erst mehrere Treppen hinauf und dann durch ein Labyrinth von Fluren. Schließlich landeten sie in einem langen Raum, der auf einen Balkon führte.

»Diesen Raum nennen wir die Hohe Halle«, sagte Dulcet.

»Da habt ihr wohl das Dach vergessen«, sagte Gregor. Während die Wände mit größter Sorgfalt verziert waren, war über ihnen nichts als die schwarze Höhle.

Dulcet lachte. »O nein, das ist Absicht. Hier finden viele Empfänge statt, und es können viele Fledermäuse gleichzeitig herkommen.« Gregor stellte sich vor, was für einen Engpass es geben würde, wenn hundert Fledermäuse zur unteren Tür hereinkommen wollten. Da war eine größere Landebahn von Vorteil.

Vikus erwartete sie zusammen mit einer älteren Frau vorm Balkon. Sie musste etwa so alt wie seine Großmutter sein, aber während seine Großmutter krumm war und vor Arthritis kaum laufen konnte, hielt sich diese Frau sehr gerade und machte einen kräftigen Eindruck.

»Gregor und Boots die Überländer, meine Frau Solovet«, sagte Vikus.

»Hallo«, sagte Gregor. »Freut mich, Sie kennen zu lernen.«

Die Frau kam auf ihn zu und streckte ihm beide Hände entgegen. Diese Geste überraschte ihn. Seit er hier gelandet war, hatte niemand Anstalten gemacht, ihn zu berühren.

»Willkommen, Gregor, willkommen, Boots«, sagte sie mit leiser, warmer Stimme. »Es ist eine Ehre, euch bei uns zu haben.«

»Danke«, murmelte Gregor, der etwas verwirrt war, weil sie seinen Gefangenenstatus ins Wanken brachte. Sie gab ihm das Gefühl, jemand Besonderes zu sein.

»Hallo, du!«, sagte Boots, und Solovet tätschelte ihr die Wange.

»Vikus sagt, du hast es eilig, wieder nach Hause zu kommen. Es schmerzt mich, dass wir euch nicht sofort helfen können, aber es wäre undenkbar, euch heute schon wieder hinaufzulassen«, sagte sie. »Die ganze Unterwelt ist der Kunde von eurer Ankunft wegen in Aufruhr.«

Wahrscheinlich wollen die uns alle anglotzen, als ob wir Missgeburten wären oder so, dachte Gregor. Na, da müssen sie sich aber ranhalten. Er sagte: »Dann krieg ich hier unten wenigstens noch was zu sehen.«

Vikus winkte ihn zu der niedrigen Mauer hinüber, die den Balkon umgab. »Komm her, hier gibt es viel zu besichtigen«, sagte er.

Gregor stellte sich zu Vikus und hatte sofort ein schwummeriges Gefühl im Bauch. Unwillkürlich trat er ein paar Schritte zurück. Es war, als würde der Balkon nicht zum Gebäude gehören. Nur der Boden trennte Gregor von dem Schwindel erregenden Abgrund.

»Fürchte dich nicht, er ist gut gebaut«, sagte Vikus.

Gregor nickte, doch er wagte sich nicht mehr vor. Wenn das Ding zusammenkrachte, wollte er sich rechtzeitig in die Hohe Halle retten können. »Ich sehe von hier aus ganz gut«, sagte er. Und das stimmte.

Von oben sah Regalia noch beeindruckender aus. Von unten hatte er nicht gesehen, dass die Anlage der Straßen, die mit verschiedenfarbigem Stein gepflastert waren, einem komplexen geometrischen Muster folgte, das die Stadt wie ein gigantisches Mosaik erscheinen ließ. Er hatte auch nicht gesehen, wie groß die Stadt war. Sie erstreckte sich in alle Richtungen über mehrere Kilometer.

»Wie viele Leute leben dort?«, fragte Gregor.

»Wir sind etwa dreitausend«, sagte Vikus. »Bei guter Ernte noch mehr.«

Dreitausend. Gregor versuchte sich vorzustellen, wie viele Menschen das waren. Auf seiner Schule waren ungefähr sechshundert Schüler, also fünfmal so viele.

»Und was treibt ihr hier so?«, fragte Gregor.

Vikus lachte. »Es wundert mich, dass du erst jetzt danach fragst. Es ist eine wunderbare Geschichte.« Vikus holte tief Luft, bevor er anfing zu erzählen. »Vor vielen Jahren lebten einst …«

»Vikus«, unterbrach Solovet ihn. »Vielleicht solltest du die Geschichte besser beim Abendessen erzählen.«

Gregor dankte ihr im Stillen. Sein Magen knurrte, und er hatte das Gefühl, dass Vikus keine Einzelheit auslassen würde.

Der Speiseraum war nicht weit von der Hohen Halle entfernt. Der Tisch war für acht Personen gedeckt. Gregor hoffte, Dulcet würde beim Essen dabei sein, doch nachdem sie Boots in eine Art Hochsitz gesetzt hatte, trat sie einige Schritte vom Tisch zurück und blieb dort stehen. Gregor war nicht wohl bei der Vorstellung, zu essen, während sie da stand, aber er wollte sie nicht in Verlegenheit bringen und schwieg.

Weder Vikus noch Solovet setzten sich, also beschloss auch Gregor zu warten. Bald darauf kam Luxa hereingerauscht. Ihr Kleid war viel eleganter als die Sachen, die sie im Stadion angehabt hatte. Das glänzende Haar, das sie jetzt offen trug, fiel ihr wie flüssiges Silber bis auf die Taille. Sie war in Begleitung eines Jungen, den Gregor auf ungefähr sechzehn schätzte. Er lachte über etwas, das Luxa gerade gesagt hatte. Gregor erkannte ihn aus dem Stadion wieder. Es war der Reiter, der sich großspurig auf seine Fledermaus gelegt hatte, als sie um Gregor herumgeschwirrt waren.

Noch so ein Angeber, dachte Gregor. Aber der Junge sah ihn so freundlich an, dass Gregor beschloss, nicht voreilig zu urteilen. Luxa war nervig, aber die meisten anderen Unterländer waren in Ordnung.

»Mein Cousin Henry«, sagte Luxa kurz angebunden,

und Gregor hätte am liebsten gelacht. Unter all diesen merkwürdigen Namen gab es hier einen Henry.

Henry machte eine tiefe Verbeugung vor Gregor und richtete sich grinsend wieder auf. »Willkommen, Überländer«, sagte er. Dann fasste er Gregor am Arm und flüsterte ihm in übertriebenem Ton ins Ohr: »Hüte dich vor dem Fisch, Luxa plant dich zu vergiften!«

Vikus und Solovet lachten, und sogar Dulcet lächelte. Es war ein Witz. Diese Leute hatten tatsächlich Sinn für Humor.

»Hüte du dich vor *deinem* Fisch, Henry«, gab Luxa zurück. »Ich gab Befehl, alle Schurken zu vergiften, doch dabei vergaß ich, dass auch du mit uns speist.«

Henry zwinkerte Gregor zu. »Tausch deinen Teller mit den Fledermäusen«, flüsterte er, gerade als zwei Fledermäuse im Sturzflug aus der Hohen Halle kamen. »Ah, da sind sie ja schon!«

Gregor erkannte die goldene Fledermaus, auf der Luxa gesessen hatte. Eine große graue Fledermaus flatterte auf einen Stuhl neben Vikus und alle setzten sich.

»Gregor der Überländer, ich stelle dir Aurora und Euripides vor. Sie sind mit Luxa und mir verbunden«, sagte Vikus und hielt der grauen Fledermaus zu seiner Rechten eine Hand hin. Euripides streifte die Hand mit einem Flügel. Luxa und ihre goldene Fledermaus Aurora vollführten dasselbe Ritual.

Gregor hatte gedacht, die Fledermäuse wären für die

Unterländer so etwas wie Pferde, aber jetzt begriff er, dass sie gleichberechtigt waren. Ob sie sprechen konnten?

»Sei gegrüßt, Überländer«, sagte Euripides mit weicher, schnurrender Stimme.

Tatsächlich, sie konnten sprechen. Gregor fragte sich, ob der Fisch, den es nachher geben sollte, vielleicht auch ein Schwätzchen halten wollte, bevor er das Messer ansetzte.

»Freut mich, euch kennen zu lernen«, sagte Gregor höflich. »Was bedeutet das, ihr seid miteinander verbunden?«

»Kurz nach unserer Ankunft im Unterland sind wir Menschen ein besonderes Bündnis mit den Fledermäusen eingegangen«, sagte Solovet. »Beide Seiten erkannten, welche Vorteile es hatte, sich zu verbünden. Aber über dieses allgemeine Bündnis hinaus können einzelne Fledermäuse mit bestimmten Menschen eine eigene Verbindung eingehen.«

»Und was macht man, wenn man mit einer Fledermaus verbunden ist?«, fragte Gregor. »Außer dass man miteinander Ball spielt, meine ich.«

Es trat eine Pause ein, in der die anderen am Tisch Blicke austauschten. Er war schon wieder ins Fettnäpfchen getreten.

»Man hilft einander am Leben zu bleiben«, sagte Luxa eisig.

Offenbar hatte er sich über etwas sehr Ernstes lustig gemacht. »Ach so, das wusste ich nicht«, sagte Gregor.

»Natürlich nicht«, sagte Solovet und sah Luxa streng an. »In deinem Land habt ihr nichts dergleichen.«

»Verbindet ihr euch auch mit den Krabblern?«, fragte Gregor.

Henry prustete los. »Da könnte ich mich genauso gut mit einem Stein verbinden. Bei dem könnte man sich wenigstens darauf verlassen, dass er in der Schlacht nicht davonläuft.«

Luxa grinste. »Und man könnte vielleicht damit werfen. Vermutlich könnte man auch mit einem Krabbler werfen …«

»Aber dann müsste man ihn ja anfassen!«, sagte Henry und die beiden krümmten sich vor Lachen.

»Die Krabbler sind nicht als Kämpfernaturen berühmt«, erklärte Vikus. Weder er noch Solovet lachten. Er wandte sich zu Luxa und Henry. »Und doch leben sie weiter. Vielleicht werdet ihr mehr Respekt vor ihnen haben, wenn ihr den Grund für ihre Langlebigkeit begriffen habt.«

Henry und Luxa bemühten sich, eine ernste Miene aufzusetzen, aber ihre Augen lachten immer noch.

»Es dürfte für die Krabbler kaum von Bedeutung sein, ob ich sie respektiere oder nicht«, sagte Henry gelassen.

»Vielleicht nicht, aber es ist von großer Bedeutung, ob Luxa sie respektiert. Das wird es jedenfalls in etwa fünf Jahren sein, wenn sie alt genug ist zu regieren«, sagte Vikus. »Dann könnte ein alberner Scherz auf Kosten der Krabbler zu einer Frage von Leben und Tod werden. Sie brauchen keine Krieger zu sein, um in der Unterwelt das Zünglein an der Waage zu spielen.«

Das ernüchterte Luxa, und es war gleichzeitig das Ende der Unterhaltung. Eine unangenehme Pause dehnte sich zu einem peinlichen Schweigen aus. Gregor glaubte zu verstehen, was Vikus meinte. Man konnte die Krabbler besser zum Freund als zum Feind haben, und die Menschen sollten sie nicht beleidigen.

Gregor war erleichtert, als das Essen kam und ein Diener mehrere Schälchen in einem Halbkreis vor ihm aufstellte. In mindestens drei Schälchen war etwas, das aussah wie verschiedene Pilzsorten. Ein Schälchen enthielt ein reisähnliches Getreide, und im kleinsten Schälchen war eine Hand voll frisches Gemüse. Die spärliche Portion verriet ihm, dass das Grünzeug für die Unterländer eine echte Delikatesse war.

Dann wurde eine Platte mit einem ganzen gegrillten Fisch vor ihm auf den Tisch gestellt. Der Fisch sah so ähnlich aus wie die Fische, die Gregor kannte – bis auf die Tatsache, dass er keine Augen hatte. Mit seinem Vater hatte er mal eine Sendung über Fische gesehen, die tief unten in irgendeiner Höhle lebten und auch keine Augen hatten. Seltsamerweise hatten die Fische, wenn sie als Forschungsobjekte in einem Labor gelandet waren, das Licht wahrgenommen und Augen bekommen. Nicht sofort, aber nach einigen Generationen.

Sein Vater fand die Sendung wahnsinnig spannend und

hatte Gregor ins Naturkundemuseum geschleppt, um dort nach augenlosen Fischen zu suchen. Gregor und sein Vater waren oft im Naturkundemuseum gelandet. Die Naturwissenschaften begeisterten seinen Vater, und er hätte am liebsten alles, was er im Kopf hatte, direkt in Gregors Hirn geleitet. Manchmal war das ein bisschen gefährlich, denn selbst eine ganz harmlose Frage konnte eine halbstündige Erklärung nach sich ziehen. »Wenn du deinen Vater fragst, wie spät es ist, erklärt er dir, wie eine Uhr funktioniert«, hatte seine Großmutter immer gesagt. Er erklärte für sein Leben gern, und Gregor war für sein Leben gern mit ihm zusammen. Außerdem fand Gregor die Ausstellung über den Regenwald im Naturkundemuseum toll und die Cafeteria, wo es Pommes in der Form von Dinosauriern gab. Sie hatten nie rausgefunden, wie die Fische es angestellt hatten, Augen zu bekommen. Natürlich hatte sein Vater dazu verschiedene Theorien, aber eine Erklärung, wie die Fische sich so schnell verändern konnten, hatte er nicht.

Gregor fragte sich, wie lange es wohl dauerte, bis Menschen durchsichtige Haut und lila Augen bekamen. Er wandte sich zu Vikus. »Sie wollten mir gerade erzählen, wie Sie hierher gekommen sind.«

Während Gregor versuchte, sein Essen, das köstlich war, nicht zu schlingen, erzählte Vikus ihm die Geschichte Regalias.

Soweit man wusste, waren die Menschen im siebzehnten Jahrhundert aus England gekommen. »Ja, sie wurden von einem Steinmetzen hierher geführt, einem gewissen Bartholomäus von Sandwich«, sagte Vikus, und Gregor musste seine Gesichtszüge im Zaum halten. »Er hatte Visionen gehabt. In einem Traum hat er das Unterland gesehen, und dann ist er ausgezogen, um es zu finden.«

Sandwich war mit einigen Anhängern nach New York gesegelt, wo er sich hervorragend mit den Ureinwohnern verstand. Den Indianern war das Unterland wohl bekannt; für rituelle Zwecke unternahmen sie schon seit Jahrhunderten regelmäßig Ausflüge unter die Erde. Sie hatten kein Interesse daran, dort zu leben, und es kümmerte sie nicht, wenn Sandwich so verrückt war, das zu tun.

»Natürlich war er ganz und gar nicht verrückt«, sagte Vikus. »Er wusste, dass die Welt eines Tages wüst und leer sein würde bis auf das, was unter der Erde erhalten wäre.«

Gregor kam es taktlos vor zu erwähnen, dass dort oben inzwischen Milliarden von Menschen lebten. Stattdessen sagte er: »Dann haben also alle ihre Siebensachen gepackt und sind hier runtergezogen?«

»Himmel, nein! Es dauerte fünfzig Jahre, bis die ersten achthundert hier unten angekommen und die Tore zum Überland verriegelt waren. Es musste gesichert sein, dass wir uns ernähren konnten, und wir brauchten Mauern zu unserem Schutz. Rom ist auch nicht an einem Tag erbaut worden.« Vikus lachte. »So hat es Fred Clark der Überländer ausgedrückt.«

»Was ist aus ihm geworden?«, fragte Gregor, während er einen Pilz aufspießte. Am Tisch wurde es still.

»Er starb«, sagte Solovet leise. »Er starb ohne eure Sonne.«

Gregor ließ den Pilz auf den Teller sinken. Er schaute zu Boots, die von Kopf bis Fuß mit matschigem Babybrei bekleckert war. Schläfrig malte sie mit ihren Breifingern auf dem Tisch herum.

Unsere Sonne, dachte Gregor. War sie schon untergegangen? War jetzt Schlafenszeit? War die Polizei schon weg oder befragten sie seine Mutter noch? Wenn sie weg waren, wusste er, wo seine Mutter saß. Am Küchentisch. Allein im Dunkeln. Weinend.

Plötzlich konnte er es nicht ertragen, noch ein einziges Wort über das Unterland zu hören. Er wollte einfach nur hier rauskommen.

7. Kapitel

Die Dunkelheit drückte auf Gregors Augen, bis sie physikalisches Gewicht zu haben schien, wie Wasser. Noch nie zuvor war er ganz ohne Licht gewesen. Zu Hause schienen Straßenlaternen, Scheinwerfer und hin und wieder das Blaulicht eines Feuerwehrautos zu seinem kleinen Fenster herein. Wenn er hier die Öllampe ausblies, war es, als hätte er das Augenlicht verloren.

Er war versucht gewesen, die Lampe wieder anzuzünden. Mareth hatte ihm gesagt, dass die Fackeln im Flur über Nacht brannten, und er hätte seine Lampe dort wieder anzünden können. Aber er wollte das Öl für später aufheben. Außerhalb von Regalia wäre er ohne Licht verloren.

Boots machte ein schniefendes Geräusch und presste ihren Rücken fester an seine Seite. Er legte den Arm enger um sie. Die Diener hatten ihnen zwei Betten gemacht, doch Boots war sofort zu Gregor gekrochen.

Es war nicht schwer gewesen, den Unterländern zu erklären, dass Boots und er schlafen gehen mussten. Alle sahen, dass Boots die Augen kaum noch offen halten konnte, und Gregor sah bestimmt auch ziemlich mitgenommen aus. Aber das war er gar nicht. Das Adrenalin floss so schnell durch seine Adern, dass er fürchtete, das Klopfen seines Herzens könnte durch die dicken Vorhänge dringen, die das Schlafzimmer von der Halle trennten. An Schlaf war nicht zu denken.

Man hatte ihnen angeboten, vorm Zubettgehen noch einmal zu baden. Bei Boots ließ sich das auch kaum umgehen, denn sie hatte ihre Locken nicht nur mit Brei, sondern zusätzlich mit einer Art Pudding garniert. Auch Gregor hatte nicht protestiert. Im Wasser konnte er in Ruhe über seinen Fluchtplan nachdenken.

Außerdem hatte er jetzt die Gelegenheit, Dulcet ganz unauffällig nach dem Wassersystem im Palast zu fragen. »Wie kommt's, dass ihr fließendes warmes und kaltes Wasser habt?«

Sie erklärte ihm, dass das Wasser aus mehreren heißen und kalten Quellen gepumpt wurde.

»Und dann fließt es einfach wieder zurück in eine Quelle?«, fragte er unschuldig.

»O nein, dann wäre es ja nicht mehr frisch«, sagte Dulcet. »Das schmutzige Wasser fließt in den Fluss unter dem Palast und dann in die Wasserstraße.«

Genau das hatte er wissen wollen. Der Fluss unter dem

Palast führte nach draußen. Besser noch, er führte zur Wasserstraße. Er wusste zwar nicht genau, was das war, aber Vikus hatte gesagt, die Wasserstraße habe zwei Tore zum Überland.

Boots bewegte sich im Schlaf, und Gregor tätschelte ihr beruhigend die Seite. Bis zum Schlafengehen hatte sie nicht unter Heimweh gelitten. Doch als er sagte, es sei Zeit fürs Bett, sah sie besorgt aus.

»Mama?«, fragte sie. »Liz-zie?«

War es wirklich erst heute Morgen gewesen, dass Lizzie mit dem Bus ins Ferienlager gefahren war? Es kam ihm vor, als wäre es eine Ewigkeit her.

»Nach Hause? Mama?«, sagte Boots wieder. Obwohl sie so erschöpft war, dauerte es lange, bis er sie zum Einschlafen gebracht hatte. Jetzt verrieten ihm ihre unruhigen Bewegungen, dass sie lebhaft träumte.

Wahrscheinlich von lauter gigantischen Kakerlaken und Fledermäusen, dachte er.

Er hatte keine Ahnung, wie viel Zeit vergangen war. Eine Stunde? Zwei? Jedenfalls waren die leisen Geräusche, die er durch den Vorhang gehört hatte, verstummt. Wenn er die Sache durchziehen wollte, musste er allmählich loslegen.

Gregor löste sich sanft von Boots und stand auf. Tastend fand er in der Dunkelheit die Kindertrage, die Dulcet ihm gegeben hatte. Es war aber gar nicht so einfach, Boots hineinzubekommen. Schließlich machte er die Augen zu und überließ alles seinen übrigen Sinnen. So ging es besser. Er setzte Boots hinein und nahm die Trage auf den Rücken.

»Mama«, murmelte Boots und ließ den Kopf an seine Schulter fallen.

»Ich kümmer mich drum, Kleines«, flüsterte er und suchte auf dem Tisch nach der Öllampe. Mehr nahm er nicht mit. Boots, die Trage und die Lampe. Er musste die Hände frei haben.

Gregor tastete sich zum Vorhang vor und schob ihn ein Stückchen zur Seite. Durch den fernen Schein der Fackeln in der Halle sah er, dass die Luft rein war. Jetzt, wo die Unterländer ihn besser kannten, hatten sie darauf verzichtet, Wachen vor seinem Zimmer aufzustellen. Sie wollten ihm das Gefühl geben, dass er ihr Gast war, und wo sollte er auch schon hin?

Den Fluss runter, dachte er grimmig. Egal, wo der hinführt.

Leise schlich er durch die Halle, immer vorsichtig einen nackten Fuß vor den anderen setzend. Zum Glück schlief Boots weiter. Wenn sie aufwachte, bevor er den Palast verlassen hätte, wäre sein ganzer Plan dahin.

Praktischerweise lag das Bad ganz in der Nähe ihres Schlafzimmers. Gregor ging dem Geräusch des Wassers nach. Sein Plan war einfach. Der Fluss verlief unter dem Palast. Wenn er bis ins Erdgeschoss gelangen könnte, ohne das Geräusch des Wassers zu verlieren, müsste er die Stelle finden, an der das Wasser in den Fluss lief.

Der Plan war einfach, doch seine Durchführung war alles andere als das. Gregor brauchte mehrere Stunden, um sich durch den Palast nach unten zu arbeiten. Nicht immer lagen die Bäder in der Nähe der Treppen, und er musste mehrmals wieder umkehren, um das Rauschen des Wassers nicht zu verlieren. Zweimal musste er sich schnell in einem Raum verstecken, als er Unterländer sah. Es waren nicht mehr viele auf, aber ein paar Wachen machten in der Nacht ihre Runden durch den Palast.

Schließlich wurde das Rauschen lauter und er gelangte ins unterste Stockwerk. Er versuchte herauszufinden, wo das Rauschen am lautesten war, und schlich sich durch eine Tür.

Jetzt sah Gregor den Fluss, und im ersten Moment hätte er seinen Plan beinahe aufgegeben. Als Dulcet den Fluss erwähnt hatte, hatte er sich so etwas vorgestellt wie die Flüsse in New York. Doch dieser hier sah so aus, als wäre er einem Actionfilm entsprungen. Er war gar nicht so furchtbar breit, aber so schnell, dass weiße Gischt auf der Oberfläche schäumte. Gregor hatte keine Ahnung, wie tief der Fluss war, doch seine Strömung war so stark, dass er große Felsbrocken fortspülte, als wären sie leere Coladosen. Kein Wunder, dass die Unterländer auf einen Wachposten am Kai verzichteten. Der Fluss war gefährlicher als jede Armee.

Aber er muss schiffbar sein – schließlich haben sie Boote, dachte Gregor, als er sechs Boote sah, die am Ufer des tosenden Flusses vertäut waren. Die Boote bestanden aus einem Rahmen, über den eine Art Haut gespannt war. Sie erinnerten ihn an die Kanus im Ferienlager.

Ferienlager! Warum konnte er jetzt nicht einfach im Ferienlager sein wie alle anderen normalen Kinder?

Er versuchte nicht an die Felsbrocken zu denken, die im Wasser trieben, und zündete seine Öllampe an einer Fackel auf dem Kai an. Nach kurzem Überlegen nahm er auch die Fackel mit. Dort, wo er hingehen würde, war Licht so wichtig wie Luft zum Atmen. Er blies die Lampe aus, um Öl zu sparen.

Vorsichtig stieg er in eins der Boote und besah es sich genau. Die Fackel ließ sich in eine offenbar dafür vorgesehene Halterung stecken.

Wie kriegt man das Ding ins Wasser?, überlegte er. Das Boot wurde von zwei Seilen über Wasser gehalten. Sie waren an einem Metallrad befestigt, das am Kai angebracht war. »Da hilft alles nichts«, sagte Gregor und zog einmal kräftig an dem Rad. Mit einem lauten Quietschen fiel das Boot in den Fluss, und Gregor plumpste auf den Hintern.

Die Strömung riss das Boot mit sich, als wäre es ein trockenes Blatt. Gregor klammerte sich an den Bootswänden fest, als sie in die Dunkelheit sausten. Plötzlich hörte er Stimmen. Er schaffte es, sich kurz umzuschauen, und sah zwei Unterländer, die auf dem Kai standen und ihm etwas nachschrien. Dann machte der Fluss eine Biegung und sie verschwanden aus seiner Sicht.

Ob sie ihn verfolgen würden? Ganz bestimmt. Aber er hatte einen Vorsprung. Wie weit war es bis zur Wasserstraße? *Was* war die Wasserstraße, und was würde er tun, wenn er sie erreicht hätte?

Diese Fragen hätten Gregor Kopfzerbrechen bereitet, wäre er nicht so sehr mit dem Kampf ums nackte Überleben beschäftigt gewesen. Abgesehen von den durchs Wasser wirbelnden Gesteinsbrocken musste er noch den zerklüfteten schwarzen Felsen ausweichen, die aus dem Wasser ragten. Mit einem Ruder, das er im Boot fand, lenkte er das Boot von den Felsen weg.

Bis jetzt hatte er es im Unterland angenehm kühl gefunden, vor allem nach den zweiunddreißig Grad in seiner Wohnung zu Hause. Aber von dem kalten Wind, der übers Wasser peitschte, bekam er Gänsehaut.

»Gregor!« Ihm war, als hätte ihn jemand gerufen.

Hatte er sich das nur eingebildet, oder – nein! Da war es wieder. Die Unterländer schienen aufzuholen.

Der Fluss machte einen Bogen, und plötzlich konnte Gregor etwas besser sehen. Er war von einer länglichen Grotte umgeben, in deren funkelnden Kristallen sich der Schein seiner Fackel spiegelte.

In der Ferne erspähte Gregor am Ufer des Flusses einen glitzernden Strand. Vom Strand führte ein Tunnel in die Dunkelheit. Aus einem Impuls heraus stieß Gregor sich von einem Felsen ab und lenkte das Boot in Richtung Strand. Verzweifelt versuchte er dorthin zu rudern. Es hatte keinen Sinn, auf dem Fluss zu bleiben. Die Unterländer saßen ihm im Nacken. Vielleicht könnte er es schaffen, am Strand an Land zu gehen und sich im Tunnel zu verstecken. Wenn sie vorbei wären, würde er ein paar Stunden warten und es dann noch einmal mit dem Fluss aufnehmen.

Mit voller Wucht kam das Boot auf dem Strand auf. Gregor konnte gerade noch verhindern, dass er mit dem Gesicht auf dem Boden des Bootes aufschlug. Boots wurde von der Erschütterung wach und weinte ein bisschen. Er redete ihr beruhigend zu, während er, die Fackel in einer Hand, mit der anderen Hand versuchte das Boot über den Sand zu ziehen. »Ist schon gut, Boots. Schsch. Schlaf weiter.«

»Hallo, Federmaus«, murmelte sie, und ihr Kopf fiel wieder an seine Schulter.

Gregor hörte in der Ferne seinen Namen und beeilte sich. Er hatte gerade den Eingang des Tunnels erreicht, als er etwas Warmem, Pelzigem in die Arme lief. Erschrocken taumelte er ein paar Schritte zurück und ließ dabei die Fackel fallen. Das Etwas trat in das schummrige Licht. Gregors Knie wurden puddingweich und er sackte langsam in den Sand.

Vor ihm stand eine gigantische Ratte, die das Gesicht zu einem Grinsen verzog.

8. Kapitel

Na, da bist du ja endlich«, sagte die Ratte träge. »Deinem Gestank nach hatten wir schon vor einer Ewigkeit mit dir gerechnet. Guck mal, Fangor, er hat das Junge mitgebracht.«

Eine lange Nase schob sich über die Schulter der ersten Ratte. Sie waren zu zweit.

»Das ist ja ein Leckerbissen«, sagte Fangor mit sanfter, voller Stimme. »Wenn ich das zarte Junge für mich allein haben kann, überlasse ich dir den Knaben ganz, Shed.«

»Das klingt verlockend, aber an ihm sind mehr Knochen dran als Fleisch, und sie ist so ein appetitliches Häppchen«, sagte Shed. »Da fällt die Wahl wahrlich schwer. Steh auf, Junge, damit wir deine Füllung sehen können.«

Die Kakerlaken waren merkwürdig gewesen, die Fledermäuse unheimlich, aber diese Ratten waren der absolute Horror. Wie sie da auf ihren Hinterbeinen saßen, waren sie bestimmt einen Meter achtzig groß, und ihre Beine, Arme oder wie man sie auch nennen wollte, waren unter dem grauen Fell muskelgeschwellt. Das Schlimmste jedoch waren ihre Zähne, fünfzehn Zentimeter lange Schneidezähne, die ihnen aus dem Maul ragten.

Nein, das Allerschlimmste war, dass sie offenbar wild entschlossen waren, Gregor und Boots zu fressen. Manche Leute dachten, Ratten fräßen keine Menschen, aber Gregor wusste es besser. Selbst die gewöhnlichen Ratten zu Hause konnten einen Menschen angreifen, wenn er hilflos war. Ratten gingen auf Babys los, auf alte Leute, auf die Schwachen und Hilflosen. Da gab es Geschichten von einem Obdachlosen in der Gasse, von einem kleinen Jungen, der zwei Finger verloren hatte – Geschichten, die zu schrecklich waren, um darüber nachzudenken.

Gregor rappelte sich langsam auf, griff nach seiner Fackel, hielt sie jedoch unten. Er drückte Boots mit dem Rücken an die Wand der Grotte.

Fangors Nase bebte. »Der hier hat Fisch zum Abendbrot gegessen. Pilze, Körner und nur ein paar Blätter. Eine köstliche Mischung, das musst du zugeben, Shed.«

»Aber das Junge hat sich mit Kuheintopf und Sahne voll gestopft«, erwiderte Shed. »Außerdem ist sie schön voll mit Milch.«

Jetzt wusste Gregor, weshalb die Unterländer so ein Gewese um das Baden gemacht hatten. Wenn die Ratten das bisschen Gemüse erschnüffeln konnten, das er vor mehreren Stunden gegessen hatte, mussten sie einen phänomenalen Geruchssinn haben.

Die Unterländer waren nicht taktlos gewesen, als sie ihn gedrängt hatten zu baden. Sie wollten ihm das Leben retten!

Hatte er bisher alles darangesetzt, ihnen zu entwischen, wünschte er jetzt sehnlichst, sie würden ihn finden. Er musste sich die Ratten vom Leib halten und Zeit gewinnen. Er erschrak über den Ausdruck. Vikus hatte gesagt, mit Töten würden die Kakerlaken keine Zeit gewinnen. Meinten die Unterländer mit »Zeit« ganz einfach mehr Leben?

Er klopfte sich die Kleider ab und versuchte den lässigen Plauderton der Ratten aufzunehmen. »Hab ich bei der Sache auch ein Wörtchen mitzureden?«, fragte er.

Zu seiner Überraschung fingen Fangor und Shed an zu lachen. »Er kann sprechen!«, sagte Shed. »Welch eine Freude! Normalerweise bekommen wir nur Gekreisch und Gewimmer zu hören! Sag, Überländer, woher nimmst du deinen Mut?«

»Ach, ich bin nicht mutig«, sagte Gregor. »Das könnt ihr doch bestimmt riechen.«

Wieder lachten die Ratten. »Das stimmt, dein Schweiß riecht nach Angst, aber immerhin hast du es geschafft, uns anzusprechen.«

»Na ja, ich dachte, ihr würdet eure Mahlzeit gern besser kennen lernen«, sagte Gregor.

»Der gefällt mir, Shed!«, johlte Fangor.

»Mir auch!«, rief Shed mit erstickter Stimme. »Für gewöhnlich sind die Menschen höchst langweilig. Sag, dass wir ihn behalten dürfen, Fangor.«

»Aber Shed, wie stellst du dir das vor? Das würde viele Erklärungen nach sich ziehen, und außerdem bekomme ich vom Lachen allmählich Hunger.«

»Ich auch«, sagte Shed. »Aber du musst zugeben, dass es jammerschade ist, eine so unterhaltsame Beute zu verspeisen.«

»Jammerschade, Shed«, sagte Fangor. »Aber nicht zu ändern. Sollen wir?«

Und schon kamen die beiden Ratten mit gebleckten Zähnen auf ihn zu. Gregor holte aus und schlug mit der Fackel nach ihnen. Eine Funkenspur zog sich durch die Luft. Wie ein Schwert hielt er die Fackel mit beiden Händen vor sich. Sein Gesicht wurde hell erleuchtet.

Die Ratten hielten plötzlich inne. Erst dachte er, sie hätten Angst vor der Flamme, aber es war etwas anderes. Sie sahen verblüfft aus.

»Sieh nur, Shed, seine Farbe«, sagte Fangor gedämpft.

»Ich sehe es, Fangor«, sagte Shed ruhig. »Und er ist nur ein Junge. Glaubst du, er ist …«

»Nicht, wenn wir ihn töten!«, knurrte Fangor und stürzte sich auf Gregors Kehle.

Die erste Fledermaus kam so leise, dass weder Gregor noch die gierigen Ratten sie bemerkten. Sie erwischte

Fangor mitten im Sprung und warf ihn aus dem Gleichgewicht. Fangor stolperte über Shed und die beiden landeten in einem Knäuel auf dem Boden. Sie kamen sofort wieder auf die Füße und gingen auf die Angreifer los.

Gregor sah Henry, Mareth und Perdita, wie sie mit ihren Fledermäusen im Zickzack über die Köpfe der Ratten flogen. Auf engstem Raum mussten sie nicht nur einander, sondern auch den gemeinen Klauen der Ratten ausweichen. Fangor und Shed konnten mühelos drei Meter hoch springen, viel höher war die glitzernde Decke der Grotte auch nicht.

Henry und die anderen schwangen die Schwerter und griffen die Ratten im Sturzflug an. Fangor und Shed wehrten sich mit Klauen und Zähnen. Bald waren überall Blutflecken auf dem Strand, aber Gregor wusste nicht, wessen Blut es war.

»Flieh!«, rief Henry Gregor zu, als er an ihm vorbeisauste. »Flieh, Überländer!«

Ein Teil von ihm wollte nichts lieber als das, aber es war unmöglich. Er wusste gar nicht, wohin er hätte laufen sollen. Sein Boot war oben auf dem Strand, und der Tunnel … wenn er es mit den Ratten aufnehmen musste, war ihm das auf freier Fläche immer noch lieber als im Tunnel.

Noch entscheidender war aber, dass die Unterländer nur seinetwegen hier waren. Er konnte nicht einfach weglaufen und sie mit den Ratten allein lassen.

Doch was sollte er tun?

In diesem Moment bekam Shed einen Flügel von Mareths Fledermaus mit den Zähnen zu fassen und biss sich fest. Die Fledermaus versuchte sich zu befreien, aber Shed ließ nicht locker. Da flog Perdita hinter Shed und schlug ihm mit einem einzigen Schwerthieb das Ohr ab. Shed heulte vor Schmerz auf und gab Mareths Fledermaus frei.

Als Perdita ihre Fledermaus wieder hochzog, sprang Fangor auf die Fledermaus zu, riss ihr am Hals ein Büschel Fell aus und schleuderte sie zu Boden. Perdita knallte mit dem Kopf gegen die Wand und verlor das Bewusstsein. Fangor beugte sich über sie und wollte ihr gerade die Zähne in die Kehle schlagen.

Gregor dachte nicht darüber nach, was er tun sollte, er tat es einfach. Eben noch hatte er an die Wand gepresst dagestanden, jetzt sprang er mit einem Satz vor und schleuderte Fangor die Fackel ins Gesicht. Fangor schrie auf und taumelte zurück, direkt in Henrys Schwert hinein. Leblos fiel er zu Boden, das Schwert noch im Rücken.

Fangors Schrei weckte Boots endgültig. Sie schaute über Gregors Schulter und fing in höchsten Tönen an zu kreischen. Ihre Schreie hallten von den Wänden wider, was Shed zur Raserei brachte und den Fledermäusen die Orientierung raubte.

»Kannst du noch fliegen, Mareth?«, rief Henry.

»Wir halten aus!«, schrie Mareth, obwohl Blut aus dem verletzten Flügel seiner Fledermaus spritzte.

Die Sache sah nicht gut aus. Mareths Fledermaus

konnte nicht mehr richtig fliegen, Henry war unbewaffnet, Perdita bewusstlos, ihre Fledermaus lag auf dem Boden und schnappte nach Luft, Boots kreischte und Shed war rasend vor Schmerz und Angst. Obwohl er stark blutete, hatte er nichts an Schnelligkeit und Kraft eingebüßt.

Mareth versuchte verzweifelt, Perdita vor der Ratte zu beschützen, aber er war allein. Henry flog dazwischen, doch ohne Schwert konnte er sich nicht zu nah heranwagen. Mit der Fackel in der Hand kauerte Gregor sich über Perdita. Das war nur eine schwache Verteidigung gegen den durchgedrehten Shed, aber irgendetwas musste er tun.

Da sprang Shed hoch und packte Mareths Fledermaus bei den Füßen. Mit Mareth auf dem Rücken knallte die Fledermaus vor die Wand. Shed wandte sich zu Gregor.

»Jetzt bist du tot!«, schrie er. Boots stieß einen entsetzten Schrei aus, als Shed sich auf sie stürzte. Gregor machte sich auf alles gefasst, aber Shed kam nicht mehr zum Angriff. Er schnappte nach Luft und fasste an die Klinge, die seine Kehle durchstieß.

Aus dem Augenwinkel sah Gregor, wie Aurora, Luxas Fledermaus, hinaufschnellte. Er hatte keine Ahnung, wann Luxa gekommen war. Sie musste kopfüber geflogen sein, als sie Shed erstochen hatte. Obwohl Luxa sich flach auf den Rücken der Fledermaus legte, gelang es Aurora kaum abzudrehen, ohne mit Luxa an der Decke entlangzuschaben.

Shed sackte an der Wand der Grotte in sich zusammen.

Er war am Ende. Mit brennenden Augen starrte er Gregor an. »Überländer«, sagte er gurgelnd, »wir werden dich verfolgen bis zur letzten Ratte.« Und mit diesen Worten starb er.

Gregor wollte gerade wieder zu Atem kommen, als Henry neben ihm landete. Er schob Gregor zum Strand, hob Perdita hoch und flog davon. »Verbrennt das Land!«, rief er.

Während Mareth das Blut noch aus der klaffenden Wunde an der Stirn lief, entwand er Shed und Fangor die Schwerter. Er schleppte die Ratten in den Fluss, und ihre Körper wurden sofort von der Strömung mitgerissen. Mareths Fledermaus ging zittrig wieder in Flugposition, und er schwang sich auf ihren Rücken. Er schnappte sich die Trage mit Boots und legte Gregor mit dem Bauch nach unten vor sich.

Gregor sah, wie Aurora Perditas verletzte Fledermaus mit den Klauen an den pelzigen Schultern festhielt. Luxa hatte irgendwann die Öllampe aus dem Boot geholt. Als sie sich in die Lüfte erhoben, warf sie sie zu Boden.

»Lass die Fackel fallen!«, schrie Mareth, und Gregor schaffte es, die Finger zu strecken und sie loszulassen.

Als sie aus der Grotte hinausflogen, sah er nur noch, wie der Strand in Flammen aufging.

9. Kapitel

Während Gregor sich an der Fledermaus festklammerte, schaute er auf den dahinschnellenden Fluss. Im ersten Moment war er erleichtert, den Ratten entkommen zu sein. Doch schon bald machte es ihm Angst, auf einer verwundeten Fledermaus durch die Luft zu sausen.

Boots hielt seinen Hals so fest umklammert, dass er kaum atmen, geschweige denn sprechen konnte. Und was hätte er Mareth auch sagen sollen? »Du, die ganze Geschichte da am Strand tut mir echt Leid«?

Natürlich hatte er keine Ahnung von den Ratten gehabt. Aber hatten die Unterländer nicht versucht ihn zu warnen? Nein, sie hatten von Gefahren gesprochen, aber außer den Kakerlaken hatte niemand die Ratten direkt erwähnt. »Ratte schlecht«, hatte einer gesagt. Und später beim Handeln mit Luxa hatten sie davon gesprochen, wie viel die Ratten zahlen würden. Er und Boots hätten an die Ratten verkauft werden können, und was dann?

Ihm wurde übel, und er schloss die Augen, um das schäumende Wasser nicht mehr sehen zu müssen. Jetzt hatte er das Gemetzel am Strand vor Augen. Dann doch lieber das Wasser. Das Licht des Feuers verschwand langsam, und das Wasser wurde tiefschwarz. Als auf den Wellen wieder Licht aufflackerte, wusste Gregor, dass sie bald in Regalia sein würden.

Eine Gruppe Unterländer wartete auf dem Kai. Sofort trugen sie die bewusstlose Perdita und ihre blutende Fledermaus davon. Sie versuchten Mareth auf eine Trage zu legen, doch er weigerte sich und bestand darauf, seine Fledermaus mit hineinzutragen.

Gregor saß auf dem Kai, wo Mareth ihn nach der Landung hingeschoben hatte, und wünschte, er könnte verschwinden.

Boots war jetzt ruhig, aber er spürte, dass ihre kleinen Muskeln steif vor Angst waren. Fünfzehn, vielleicht zwanzig Minuten vergingen. Er wusste es nicht.

»Aufstehen!«, raunzte ihn jemand an, und er sah Mareth, der wütend auf ihn herabschaute. Er hatte die Stirn verbunden, die rechte Gesichtshälfte war bläulich verfärbt und geschwollen. »Auf die Füße, Überländer!«, schimpfte er. Hatte Gregor ihn vor ein paar Stunden wirklich noch für schüchtern gehalten?

Langsam streckte Gregor die steifen Beine und stand

auf. Mareth band ihm die Hände fest auf dem Rücken zusammen. Diesmal bestand kein Zweifel: Er war ein Gefangener. Ein zweiter Wächter gesellte sich zu Mareth, und Gregor wurde abgeführt. Seine Beine fühlten sich taub an. Was hatten sie jetzt mit ihm vor?

Er achtete nicht darauf, wohin sie gingen. Er ließ sich einfach vorwärts schieben. Er hatte eine undeutliche Ahnung, dass er viele Treppen hochstieg, bevor er einen großen, rautenförmigen Raum betrat. In der Mitte des Raums stand ein Tisch. Mareth drückte Gregor auf einen Schemel an einem lodernden Feuer. Die beiden Wachen traten ein paar Schritte zurück, ließen ihn jedoch nicht aus den Augen.

So gefährlich bin ich also, dachte er benommen.

Boots begann sich auf seinem Rücken zu bewegen. Sie zupfte ihn am Ohr. »Nach Hause?«, fragte sie flehend. »Nach Hause, Ge-go?« Gregor konnte ihr darauf keine Antwort geben.

Leute hasteten an der Tür vorbei und redeten aufgeregt miteinander. Einige spähten herein, aber niemand trat ein.

Am warmen Feuer merkte er, wie kalt ihm war. Bis zum Bauch war er klatschnass vom Flusswasser. Er zitterte vor Erschöpfung und vom Schrecken dessen, was er gesehen, was er mitgemacht hatte.

Boots ging es besser. Offenbar war die Kindertrage wasserdicht, und sie war an ihren Bruder gepresst worden. Doch als ihre Zehen seinen Arm streiften, merkte er, dass sie eiskalt waren.

Eine bleierne Müdigkeit überkam Gregor, und er hätte sich so gern hingelegt, einfach nur hingelegt, um einzuschlafen und in seinem eigenen Bett aufzuwachen, wo die Scheinwerfer der Autos über die Wände huschten. Aber er glaubte nicht mehr, dass das hier ein Traum war.

Was war mit den Unterländern passiert? Mit Perdita? Ihrer verletzten Fledermaus? Und Mareths Fledermaus? Wenn sie sterben würden, wäre es seine Schuld. Er würde gar nicht erst versuchen, das abzustreiten.

In diesem Moment kam Luxa herein. Wutschnaubend lief sie auf Gregor zu und versetzte ihm eine schallende Ohrfeige. Sein Kopf flog zur Seite und Boots stieß einen Schrei aus.

»Nicht hauen!«, kreischte sie. »Nicht, nicht, nicht hauen!« Sie fuchtelte mit ihrem winzigen Zeigefinger vor Luxas Nase herum. Bei Gregor zu Hause war Schlagen absolut verboten, und Boots hatte nicht lange gebraucht, um das zu kapieren.

Bei den Unterländern war es anscheinend auch nicht gern gesehen, denn Gregor hörte Vikus von der Tür her scharf sagen: »Luxa!«

Luxa sah aus, als hätte sie Gregor am liebsten noch einmal geschlagen, doch sie stolzierte zum Kaminsims und starrte ins Feuer.

»Du solltest dich schämen, Luxa«, sagte Vikus und ging zu ihr hinüber.

Giftig drehte sie sich zu ihm um. »Zwei Flieger sind

niedergestreckt und wir bekommen Perdita nicht wach, nur weil der Überländer unbedingt fliehen musste! Ich soll ihn nicht schlagen? Am liebsten schickte ich ihn ins Land des Todes und überließe ihn seinem Schicksal!«

»Wie dem auch sei, Luxa, es geziemt sich nicht«, sagte Vikus, doch Gregor sah, dass die Neuigkeit ihn aus der Fassung brachte. »Beide Ratten sind tot?«, fragte er.

»Tot und im Fluss versenkt«, sagte Luxa. »Wir haben das Land verbrannt.«

»Über das *Wir* unterhalten wir beide uns später«, sagte Vikus streng. »Der Rat billigt dein Verhalten nicht.«

»Es kümmert mich nicht, was der Rat billigt oder nicht«, murmelte Luxa, doch sie wich Vikus' Blick aus.

Sie hätte also gar nicht kommen dürfen, dachte Gregor. Auch sie kriegt jetzt Ärger. Er hätte sich gern darüber gefreut, aber Sorgen, Schuldgefühle und Erschöpfung drückten ihn zu sehr nieder. Außerdem hatte Luxa ihm das Leben gerettet, indem sie Shed ausgeschaltet hatte. Er war ihr wohl etwas schuldig, aber die Ohrfeige brannte noch immer, deshalb fing er nicht davon an.

»Nicht hauen«, sagte Boots wieder, und Vikus wandte sich zu ihnen.

Wie Luxa brachte auch Gregor es nicht über sich, ihm in die Augen zu sehen. »Was hat der Überländer getan, Luxa? Kampf oder Flucht?«, fragte Vikus.

»Henry sagte, er habe gekämpft«, gab Luxa unwillig zu. »Doch ohne Geschick und Kenntnis der Waffen.«

Gregor hätte gern gesagt: »Hey, ich hatte schließlich nur eine blöde Fackel!« Aber er sparte sich die Mühe.

»Dann hat er viel Mut«, sagte Vikus.

»Mut ohne Vorsicht bringt den frühen Tod, das erzählst du mir täglich«, sagte Luxa.

»Das erzähle ich dir, und hörst du etwa darauf?«, fragte Vikus mit hochgezogenen Augenbrauen. »Du hörst ebenso wenig wie er. Ihr seid beide zu jung, um taub zu sein. Bindet ihm die Hände los und lasst uns allein«, sagte er zu den Wachen.

Gregor spürte, wie die Fesseln an seinen Handgelenken von einer Klinge durchtrennt wurden. Er rieb die Abdrücke, damit das Blut wieder in die Hände floss. Seine Wange pochte, aber er zwang sich, sie nicht zu berühren. Diese Genugtuung gönnte er Luxa nicht.

Boots beugte sich über seine Schulter und strich über die Einschnitte an seinen Handgelenken. »Au«, jammerte sie. »Au.«

»Ist nicht so schlimm, Boots«, sagte er, doch sie schüttelte den Kopf.

»Wir wollen uns hier versammeln«, sagte Vikus und setzte sich an den Tisch. Weder Gregor noch Luxa rührten sich. »Kommt her, wir haben zu reden!«, sagte Vikus und schlug mit der Hand auf die steinerne Tischplatte. Diesmal gingen sie beide zum Tisch und setzten sich so weit wie möglich auseinander.

Gregor hob Boots über den Kopf und befreite sie aus

der Trage. Sie setzte sich auf seinen Schoß, schmiegte sich fest in seine Arme und sah Vikus und Luxa aus großen, ernsten Augen an.

Nach dieser Nacht wird Boots wohl nicht mehr denken, dass alle Welt ihr Freund ist, dachte Gregor. Früher oder später musste sie das ja herausfinden, aber es machte ihn trotzdem traurig.

»Gregor der Überländer«, begann Vikus, »da ist vieles, was du nicht verstehst. Du sprichst nicht, doch dein Gesicht spricht für dich. Du bist besorgt. Du bist zornig. Du glaubst, du habest recht daran getan, jenen zu entfliehen, die dich gegen deinen Willen festhielten, doch es schmerzt dich, dass wir leiden mussten, indem wir dir zu Hilfe eilten. Wir sagten dir nichts von den Ratten, und doch wirft Luxa dir unsere Verluste vor. Wir scheinen dein Feind zu sein, doch wir gaben dir Zeit.«

Gregor antwortete nicht. Vikus hatte die Lage ganz gut beschrieben, nur Luxas Ohrfeige hatte er ausgelassen.

Vikus erriet seine Gedanken. »Luxa hätte dich nicht schlagen dürfen, doch mit deiner Flucht hast du diejenigen, die sie liebt, der Gefahr eines grausamen Todes ausgesetzt. Das bringt sie sehr auf, denn ihre Eltern wurden beide von den Ratten ermordet.«

Luxa hielt die Luft an. »Das ist nicht seine Sache!«

Sie wirkte so verzweifelt, dass Gregor ihr fast zugestimmt hätte. Was sie ihm auch getan hatte, das ging ihn tatsächlich nichts an.

»Ich sage es ihm, Luxa, weil ich Grund habe zu glauben, dass auch Gregor der Vater fehlt«, sagte Vikus.

Jetzt war es an Gregor zu erschrecken. »Woher wissen Sie das?«

»Ich habe keine Gewissheit, ich denke es mir nur. Sag, Gregor der Überländer, erkennst du dies hier?« Vikus fasste in seinen Mantel und holte etwas heraus.

Es war ein Metallring, an dem einige Schlüssel hingen. Aber es war die grob geflochtene Schlaufe aus rotem, blauem und schwarzem Leder, die Gregors Herzschlag aussetzen ließ. Er selbst hatte diese Schlaufe im Bastelkurs geflochten, als er in demselben Ferienlager gewesen war wie Lizzie jetzt. Man konnte sich aussuchen, ob man ein Armband, ein Lesezeichen oder einen Schlüsselanhänger basteln wollte. Gregor hatte sich für den Schlüsselanhänger entschieden.

Ohne diesen Schlüsselanhänger ging sein Vater nirgendwohin.

Teil 2

DIE SUCHE

10. Kapitel

Als Gregors Herz wieder schlug, pochte es so heftig, dass er meinte, es müsste ihm in der Brust zerspringen. Automatisch streckte er die Hand aus, seine Finger griffen nach dem Schlüsselanhänger. »Wo haben Sie das her?«

»Wie ich dir sagte, sind schon andere Überländer heruntergefallen. Vor einigen Jahren haben wir jemanden gerettet, der dir sehr glich. Ich entsinne mich nicht des genauen Datums«, sagte Vikus, als er den Schlüsselanhänger in Gregors Hand legte.

Vor zwei Jahren, sieben Monaten und dreizehn Tagen, dachte Gregor. Laut sagte er: »Das gehört meinem Vater.«

Eine Woge des Glücks durchströmte ihn, als er mit den Fingern über das abgenutzte Lederband und den Druckknopf strich, mit dem man das Band am Hosenbund befestigen konnte. Erinnerungen blitzten auf. Sein Vater, wie er die Schlüssel fächerförmig ausbreitete, um den Haustürschlüssel herauszusuchen. Sein Vater, wie er vor Lizzie in ihrer Sportkarre mit den Schlüsseln herumklimperte. Sein Vater auf einer Picknickdecke im Central Park, wie er mit einem Schlüssel einen Behälter mit Kartoffelsalat öffnete.

»Dein Vater?« Luxa riss die Augen auf, und auf ihrem Gesicht erschien ein merkwürdiger Ausdruck. »Vikus, du glaubst doch nicht, er …«

»Ich weiß es nicht, Luxa. Doch die Anzeichen sind stark«, sagte Vikus. »Seit seiner Ankunft hatte ich kaum einen anderen Gedanken.«

Luxa wandte sich zu Gregor. In ihren violetten Augen lag leiser Spott.

Was war los? Was hatte sie?

»Wie du wollte dein Vater unbedingt nach Hause. Mit großen Mühen konnten wir ihn überreden, einige Wochen zu bleiben. Länger ertrug er es nicht; eines Nachts entwischte er genau wie du«, sagte Vikus. »Die Ratten kamen uns zuvor.«

Unsanft landete Gregor wieder in der Wirklichkeit, und alle Freude war dahin. Es gab keine anderen lebenden Überländer in Regalia. Das hatte Vikus ihm im Stadion gesagt. Sein Vater hatte versucht nach Hause zu kommen, und ihm war es genauso ergangen wie Gregor. Nur dass die Unterländer ihm nicht zu Hilfe geeilt waren. Er schluckte den Kloß herunter, den er im Hals hatte.

»Dann ist er also tot.«

»Das nahmen wir an. Doch dann ging das Gerücht, die Ratten hätten ihn am Leben gelassen«, sagte Vikus. »Unsere Spione bestätigen das regelmäßig.«

»Er lebt?«, fragte Gregor und wurde von neuer Hoffnung erfüllt. »Aber warum? Warum haben sie ihn nicht getötet?«

»Wir wissen es nicht genau, doch ich habe einen Verdacht. Dein Vater war ein Mann der Wissenschaft, nicht wahr?«, fragte Vikus.

»Ja, er unterrichtet Naturwissenschaften«, sagte Gregor. Er begriff nicht, worauf Vikus hinauswollte. Sollte sein Vater den Ratten Chemie beibringen?

»In unseren Unterhaltungen zeigte sich, dass er um die Zusammenhänge der Natur wusste«, sagte Vikus. »Um Blitz, Feuer, explodierendes Pulver.«

Allmählich verstand Gregor, was Vikus sagen wollte. »Also, wenn Sie glauben, mein Vater würde Kanonen oder Bomben für die Ratten bauen, sind Sie schief gewickelt. Das würde er nie tun.«

»Es ist schwer zu sagen, was wir in den Höhlen der Ratten tun würden«, sagte Vikus sanft. »Es muss Kraft kosten, bei Verstand zu bleiben; um ehrenhaft zu bleiben, bedürfte es eines Herkules. Ich urteile nicht über deinen Vater, ich versuche nur zu verstehen, warum er so lange überlebt.«

»Im Nahkampf sind die Ratten stark. Doch wenn wir aus der Ferne angreifen, bleibt ihnen nur die Flucht. Sie suchen vor allem nach einem Mittel, uns aus der Ferne zu töten«, sagte Luxa. Auch sie schien seinen Vater nicht anzuklagen. Und sie schien auch nicht mehr wütend auf Gregor zu sein. Wenn sie bloß aufhören würde, ihn so anzustarren.

»Solovet, meine Frau, hat eine andere Theorie«, sagte Vikus jetzt etwas heiterer. »Sie glaubt, die Ratten wollen, dass dein Vater ihnen einen Daumen macht!«

»Einen Daumen?«, fragte Gregor. Boots hielt ihren Daumen hoch. »Ja, Kleines, ich weiß schon, was ein Daumen ist«, sagte er und lächelte sie an.

»Ratten haben keinen Daumen, und deshalb können sie vieles nicht, was wir können. Sie können keine Werkzeuge oder Waffen herstellen. Sie sind Meister der Zerstörung, doch das Erschaffen ist ihnen nicht gegeben«, sagte Vikus.

»Sei froh, Überländer, wenn sie glauben, dein Vater könnte ihnen nützlich sein. Nur so wird er Zeit gewinnen«, sagte Luxa betrübt.

»Hast du meinen Vater auch kennen gelernt?«, fragte er.

»Nein«, sagte sie. »Für eine solche Begegnung war ich zu jung.«

»Damals spielte Luxa noch mit Puppen«, sagte Vikus.

Gregor versuchte angestrengt, sich Luxa mit einer Puppe vorzustellen, aber es wollte ihm nicht gelingen.

»Meine Eltern trafen ihn und sprachen gut von ihm«, sagte Luxa.

Ihre Eltern. Damals hatte sie noch Eltern gehabt. Gregor hätte gern gewusst, wie die Ratten sie getötet hatten, aber er wusste, dass er nie danach fragen würde.

»Luxa hat wahr gesprochen. Im Moment sind die Ratten unsere erbitterten Feinde. Wer außerhalb der Mauern Regalias einer Ratte begegnet, kann wählen zwischen Kampf oder Tod. Nur die Hoffnung auf einen großen Vorteil könnte die Ratten dazu bewegen, einen Menschen am Leben zu lassen. Vor allem einen Überländer«, sagte Vikus.

»Ich verstehe nicht, warum sie uns so hassen«, sagte Gregor. Er dachte an Sheds brennende Augen, an seine letzten Worte: »Überländer, wir werden dich verfolgen bis zur letzten Ratte.« Vielleicht wussten sie, dass die Menschen im Überland am liebsten alle Ratten fangen, vergiften und vernichten würden. Außer denen, die für Tierversuche gebraucht wurden.

Vikus und Luxa wechselten einen Blick. »Wir müssen es ihm sagen, Luxa. Er muss wissen, worauf er sich einlässt«, sagte Vikus.

»Glaubst du wirklich, er ist es?«, fragte sie.

»Wer? Wer soll ich sein?«, fragte Gregor. Das Gespräch schien auf nichts Gutes hinauszulaufen.

Vikus erhob sich vom Tisch. »Komm«, sagte er und ging zur Tür hinaus.

Gregor stand auf und reckte die steifen Arme, um Boots tragen zu können. Luxa und er waren gleichzeitig an der Tür, beide blieben stehen. »Nach dir«, sagte er.

Sie schaute ihn von der Seite an und folgte Vikus.

Zu beiden Seiten des Flurs standen Unterländer, die ihnen stumm nachschauten und dann anfingen zu tuscheln. Schon bald blieb Vikus vor einer glänzenden Holztür stehen. Gregor fiel auf, dass er zum ersten Mal im Unterland etwas aus Holz sah. Hatte Vikus nicht einmal über irgendetwas gesagt, es sei »so selten wie Bäume«? Bäume brauchten viel Licht, wie sollten sie hier wachsen?

Vikus holte einen Schlüssel hervor und öffnete die Tür. Er nahm eine Fackel aus einem Halter im Flur und ging als Erster hinein.

Gregor betrat einen Raum, der wie ein hohler Würfel aus Stein aussah. Überall waren Bilder in den Stein gemeißelt. Nicht nur in die Wände, sondern auch in die Decke und den Fußboden. Hier waren es keine ausgelassenen Tiere, wie er sie bisher in Regalia gesehen hatte, es waren Wörter. Winzige Wörter. Es musste eine Ewigkeit gedauert haben, sie einzumeißeln.

»A-B-C«, sagte Boots. Das sagte sie immer, wenn sie Buchstaben sah. »A-B-C-*D*«, fügte sie hinzu, um der Sache mehr Nachdruck zu verleihen.

»Das sind die Prophezeiungen des Bartholomäus von Sandwich«, sagte Vikus. »Nachdem wir die Tore verriegelt hatten, verbrachte er den Rest seines Lebens damit, sie niederzuschreiben.«

Scheint so, dachte Gregor. Das sah dem verrückten alten Sandwich ähnlich. Erst ein paar Leute unter die Erde zerren und sich dann in ein Zimmer einsperren und noch mehr Schwachsinn in die Wände hämmern.

»Was meinen Sie denn mit Prophezeiungen?«, fragte Gregor, obwohl er wusste, was Prophezeiungen waren. Es waren Weissagungen für die Zukunft. Es gab sie in den meisten Religionen, und seine Oma hatte ein Lieblingsbuch mit Prophezeiungen von einem Nostra-soundso. Wenn man sie reden hörte, sah die Zukunft ziemlich deprimierend aus.

»Sandwich war ein Seher«, sagte Vikus. »Er hat unserem Volk viele Ereignisse vorausgesagt, die eingetreten sind.«

»Und auch ein paar, die nicht eingetreten sind?«, fragte Gregor unschuldig. Er wollte Prophezeiungen nicht völlig abtun, aber allem, was von Sandwich kam, stand er erst mal skeptisch gegenüber. Und was hatte man schon davon, wenn einem jemand erzählte, was in der Zukunft passieren würde?

»Einige haben wir noch nicht entschlüsselt«, gab Vikus zu.

»Er hat das Ende meiner Eltern vorausgesagt«, sagte Luxa bekümmert und fuhr mit den Fingern über eine Stelle an der Wand. »Das hatte nichts Rätselhaftes an sich.«

Vikus legte einen Arm um sie und schaute auf die Wand. »Nein«, sagte er sanft. »Das war klar wie Wasser.«

Ungefähr zum zehnten Mal in dieser Nacht fühlte Gregor sich furchtbar. Von jetzt an würde er versuchen, mit

Respekt über die Prophezeiungen zu sprechen, egal, was er darüber dachte.

»Doch es gibt eine, die besonders schwer über uns schwebt. Sie heißt ›Die graue Prophezeiung‹, denn wir wissen nicht, ob sie gut oder schlecht ist«, sagte Vikus. »Wohl wissen wir, dass sie für Sandwich die heiligste und quälendste seiner Visionen war. Denn er konnte nie den Ausgang vorhersehen, obwohl er sie viele Male hatte.«

Vikus zeigte auf eine kleine Öllampe, die einen Teil der Wand erhellte. Abgesehen von der Fackel war es das einzige Licht im Raum. Vielleicht hielten sie es immer am Brennen.

»Willst du vorlesen?«, fragte Vikus, und Gregor trat näher an die Wand. Die Prophezeiung war wie ein Gedicht geschrieben, in vier Strophen. Einige Schreibweisen waren merkwürdig, aber er konnte alles entziffern.

»A-B-C«, sagte Boots und berührte die Buchstaben. Gregor begann zu lesen.

Habt Acht, Unterländer, die Zeit ist in Not.
Jäger sind Gejagte, weisses Wasser fliesst rot.
Die Nager trachten uns nach dem Leben.
Die Suche allein kann uns Hoffnung geben.

Dem Überland-Krieger kann es gelingen,
uns allen das Licht zurückzubringen.
Mit dem Sohn der Sonne geht auf die Reise,
sonst enden wir alle als Rattenspeise.

Zwei über, zwei unter mit Königsblut,
zwei Flieger, zwei Krabbler, zwei Spinner mit Mut.
Ein Nager dabei und der, den sie quälen.
Und acht sind es noch, wenn wir die Toten zählen.

Der Letzte, der stirbt, kann das Blatt noch wenden.
Das Schicksal der acht liegt in seinen Händen.
Drum mahnt ihn zur Vorsicht, sonst springt er daneben,
denn Leben kann Tod sein, und Tod erschafft Leben.

Als Gregor das Gedicht zu Ende gelesen hatte, wusste er nicht recht, was er sagen sollte. »Was soll das heißen?«, fragte er.

Vikus schüttelte den Kopf. »Das vermag niemand genau zu sagen. Es erzählt von einer dunklen Zeit, da die Zukunft unseres Volkes ungewiss ist. Es ruft zu einer Reise auf, nicht nur die Menschen, sondern viele Lebewesen, und diese Reise könnte die Rettung oder das Ende bedeuten. Die Reise wird von einem Überländer angeführt.«

»Ja, das hab ich auch verstanden. Von diesem Krieger«, sagte Gregor.

»Du fragtest, warum die Ratten die Überländer so sehr hassen. Sie wissen, dass einer von ihnen der Krieger aus der Prophezeiung sein wird. Das ist der Grund«, sagte Vikus.

»Ach so«, sagte Gregor. »Und wann kommt er?«

Vikus sah Gregor mit festem Blick an. »Ich glaube, er ist schon hier.«

11. Kapitel

Gregor erwachte aus einem unruhigen Schlaf. Bilder von blutroten Flüssen, von seinem Vater in den Klauen der Ratten und von Boots, die in bodenlose Grotten fiel, hatten sich die ganze Nacht in seine Träume gedrängt.

Ach ja. Und dann war da noch die Sache mit dem Krieger.

Er hatte versucht es ihnen auszureden. Als Vikus angedeutet hatte, dass er ihn für den Krieger in der »grauen Prophezeiung« hielt, hatte Gregor gelacht. Aber Vikus meinte es ernst.

»Ihr habt den Falschen erwischt«, sagte Gregor. »Echt, ich schwöre, ich bin kein Krieger.«

Warum sollte er so tun, als ob, und ihnen falsche Hoffnungen machen? Samurai-Krieger, Apachen-Krieger, afrikanische Krieger, mittelalterliche Krieger. Darüber hatte er Filme gesehen und Bücher gelesen. Er hatte rein gar nichts mit einem Krieger gemein. Erstens waren sie Erwachsene und hatten normalerweise jede Menge Spezialwaffen. Gregor war elf, und abgesehen von einer zweijährigen Schwester hatte er an Spezialwaffen nichts zu bieten.

Außerdem war Gregor kein großer Kämpfer. Er wehrte sich zwar, wenn ihn in der Schule jemand angriff, doch das kam selten vor. Er war nicht besonders groß, aber dafür sehr wendig, und deshalb legte man sich nicht gern mit ihm an. Manchmal mischte er sich ein, wenn ein paar Jungs ein kleineres Kind schlugen; das konnte er nicht ertragen. Aber er fing nie an zu kämpfen, und Kämpfen war schließlich die Hauptbeschäftigung eines Kriegers.

Vikus und Luxa hatten sich seinen Protest angehört. Luxa hatte er vielleicht überzeugt – sie hielt sowieso nicht besonders viel von ihm –, aber Vikus war hartnäckiger.

»Was glaubst du, wie viele Überländer den Fall ins Unterland überleben? Ein Zehntel, würde ich meinen. Und wie viele überleben danach auch noch die Ratten? Vielleicht ein weiteres Zehntel. Also sagen wir, dass von tausend Überländern etwa zehn überleben. Ist es da nicht höchst verwunderlich, dass nicht nur dein Vater lebend zu uns gelangt ist, sondern auch du und deine Schwester?«, sagte Vikus.

»Das ist schon irgendwie komisch«, gab Gregor zu. »Aber ich weiß nicht, wieso ich deshalb der Krieger sein soll.«

»Du wirst es begreifen, wenn du die Prophezeiung besser verstehst«, sagte Vikus. »Jeder Mensch trägt sein eigenes Schicksal. Diese Wände erzählen von unserem Schicksal. Und dein Schicksal, Gregor, sieht für dich eine Rolle darin vor.«

»Mit dem Schicksal kenn ich mich nicht aus«, sagte Gregor. »Also, mein Vater, Boots und ich … wir haben alle denselben Wäschekeller, und wir sind alle irgendwo bei euch in der Nähe gelandet, deshalb glaube ich, es ist eher Zufall. Ich würde euch ja gern helfen, aber ich glaub, auf euren Krieger müsst ihr noch ein Weilchen warten.«

Vikus lächelte nur und sagte, sie würden die Sache am Morgen dem Rat vortragen. Heute Morgen. Jetzt.

Trotz aller Sorgen, und davon hatte Gregor eine ganze Menge, wurde er immer wieder von einem berauschenden Glücksgefühl überschwemmt. Sein Vater lebte! Fast augenblicklich durchströmte ihn eine Welle der Angst. Ja, er lebt, aber er wird von den Ratten gefangen gehalten! Trotzdem, wie sagte seine Großmutter immer: »Wo Leben ist, da ist auch Hoffnung.«

Seiner Großmutter würde es gefallen, dass er in einer Prophezeiung vorkam. Aber natürlich war er gar nicht gemeint. Es war irgendein Krieger, der hoffentlich ganz bald auftauchen und helfen würde, Gregors Vater zu befreien.

Das war das oberste Ziel: Er musste seinen Vater retten!

Der Vorhang wurde aufgezogen und Gregor blinzelte ins Licht. In der Tür stand Mareth. Sein Gesicht war nicht mehr geschwollen, aber die Blutergüsse würden nur langsam zurückgehen.

Gregor fragte sich, ob Mareth immer noch wütend auf ihn war, aber er wirkte ruhig. »Gregor der Überländer, der Rat verlangt nach dir«, sagte er. »Wenn du dich eilst, kannst du vorher baden und essen.«

»Okay«, sagte Gregor. Als er aufstehen wollte, merkte er, dass Boots' Kopf auf seinem Arm lag. Behutsam kam er hoch, ohne sie zu wecken. »Was ist mit Boots?«

»Lass sie schlafen«, sagte Mareth. »Dulcet wird auf sie Acht geben.«

Gregor badete schnell und zog frische Sachen an. Mareth führte ihn in einen kleinen Raum, wo etwas zu essen für ihn bereitstand. Mareth selbst hielt an der Tür Wache. »Mareth«, sagte Gregor, »wie geht es den anderen? Perdita und den Fledermäusen? Geht's ihnen besser?«

»Perdita ist endlich erwacht. Die Fledermäuse werden genesen«, sagte Mareth gelassen.

»Ein Glück!«, sagte Gregor erleichtert. Von seinem Vater einmal abgesehen, hatte er sich um die Verletzten die größten Sorgen gemacht.

Er schlang Brot mit Butter und ein Pilzomelett herunter. Er trank heißen Kräutertee und spürte neue Energie durch seinen Körper strömen.

»Bist du bereit, dem Rat gegenüberzutreten?«, fragte Mareth mit einem Blick auf den leeren Teller.

»Alles klar!«, sagte Gregor und sprang auf. So gut hatte

er sich seit seiner Ankunft im Unterland noch nie gefühlt. Die Neuigkeiten über seinen Vater, die Nachricht, dass es den Verletzten besser ging, Schlaf und Essen hatten seine Lebensgeister wieder geweckt.

Der Rat, ein Dutzend älterer Unterländer, hatte sich um einen runden Tisch in einem Raum neben der Hohen Halle versammelt. Gregor sah Vikus und Solovet, die ihm aufmunternd zulächelten.

Auch Luxa war dabei. Sie sah müde und trotzig aus. Bestimmt hatte sie eins aufs Dach gekriegt, weil sie sich gestern der Rettungsmannschaft angeschlossen hatte. Gregor war überzeugt, dass sie kein bisschen Reue gezeigt hatte.

Vikus stellte die Leute am Tisch vor. Sie hatten alle komische Namen, die Gregor sofort wieder vergaß. Der Rat begann ihm Fragen zu stellen. Sie fragten alles Mögliche, wann er geboren sei, ob er schwimmen könne, was er im Überland mache. Bei den meisten Fragen konnte er sich nicht vorstellen, was daran interessant sein sollte. Was für eine Rolle spielte es, dass Grün seine Lieblingsfarbe war? Doch einige Unterländer notierten alle seine Worte, als wären sie aus Gold.

Nach einer Weile begannen die Ratsmitglieder miteinander zu diskutieren. Seine Anwesenheit schienen sie ganz vergessen zu haben. Er schnappte einzelne Fetzen auf wie »Sohn der Sonne« und »weißes Wasser fließt rot« und wusste, dass sie über die Prophezeiung sprachen.

»Entschuldigen Sie«, sagte er schließlich, »Vikus hat es

Ihnen wohl nicht gesagt, aber ich bin nicht der Krieger. Bitte sorgen Sie dafür, dass mein Vater wieder nach Hause kommt. Das ist das einzig Wichtige.«

Einen Augenblick lang starrten ihn alle am Tisch an, dann redeten sie wild durcheinander. Jetzt hörte er immer wieder die Worte »mit dem Sohn der Sonne geht auf die Reise«.

Schließlich klopfte Vikus auf den Tisch, um für Ruhe zu sorgen. »Mitglieder des Rates, wir müssen eine Entscheidung treffen. Hier sitzt Gregor der Überländer. Wer glaubt, dass er der Krieger aus der ›grauen Prophezeiung‹ ist?«

Zehn von zwölf hoben die Hand. Luxa ließ die Hände auf dem Tisch. Entweder hielt sie ihn nicht für den Krieger oder sie hatte kein Stimmrecht. Vermutlich beides.

»Wir glauben, dass du der Krieger bist«, sagte Vikus. »Wenn du uns bittest, deinen Vater zurückzuholen, werden wir mit dir auf die Reise gehen.«

Sie würden ihm helfen! Was spielte es für eine Rolle, warum!

»Okay, super!«, sagte Gregor. »Koste es, was es wolle! Ich meine, glaubt, was ihr wollt. Ist schon in Ordnung.«

»Wir müssen schleunigst zu der Reise aufbrechen«, sagte Vikus.

»Ich bin so weit!«, sagte Gregor eifrig. »Ich hole nur eben Boots, dann können wir los.«

»O ja, die Kleine«, sagte Solovet. Und wieder wurde hin und her geredet.

»Warte!«, rief Vikus. »Das kostet zu viel Zeit. Gregor, wir wissen nichts davon, dass die Prophezeiung deine Schwester einschließt.«

»Was?«, sagte Gregor. Er konnte sich nicht genau an die Prophezeiung erinnern. Er musste Vikus fragen, ob er noch einmal in den Raum gehen und sie lesen durfte.

»Die Prophezeiung spricht von zwölf Wesen. Nur zwei werden als Überländer beschrieben. Diese Zahl ist mit dir und deinem Vater erfüllt«, sagte Solovet.

»Die Prophezeiung spricht auch von einem, den sie quälen. Das könnte dein Vater sein, und dann wäre Boots der zweite Überländer«, sagte Vikus. »Es wird eine beschwerliche Reise werden. Die Prophezeiung warnt uns, dass vier der zwölf ihr Leben lassen müssen. Vielleicht wäre es klüger, Boots hier zu lassen.«

Allgemeines zustimmendes Gemurmel erhob sich am Tisch.

Gregor wurde schwindelig.

Er sollte sich von Boots trennen? Sie bei den Unterländern in Regalia lassen? Das war unmöglich! Nicht, dass er glaubte, sie würden ihr etwas antun. Aber sie würde furchtbar einsam sein, und was wäre, wenn sein Vater und er nicht zurückkehren würden? Dann würde sie nie mehr nach Hause kommen. Andererseits wusste er, wie bösartig die Ratten waren. Und sie würden sie verfolgen. Bis zur letzten Ratte.

Er wusste nicht, was er machen sollte. Er schaute in die

unbewegten Gesichter und dachte, die Unterländer hätten bereits entschieden, sie zu trennen.

»Bleibt zusammen!« Sagte seine Mutter das nicht immer, wenn er mit seiner Schwester rausging? »Bleibt zusammen!«

Da sah er, dass Luxa seinem Blick auswich. Sie starrte angestrengt auf ihre Hände, die sie auf dem Tisch verschränkt hatte. »Was würdest du tun, wenn es deine Schwester wäre, Luxa?«, fragte er. Es wurde ganz still im Raum. Gregor war sich sicher, dass der Rat nicht hören wollte, was Luxa dazu zu sagen hatte.

»Ich habe keine Schwester, Überländer«, sagte Luxa.

Gregor war enttäuscht. Einige Ratsmitglieder murmelten beifällig. Sie warf einen finsteren Blick in die Runde. »Aber wenn ich eine Schwester hätte und an deiner Stelle wäre«, sagte sie leidenschaftlich, »würde ich sie keinen Moment aus den Augen lassen!«

»Danke«, sagte er, aber in dem lauten Protest der Ratsmitglieder konnte sie ihn wahrscheinlich nicht hören. Er erhob die Stimme. »Wenn Boots nicht geht, gehe ich auch nicht!«

Mitten in dem Aufruhr kam eine Fledermaus durch die Tür gekurvt und landete krachend auf dem Tisch. Alles verstummte. Eine gespenstische Frau fiel von der Fledermaus. Sie hielt die Hände an die Brust gepresst, um das herausströmende Blut zu stoppen. Die Fledermaus legte einen Flügel an, aber der andere, den sie hilflos ausstreckte, war eindeutig gebrochen.

»Anchel ist tot. Daphne ist tot. Die Ratten haben Shed und Fangor gefunden. König Gorger hat seine Truppen in Marsch gesetzt. Sie kommen auf uns zu.« Die Frau keuchte.

Vikus fing sie auf, als sie zusammenbrach. »Wie viele, Keeda?«, fragte er.

»Viele«, flüsterte sie. »Viele Ratten.« Dann erschlaffte ihr Körper.

12. Kapitel

Schlagt Alarm!«, rief Vikus, und schon bald stand alles Kopf. Hörner wurden geblasen, Menschen rannten hin und her, Fledermäuse kamen hereingesaust, holten sich ihre Befehle ab und verschwanden wieder, ohne auch nur zu landen.

Nachdem der Ausnahmezustand eingetreten war, achtete niemand mehr auf Gregor. Er wollte Vikus fragen, was los war, doch der alte Mann stand mitten in einer Wolke flatternder Fledermäuse in der Hohen Halle und erteilte Befehle.

Gregor ging auf den Balkon und sah, dass es in Regalia wimmelte wie in einem Bienenstock. Scharen von Ratten waren im Anmarsch. Die Unterländer bereiteten sich auf die Verteidigung vor. Mit einem Schlag begriff er, dass sie sich im Krieg befanden.

Von diesem schrecklichen Gedanken – und von der

Höhe des Balkons – wurde Gregor ganz benommen. Als er wieder hineintaumelte, hielt ihn eine starke Hand am Arm fest. »Gregor der Überländer, halte dich bereit, denn wir werden bald ausziehen«, sagte Vikus.

»Wohin? Wohin gehen wir?«, fragte Gregor.

»Wir werden deinen Vater retten«, sagte Vikus.

»Jetzt? Während die Ratten angreifen?«, sagte Gregor. »Hier bricht doch gerade ein Krieg aus, oder?«

»Nicht irgendein Krieg. Wir glauben, dass es der Krieg ist, der in der ›grauen Prophezeiung‹ vorausgesagt wird und der unser ganzes Volk auslöschen könnte«, sagte Vikus. »Nur wenn wir uns auf die Suche nach deinem Vater machen, können wir zu überleben hoffen.«

»Boots kann ich aber mitnehmen, oder?«, fragte Gregor. »Ich meine, ich nehme sie mit«, verbesserte er sich.

»Ja, Boots wird uns begleiten«, sagte Vikus.

»Was soll ich tun? Sie haben gesagt, ich soll mich bereithalten.«

Vikus überlegte einen Moment und rief dann Mareth herbei. »Nimm ihn mit ins Museum, lass ihn auswählen, was ihm für die Reise nützlich erscheint. Ah, da ist die Delegation von Troja«, sagte Vikus. Er trat in eine andere flatternde Wolke.

Gregor rannte hinter Mareth her, der zur Tür gelaufen war. Drei Treppen und mehrere Flure weiter gelangten sie in einen großen Raum voller überquellender Regale.

»Hier ist alles, was vom Überland heruntergefallen ist.

Bedenke, dass du tragen musst, was du auswählst«, mahnte Mareth, als er ihm eine Ledertasche mit Zugband reichte.

In den Regalen fand sich alles von Baseballbällen bis Autoreifen. Gregor hätte sich die Sachen gern in Ruhe angeschaut, manche Dinge mussten Hunderte von Jahren alt sein. Doch Zeit war ein Luxus, den er jetzt nicht hatte. Er versuchte sich aufs Wesentliche zu konzentrieren.

Was könnte für die Reise nützlich sein? Was brauchte er im Unterland am dringendsten? Licht!

Er fand eine funktionierende Taschenlampe und nahm aus allen Geräten, die er finden konnte, die Batterien heraus.

Dann stach ihm etwas anderes ins Auge. Es war ein Kunststoffhelm, wie Bauarbeiter ihn trugen. Vorn hatte er ein eingebautes Licht, mit dem sie in den stockfinsteren Tunnels von New York sehen konnten. Er schnappte sich den Helm und setzte ihn auf.

»Wir müssen gehen!«, befahl Mareth. »Wir müssen deine Schwester holen und fliehen!«

Gregor wollte ihm gerade hinterherlaufen, als er es sah. Cola! Eine waschechte, ungeöffnete, nur leicht eingedellte Dose Cola. Sie sah ziemlich neu aus. Er wusste, dass das etwas völlig Überflüssiges war, dass er nur das Wichtigste mitnehmen sollte, aber er musste die Dose haben. Cola war sein Lieblingsgetränk, und außerdem erinnerte es ihn an zu Hause. Er stopfte die Dose in die Tasche.

Das Kinderzimmer war ganz in der Nähe. Gregor

stürmte hinein und sah Boots, wie sie fröhlich mit drei kleinen Unterländern zusammensaß und Tee trank. Einen Moment war er drauf und dran, sie dort zu lassen. War es hier im Palast nicht sicherer für sie? Doch dann dachte er daran, dass der Palast bald von Ratten belagert sein würde. Dem konnte Gregor sie nicht allein aussetzen. Ganz gleich, was passierte, sie würden zusammenbleiben.

Dulcet half Gregor schnell, die Kindertrage aufzusetzen, und hob Boots hinein. »Nimm Tücher mit«, sagte sie. »Ein paar Spielsachen und etwas Süßes.«

»Danke«, sagte Gregor und war froh darüber, dass ihm jemand praktische Tipps für die Reise mit Boots gab.

»Lebe wohl, süße Boots«, sagte Dulcet. Sie küsste Boots auf die Wange.

»Tschühüs, Dul-cie«, sagte Boots. »Bis bahald!«

So verabschiedeten sie sich immer bei Gregor zu Hause. Keine Sorge. Ich komme wieder. Bis bald.

»Ja, auf bald«, sagte Dulcet, doch ihre Augen füllten sich mit Tränen.

»Alles Gute, Dulcet«, sagte Gregor und schüttelte ihr unbeholfen die Hand.

»Fliege hoch, Gregor der Überländer«, sagte sie.

In der Hohen Halle bereiteten sich die Auserwählten auf die Reise vor. Mehrere Fledermäuse hatten sich auf dem Boden niedergelassen und wurden jetzt mit Proviant beladen.

Gregor sah, wie Henry sich von einem spindeldürren

Mädchen verabschiedete. Sie weinte hemmungslos, und er versuchte vergeblich, sie zu trösten.

»Die Träume, Bruder«, sagte sie schluchzend, »sie sind schlimmer geworden. Ein furchtbares Übel erwartet dich.«

»Quäle dich nicht, Nerissa, ich habe nicht vor zu sterben«, sagte Henry beruhigend.

»Es gibt noch andere Übel als den Tod«, sagte seine Schwester. »Fliege hoch, Henry. Fliege hoch.« Sie umarmten sich und Henry schwang sich auf seine samtschwarze Fledermaus.

Gregor wurde nervös, als das Mädchen auf ihn zukam. Wenn er Leute weinen sah, wusste er nie, was er sagen sollte. Doch als sie bei ihm war, hatte sie sich gefasst. Sie hielt ihm eine kleine Papierrolle hin. »Für dich, Überländer«, sagte sie. »Fliege hoch.« Ehe er antworten konnte, war sie schon wieder weg und lehnte sich an die Wand.

Er rollte das Papier auf, das kein Papier war, sondern irgendeine getrocknete Tierhaut. Darauf war in säuberlichen Buchstaben die »graue Prophezeiung« geschrieben. Verrückt, dachte Gregor. Er hatte sich gewünscht, sie noch einmal zu lesen, um sie vielleicht besser zu verstehen. Er wollte Vikus danach fragen, aber in der Hektik hatte er es vergessen. »Woher wusste sie, dass ich das haben wollte?«, murmelte er Boots zu.

»Nerissa weiß vieles. Sie hat die Gabe«, sagte ein Junge, der neben ihm auf eine goldene Fledermaus stieg. Erst auf den zweiten Blick erkannte Gregor, dass es Luxa war. Ihre Haare waren streichholzkurz geschnitten.

»Was hast du mit deinen Haaren gemacht?«, fragte Gregor und verstaute die Prophezeiung in der Hosentasche.

»Lange Locken sind gefährlich in der Schlacht«, sagte Luxa leichthin.

»Wie schade – ich meine, die kurzen Haare stehen dir auch gut«, sagte Gregor schnell.

Luxa prustete los. »Gregor der Überländer, glaubst du nicht, dass meine Schönheit in diesen Zeiten einerlei ist?«

Gregors Wangen fingen an zu glühen. »So hab ich es nicht gemeint.«

Luxa sah Henry kopfschüttelnd an, und er grinste. »Der Überländer hat wahr gesprochen, Cousine. Du siehst aus wie ein geschorenes Schaf.«

»Umso besser«, sagte Luxa. »Wer würde schon ein Schaf angreifen?«

»Bäh«, machte Boots. »Bääääh.« Und Henry musste so lachen, dass er fast von seiner Fledermaus gefallen wäre. »Bääh macht das Schaf«, sagte Boots trotzig, und wieder bekam Henry einen Lachanfall.

Um ein Haar hätte Gregor auch gelacht. Einen Augenblick hatte er sich fast wie unter Freunden gefühlt. Aber bis er diese Leute Freunde nennen würde, war es noch ein langer Weg. Um von seiner tapsigen Bemerkung abzulenken, probierte er aus, wie er die Ledertasche so tragen konnte, dass er die Hände frei hatte. Er befestigte sie am seitlichen Gurt der Kindertrage.

Als er wieder aufschaute, sah Luxa ihn neugierig an. »Was trägst du auf dem Kopf, Überländer?«, fragte sie.

»Das ist ein Helm. Mit Licht«, sagte Gregor. Er führte es ihr vor, indem er es an- und ausknipste. Er wusste, dass sie es liebend gern selbst ausprobiert hätte, aber sie mochte ihn nicht darum bitten. Schnell wägte Gregor die Möglichkeiten ab. Zwar waren sie nicht gerade Freunde, aber es war wohl besser, wenn er versuchte, mit ihr auszukommen. Wenn er seinen Vater wiederhaben wollte, war er auf sie angewiesen. Er hielt ihr den Helm hin. »Hier, probier mal.«

Luxa versuchte gleichgültig zu wirken, sie knipste den Lichtschalter eifrig an und aus. »Wie kann das Licht innen ohne Luft brennen? Wird es nicht heiß an deinem Kopf?«, fragte sie.

»Es funktioniert mit einer Batterie. Mit Strom. Und zwischen dem Licht und meinem Kopf ist eine Plastikschicht. Du kannst ihn gern mal aufsetzen, wenn du willst«, sagte Gregor.

Ohne zu zögern, setzte Luxa den Helm auf. »Vikus hat mir erklärt, was Strom ist«, sagte sie. Sie ließ den Lichtstrahl durch den Raum flitzen, bevor sie Gregor den Helm widerstrebend zurückgab. »Hier, du musst deinen Brennstoff sparen.«

»Du wirst eine neue Mode ins Leben rufen«, sagte

Henry belustigt. Er nahm eine von den kleinen steinernen Fackeln von der Wand und legte sie sich auf den Kopf. Es sah aus, als würden Flammen aus seiner Stirn schießen. »Was sagst du dazu, Luxa?«, fragte er und zeigte ihr übertrieben hochmütig sein Profil.

»Dein Haar steht in Flammen!«, rief sie plötzlich und zeigte keuchend mit dem Finger auf ihn. Henry ließ die Fackel fallen und schlug sich auf den Kopf, als Luxa einen Lachkrampf bekam. Jetzt merkte Henry, dass Luxa ihn auf den Arm genommen hatte. Er nahm ihren Kopf in den Schwitzkasten und rieb mit den Knöcheln über ihr kurzes Haar, während sie hilflos lachte. In diesem Moment hätten sie zwei junge Leute im Überland sein können. Bruder und Schwester, wie Gregor und Lizzie, die sich balgten.

Vikus kam durch die Halle auf sie zu und schwang sich auf seine Fledermaus. »Dafür, dass wir uns im Krieg befinden, seid ihr zwei in ausgelassener Stimmung«, sagte er und runzelte die Stirn.

»Das sind nur überschüssige Kräfte, Vikus«, sagte Henry und gab Luxa frei.

»Spart eure Kräfte auf – wo wir hingehen, werdet ihr sie brauchen. Fliege du mit mir, Gregor«, sagte Vikus und streckte die Hand aus. Gregor schwang sich hinter ihn auf die große graue Fledermaus.

Boots trat ihm voller Vorfreude in die Seiten. »Ich auch fliegen. Ich auch«, piepste sie.

»Alle aufsteigen!«, rief Vikus, und Henry und Luxa

sprangen auf ihre Fledermäuse. Gregor erkannte Solovet und Mareth, die ebenfalls startklar waren. Mareth saß auf einer Fledermaus, die Gregor noch nie gesehen hatte. Wahrscheinlich war seine andere Fledermaus noch nicht wieder ganz gesund.

»In die Lüfte!«, befahl Solovet, und die fünf Fledermäuse erhoben sich in einer V-Formation.

Als sie aufstiegen, hatte Gregor das Gefühl, vor Aufregung und Glück zu platzen. Sie würden seinen Vater holen! Sie würden ihn retten und mit nach Hause nehmen und seine Mutter würde wieder lächeln, richtig lächeln, und die Ferien würden kein Horror mehr sein, sondern etwas Schönes, und es würde Musik geben, und … und seine Gedanken waren schneller als er selbst. Er brach die Regel an allen Ecken und Enden, und er würde auch sofort damit aufhören, aber bis dahin würde er sich alles ausmalen, was er wollte.

Als sie in Seitenlage über Regalia schwenkten, wurde Gregor durch das panische Treiben dort unten an den Ernst ihrer Aufgabe erinnert. Die Tore zum Stadion wurden mit riesigen Steinplatten verstärkt. Wagen mit Lebensmitteln verstopften die Straßen. Leute liefen mit Kindern und Bündeln im Arm zum Palast. Überall wurden zusätzliche Fackeln aufgestellt, und die Stadt wirkte beinahe sonnenüberflutet.

»Wäre es bei einem Angriff nicht besser, wenn es dunkler wäre?«, fragte Gregor.

»Das wäre nur zum Vorteil der Ratten. Wir brauchen unsere Augen zum Kämpfen, sie nicht«, sagte Vikus. »Die meisten Lebewesen im Unterland, Krabbler, Fledermäuse, Fische, brauchen kein Licht. Wir Menschen sind ohne Licht verloren.«

Gregor speicherte die Information ab. Die Taschenlampe war wirklich das Beste, was er hatte mitnehmen können.

Die Stadt ging schon bald in Ackerland über, und Gregor bekam einen ersten Eindruck, wovon die Unterländer lebten. Unter vielen Reihen weißer Lampen, die über großen Feldern hingen, wuchs Getreide.

»Womit werden die Lampen betrieben?«, fragte Gregor.

»Sie brennen mit Gas, das aus der Erde kommt. Dein Vater war sehr beeindruckt von unseren Feldern. Er hatte auch einen Plan für die Beleuchtung unserer Stadt, doch im Augenblick brauchen wir alles Licht für die Nahrung«, sagte Vikus.

»Hat ein Überländer euch gezeigt, wie man das macht?«, fragte Gregor.

»Gregor, wir haben unseren Verstand nicht im Überland gelassen, als wir herabfielen. Wir haben Erfinder wie ihr, und Licht ist für uns ein wertvolles Gut. Glaubst du, wir armen Unterländer hätten keine Möglichkeit gefunden, es selbst zu gewinnen?«, fragte Vikus freundlich.

Gregor kam sich idiotisch vor. Er hatte die Unterländer als rückständig betrachtet. Sie kämpften noch mit Schwertern und trugen merkwürdige Kleider. Aber sie waren nicht dumm. Sein Vater hatte gesagt, sogar unter den Höhlenmenschen habe es Genies gegeben. Irgendwer hatte schließlich einmal das Rad erfunden.

Solovet flog neben ihnen her, aber sie war in ein Gespräch mit zwei Fledermäusen vertieft, die sich der Gruppe angeschlossen hatten. Sie studierte eine große Karte, die sie auf dem Rücken ihrer Fledermaus ausgebreitet hatte.

»Versucht sie herauszufinden, wo mein Vater ist?«, fragte Gregor.

»Sie arbeitet einen Angriffsplan aus«, sagte Vikus. »Meine Frau führt die Krieger an. Sie begleitet uns nicht, um die Suche zu leiten, sondern um abzuschätzen, in welchem Maße wir Unterstützung von unseren Verbündeten erwarten können.«

»Echt? Ich dachte, Sie hätten die Leitung. Na ja, Sie und Luxa«, sagte er, denn eigentlich wusste er nicht so ganz, was Luxa für eine Stellung hatte. Einerseits kommandierte sie Leute herum, andererseits bekam sie eins aufs Dach.

»Sobald Luxa sechzehn ist, wird sie die Thronfolge antreten. Bis dahin wird Regalia vom Rat regiert. Ich bin nur ein bescheidener Diplomat, der seine freie Zeit damit verbringt, die königliche Jugend Vernunft zu lehren. Du siehst, mit welchem Erfolg«, sagte Vikus trocken. Er warf einen Blick zu Luxa und Henry, die wild durch die Luft sausten und versuchten, sich gegenseitig von den Fledermäusen zu schubsen. »Lass dich von Solovets sanftem Auftreten nicht täuschen. In der Kriegsführung ist sie geschickter und listiger als eine Ratte.«

»Wahnsinn«, sagte Gregor. Ihr sanftes Auftreten *hatte* ihn getäuscht.

Als Gregor das Gewicht auf der Fledermaus verlagerte, stieß etwas an sein Bein. Er zog die Prophezeiung, die Nerissa ihm gegeben hatte, aus der Hosentasche und rollte sie auf. Vielleicht war jetzt eine gute Gelegenheit, Vikus ein paar Fragen zu stellen. »Glauben Sie, Sie könnten mir diese Prophezeiung erklären?«

»›Die graue Prophezeiung‹«, sagte Vikus. »Was bereitet dir daran Kopfzerbrechen?«

Alles, dachte Gregor, aber er sagte: »Vielleicht können wir sie mal der Reihe nach durchgehen.« Er las das Gedicht Zeile für Zeile.

HABT ACHT, UNTERLÄNDER, DIE ZEIT IST IN NOT.

Das war nicht so schwierig. Es war eine Warnung.

JÄGER SIND GEJAGTE, WEISSES WASSER FLIESST ROT.

Gregor bat Vikus, die zweite Zeile zu entwirren.

»Die Ratten sind traditionell die Jäger des Unterlands, denn am liebsten würden sie alle anderen verfolgen und töten. In der letzten Nacht jagten wir sie, um dich zu retten. Also wurden die Jäger zu den Gejagten. Das weiße Wasser floss rot, als wir ihre Leichname dem Fluss überließen.«

»Ach so«, sagte Gregor. Irgendetwas beunruhigte ihn, aber er wusste nicht genau, was.

Die Nager trachten uns nach dem Leben.

»Sind die Nager die Ratten?«, fragte Gregor.

»Ganz genau«, sagte Vikus.

Die Suche allein kann uns Hoffnung geben.

Das war die Suche nach seinem Vater. Er war also geflohen, die Unterländer hatten ihn gerettet und jetzt herrschte Krieg und die Suche begann. Plötzlich wusste Gregor, was ihn beunruhigte. »Dann … dann ist das alles meine Schuld!«, sagte er. »Wenn ich nicht versucht hätte zu fliehen, wäre es nicht passiert!« Er dachte an die Rattenarmee, die im Anmarsch war. Was hatte er da angerichtet?

»Nein, Gregor, befreie dich von diesen Gedanken«, sagte Vikus entschieden. »Du bist nur eine Figur in einer sehr langen und schwierigen Geschichte. Du bist in der ›grauen Prophezeiung‹ gefangen, wie auch wir schon seit langem darin gefangen sind.«

Gregor schwieg. Das war kein großer Trost.

»Lies weiter«, sagte Vikus, und Gregor senkte den Kopf. Die Lichter von Regalia lagen in weiter Ferne, und er musste sich anstrengen, um im schwachen Schein der Fackel etwas zu erkennen.

Dem Überland-Krieger kann es gelingen,
uns allen das Licht zurückzubringen.
Mit dem Sohn der Sonne geht auf die Reise,
sonst enden wir alle als Rattenspeise.

»Sie meinen also, dass dieser Teil von mir handelt«, sagte er unglücklich.

»Ja, du bist der Überland-Krieger, ganz offensichtlich«, sagte Vikus, obwohl Gregor das gar nicht so offensichtlich fand. »Als Überländer bist du ein ›Sohn der Sonne‹, und zugleich bist du der Sohn, der seinen Vater sucht. Sandwich fand Vergnügen an solchen komischen Wortspielen.«

»Ja, er war ein witziger Typ«, sagte Gregor düster. Haha.

»Die Zeilen, die nun folgen, sind sehr nebulös«, sagte Vikus. »Sandwich konnte nie deutlich erkennen, ob es dir gelingen wird, das Licht zurückzubringen, oder ob du scheitern wirst. Doch er beharrte unerbittlich darauf, dass wir das Wagnis eingehen müssen, wenn wir nicht den Zähnen der Ratten zum Opfer fallen wollen.«

»Tja, das klingt nicht gerade verlockend«, sagte Gregor. Doch zum ersten Mal hatte Sandwich bei ihm einen Nerv getroffen. Die Möglichkeit, dass Gregor scheitern könnte, ließ die ganze Prophezeiung glaubwürdiger erscheinen.

»Was für ein Licht soll ich zurückbringen?«, fragte Gregor. »Gibt es eine heilige Fackel oder so was?«

»Es ist eine Metapher. Mit Licht meint Sandwich Leben. Wenn die Ratten wirklich unser Licht auslöschen können, löschen sie auch unser Leben aus«, sagte Vikus.

Eine Metapher? Eine wirkliche Fackel zurückzubringen wäre einfacher, dachte Gregor. Wie sollte er irgendein Metapherding zurückbringen, das er noch nicht mal richtig verstand? »Das könnte schwierig werden«, sagte er. Er las weiter.

Zwei über, zwei unter mit Königsblut,
zwei Flieger, zwei Krabbler, zwei Spinner mit Mut.

»Was soll das mit den ganzen Zweien?«, fragte Gregor.

»Das verrät uns, wen wir zu der Reise überreden müssen. Die ›zwei über‹, das seid vermutlich ihr, du und deine Schwester. ›Zwei unter‹ mit Königsblut sind Luxa und Henry. Du dürftest bemerkt haben, dass Henrys Schwester Nerissa nicht in Frage kam. Flieger sind Fledermäuse. Krabbler sind Kakerlaken. Spinner sind Spinnen. Wir werden jetzt unsere Nachbarn in der Reihenfolge versammeln, in der die Prophezeiung sie nennt. Die Fledermäuse zuerst.«

Im Verlauf des Fluges waren die Fledermäuse immer

mehr geworden. Henry führte die Gruppe in eine riesige Höhle. Als Gregor sah, dass die Decke mit Hunderten und Aberhunderten herabhängender Fledermäuse gesprenkelt war, zuckte er leicht zusammen.

»Aber wir haben doch schon Fledermäuse?«, sagte Gregor.

»Wir brauchen die offizielle Genehmigung, sie auf die Suche mitzunehmen«, sagte Vikus. »Außerdem muss die Kriegsführung besprochen werden.«

In der Mitte der Höhle ragte ein Steinzylinder hoch empor. Seine Wände waren so glatt wie die des Palastes. Auf dem runden Dach wartete eine Gruppe von Fledermäusen.

Vikus drehte sich zu Gregor um und flüsterte: »Wir Menschen wissen, dass du der Krieger bist, doch andere Lebewesen könnten daran zweifeln. Ganz gleich, wer du zu sein oder nicht zu sein glaubst, es ist sehr wichtig, dass unsere Nachbarn dich für den Richtigen halten.«

Gregor versuchte Vikus' Worte im Kopf zu ordnen, als sie neben den Fledermäusen auf der großen Steinsäule landeten. Alle stiegen ab. Sowohl die Menschen als auch die Fledermäuse grüßten und verbeugten sich.

Die Anführerin war eine besonders beeindruckende, silbrig weiße Fledermaus. »Königin Athene«, sagte Vikus. »Ich stelle Euch Gregor den Überländer vor.«

»Bist du der Krieger? Bist du der Sohn der Sonne?«, fragte die Fledermaus mit sanft schnurrender Stimme.

»Also, eigentlich …« Gregor sah, wie Vikus die Stirn runzelte, und verstummte. Er wollte gerade wieder seinen Spruch ablassen, dass er nicht der Krieger sei, aber was dann? Vikus hatte ihm zugeflüstert, dass die anderen ihn für den Richtigen halten müssten. Ein Krieg stand bevor. Die Fledermäuse würden ihre wertvollen Flieger nicht für eine verlorene Sache entsenden. Wenn er jetzt abstritt, dass er der Krieger war, würden sie die Suche absagen und sein Vater wäre so gut wie tot. Damit war die Sache klar.

Gregor richtete sich auf und versuchte das Zittern in seiner Stimme zu unterdrücken. »Ich bin der Krieger. Ich bin der Sohn der Sonne.«

Die Fledermaus schwieg eine Weile, dann nickte sie. »Er ist es.« Sie sagte es mit einer solchen Gewissheit, dass Gregor sich einen Moment lang selbst für einen Krieger hielt. Für einen tapferen, mächtigen Krieger, von dem die Unterländer sich noch in Hunderten von Jahren erzählen würden. Er sah schon fast vor sich, wie er eine Staffel Fledermäuse in die Schlacht führte, wie er die Ratten überwältigte, das Unterland befreite …

»Ge-go, Pipi!«, verkündete Boots.

Da stand er, ein Junge mit einem dämlichen Plastikhelm, einer Taschenlampe, die bald ausgedient hatte, und einer Hand voll Batterien, die er noch nicht mal überprüft hatte.

Der große Krieger entschuldigte sich, um eine Windel zu wechseln.

13. Kapitel

Vikus und Solovet hatten sich zu einer Art geheimer Kriegskonferenz mit den Fledermäusen verabredet.

»Soll ich auch mitkommen?«, fragte Gregor. Er würde bestimmt nicht viel zu der Besprechung beitragen können, aber in Vikus' Nähe fühlte er sich sicherer. Auf dieser hohen Säule inmitten einer Schar unzähliger Fledermäuse war ihm ein wenig unbehaglich.

Und wer würde die Verantwortung übernehmen, wenn etwas passierte? Etwa Luxa? Das wäre nichts.

»Nein danke, Gregor. Wir werden über die Kampfaufstellung unserer Truppen sprechen, nicht über die Suche. Wir bleiben nicht lange fort«, sagte Vikus.

»Kein Problem«, sagte Gregor, doch innerlich war er nicht so überzeugt.

Bevor sie aufbrachen, flüsterte Vikus' große graue Fledermaus Luxa etwas ins Ohr. Sie lächelte, sah Gregor an und nickte.

Wahrscheinlich lacht sie darüber, dass ich gesagt hab, ich bin der Krieger, dachte Gregor. Aber das war es nicht.

»Euripides sagt, du zerquetschst ihm die Flanken«, sagte Luxa. »Er möchte, dass ich dich das Fliegen lehre.«

Gregor war beleidigt. Er dachte, fürs erste Mal hätte er sich ganz geschickt angestellt. »Was soll das heißen, ich zerquetsche ihm die Flanken?«

»Du klammerst dich mit den Beinen zu sehr fest. Du musst den Fledermäusen vertrauen. Sie werden dich nicht abwerfen«, sagte Luxa. »Das lernen bei uns schon die Babys.«

»Was?«, sagte Gregor. Luxa hatte eine Art, ihn fertig zu machen, selbst wenn sie es gar nicht wollte.

»Für Babys ist es leichter«, beeilte Mareth sich zu sagen. »Wie für deine Schwester, sie haben noch keine große Angst. Wir haben hier unten ein Sprichwort: ›Mut zählt erst, wenn man zählen kann.‹ Kannst du zählen, Boots?« Mareth hielt Boots beide Hände vors Gesicht. Sie war gerade dabei, Gregor eine Sandale vom Fuß zu ziehen. »Eins … zwei … drei!«

Boots grinste und hielt ihre Patschhändchen hoch. »Nein, ich! Eins … wei … vier … siebenzehn!«, sagte sie. Bei »zehn« hob sie beide Hände hoch.

Henry hob Boots hoch und hielt sie auf Armeslänge von sich, etwa so, wie man einen nassen Hund halten würde. »Boots kennt keine Angst, und sie wird auch keine Angst kennen, wenn sie das Zählen beherrscht. Du fliegst doch gern, habe ich Recht, Boots? Wie wär's mit einer Runde auf der Fledermaus?«, fragte er herausfordernd.

»Ich fliege!«, sagte Boots und versuchte sich aus Henrys unbequemem Griff zu winden.

»Dann flieg!«, rief Henry und warf sie einfach über den Rand der Säule.

Gregor schnappte nach Luft, als er Boots wie in Zeitlupe aus Henrys Händen und in die Finsternis segeln sah.

»Henry!«, rief Mareth erschrocken. Aber Luxa krümmte sich vor Lachen.

Gregor taumelte zum Rand der Säule und blinzelte in die Dunkelheit. Das schwache Fackellicht, für das die Fledermäuse gesorgt hatten, reichte nur ein paar Meter weit. Hatte Henry Boots wirklich in den Tod gestürzt? Das war unmöglich. Er konnte sie doch nicht …

Da ertönte ein fröhlicher Kiekser über seinem Kopf. »Mehr!«

Boots! Aber was machte sie da oben? Gregor fummelte an seiner Taschenlampe herum. Ein breiter Lichtstrahl durchschnitt die Finsternis.

Zwanzig Fledermäuse kreisten durch die Höhle und spielten mit Boots Fangen. Eine Fledermaus flog mit ihr hoch in die Luft, machte eine Rolle und ließ sie im freien Fall hinabsegeln. Lange bevor sie auf dem Boden aufkam, hob eine andere Fledermaus sie sanft hoch, um mit ihr in die Lüfte zu steigen und sie wieder abzuwerfen. Boots kicherte begeistert. »Mehr! Mehr!«, rief sie den Fledermäusen nach jedem Sturz zu. Und jedes Mal, wenn sie Boots fallen ließen, drehte sich Gregor der Magen um.

»Sagt ihnen, sie sollen sofort damit aufhören!«, brüllte er Henry und Luxa zu. Die beiden sahen ihn erstaunt an. Entweder waren diese Königsgören noch nie angeschrien worden oder sie hatten Gregor noch nie aus der Haut fahren sehen. Er packte Henry am Hemdkragen. »Hol sie sofort da raus!« Henry war ihm wahrscheinlich haushoch überlegen, aber das war ihm egal.

Henry hob die Hände, als würde er sich ergeben. »Immer mit der Ruhe, Überländer. Sie ist nicht in Gefahr.« Er grinste.

»Wirklich, Gregor, bei den Fledermäusen ist sie sicherer als bei den Menschen«, sagte Luxa. »Und sie hat keine Angst.«

»Sie ist zwei!«, schrie Gregor und drehte sich wütend zu ihr herum. »Demnächst denkt sie, sie wird immer aufgefangen, wenn sie irgendwo runterspringt!«

»So ist es doch auch«, sagte Luxa, die nicht begriff, wo das Problem lag.

»Aber nicht zu Hause, Luxa! Nicht im Überland!«, sagte Gregor. »Und ich hab nicht vor, für immer in diesem ätzenden Land zu bleiben!«

Die beiden wussten vielleicht nicht genau, was er mit »ätzend« meinte, aber es war eindeutig, dass es eine Beleidigung war.

Auf ein Handzeichen von Luxa kam eine Fledermaus vorbeigesegelt und ließ Boots in Gregors Arme gleiten. Er fing sie auf und drückte sie fest an sich. Die Unterländer hatten aufgehört zu lachen.

»Was heißt dieses ›ätzend‹?«, fragte Luxa kühl.

»Nicht so wichtig«, sagte Gregor. »Das ist nur so ein Ausdruck, den wir Überländer benutzen, wenn wir sehen, dass unsere kleinen Schwestern von Fledermäusen durch die Luft geworfen werden. Wir finden das ätzend.«

»Es sollte lustig sein«, sagte Henry.

»Ah ja. Macht doch einen Freizeitpark auf. Die Leute würden von hier bis zur Erdoberfläche Schlange stehen.«

Jetzt hatten sie wirklich keine Ahnung, wovon er sprach, aber sein sarkastischer Ton war unüberhörbar.

Boots wand sich aus seinen Armen und lief zum Rand der Säule. »Noch mal, Ge-go!«, quiekte sie.

»Nein, Boots! Nein, nein! Nicht springen!«, sagte Gregor und packte sie gerade noch rechtzeitig. »Siehst du, das meine ich!«, sagte er zu Luxa.

Er steckte Boots in die Trage und setzte sie auf den Rücken.

Die Unterländer waren über seinen Ausbruch schockiert und von seinem Ton beleidigt, wenn sie auch nicht alles verstanden.

»Boots hatte ohnehin keine Flugstunden nötig«, sagte Luxa. »Du dagegen sehr wohl.«

»Ach, schlag dir das aus dem Kopf, Luxa«, sagte Henry spöttisch. »Der Überländer würde sich nie den Fledermäusen überlassen. Wenn er wieder nach Hause kommt, könnte er vergessen, dass er nicht mehr in unserem ›ätzenden‹ Land ist, und vom Dach seines Hauses springen!«

Luxa und Henry lachten unfreundlich. Mareth schien das Ganze peinlich zu sein. Gregor wusste, dass sie ihn herausforderten, und ein Teil von ihm hatte Lust, die Herausforderung anzunehmen. Einfach loslaufen und in die Finsternis springen und alles Weitere den Fledermäusen überlassen. Dem anderen Teil ging es gegen den Strich, bei diesem Spielchen mitzuspielen. Luxa und Henry wollten nur etwas zu lachen haben, wenn er in der Luft herumzappelte. Am besten könnte er sie strafen, wenn er sie einfach ignorierte. Deshalb sah er sie nur verächtlich an und ging davon.

Er spürte förmlich, wie Luxa hinter ihm kochte.

»Ich könnte dich über den Rand schubsen lassen, Überländer, und müsste mich dafür niemandem erklären!«, sagte Luxa.

»Nur zu!«, sagte Gregor und streckte die Arme aus. Er wusste, dass sie log. Sie müsste sich Vikus erklären.

Luxa biss sich ärgerlich auf die Lippe.

»Ach, lass den ›Krieger‹ doch, Luxa«, sagte Henry. »Tot nützt er uns nichts … noch nicht … und vielleicht könnten selbst die Fledermäuse seine Ungeschicklichkeit nicht ausgleichen. Komm, wir fliegen um die Wette bis zur Pechgrube.«

Sie zögerte einen Moment, dann lief sie zum Rand der Säule. Henry und sie stießen sich ab wie zwei schöne Vögel und verschwanden, vermutlich auf ihren Fledermäusen.

Gregor hatte die Hände in die Seiten gestemmt und eine Riesenwut im Bauch. Er hatte vergessen, dass Mareth hinter ihm stand.

»Nimm dir ihre Worte nicht so zu Herzen«, sagte Mareth sanft. Gregor drehte sich um und sah, dass Mareth hin- und hergerissen war. »Als Kinder waren sie beide liebenswürdiger. Als die Ratten ihnen die Eltern nahmen, haben sie sich verändert.«

»Henrys Eltern sind auch von den Ratten umgebracht worden?«, sagte Gregor.

»Einige Jahre vor Luxas Eltern. Henrys Vater war der jüngere Bruder des Königs. Nach den Überländern würden die Ratten am liebsten die königliche Familie tot sehen«, sagte Mareth. »Nach dem Tod der Eltern wurde Nerissa zerbrechlich wie Glas, Henry hart wie Stein.«

Gregor nickte. Er konnte nie lange wütend auf jemanden sein. Früher oder später kam irgendwas heraus, das denjenigen in einem anderen Licht erscheinen ließ. Zum Beispiel der Typ in der Schule, den niemand leiden konnte, weil er immer die kleinen Kinder herumschubste. Eines Tages erfuhren sie, dass sein Vater ihn krankenhausreif geschlagen hatte. Wenn Gregor so etwas hörte, fühlte er sich richtig mies.

Ein paar Minuten später kam Vikus zurück, und Gregor stieg wortlos auf seine Fledermaus. Als sie abhoben, merkte er, wie fest er die Beine in die Flanken der Fledermaus drückte, und versuchte den Sitz zu lockern. Vikus ließ die Beine einfach baumeln. Gregor machte es genauso und stellte fest, dass er sich jetzt sogar leichter halten konnte. Er hatte ein besseres Gleichgewicht.

»Jetzt müssen wir die Krabbler besuchen«, sagte Vikus. »Möchtest du die Prophezeiung weiter aufschlüsseln?«

»Vielleicht später«, sagte Gregor. Vikus beließ es dabei. Bestimmt hatte er mit dem Krieg genug zu bedenken.

Jetzt, wo Gregor sich wieder in der Gewalt hatte, begann etwas anderes an ihm zu nagen. Er wusste, dass er sich nicht nur deshalb geweigert hatte, von der Säule zu springen, weil er Luxa und Henry eins auswischen wollte. Und auch nicht nur, weil sie ihn ausgelacht hätten. Es war kein Zufall, dass er ausgerechnet Freizeitparks erwähnt hatte. Achterbahnen, Bungee-Jumping, Fallschirmspringen – all das fand er grauenhaft. Manchmal machte er mit, weil er sonst als Angsthase dastehen würde, aber es machte ihm keinen Spaß. Was sollte so toll an dem Gefühl sein, dass einem die Welt unter den Füßen weggezogen wurde? Dabei war man im Karussell wenigstens noch angeschnallt.

Gregor war nicht gesprungen, weil er im tiefsten Innern Angst davor hatte, und alle wussten es.

14. Kapitel

Stundenlang flogen sie durch dunkle Tunnels. Gregor spürte, wie Boots' Köpfchen auf seine Schulter sank, und er ließ es geschehen. Eigentlich sollte sie tagsüber nicht zu lange schlafen, weil sie sonst mitten in der Nacht aufwachte und spielen wollte, aber wie sollte er sie wach halten, wenn es dunkel war und sie sich nicht bewegen durfte? Er würde sich später etwas überlegen.

Im Dunkeln kamen alle Sorgen wieder hoch. Sein Vater von den Ratten gefangen, seine Mutter in Tränen, die unbekannte Reise, die für Boots voller Gefahren war, und seine eigene Angst auf der Säule.

Als er merkte, dass die Fledermaus landen wollte, war er froh über die Ablenkung, obwohl er keine Lust hatte, Luxa und Henry wiederzubegegnen. Bestimmt würden sie selbstgefälliger und gönnerhafter sein denn je.

Sie tauchten in eine Höhle, die so niedrig war, dass die

Fledermäuse sowohl die Decke als auch den Boden mit den Flügeln streiften. Gregor stieg ab, konnte sich jedoch nicht aufrichten, ohne mit dem Helm an die Decke zu stoßen. Die Höhle hatte die Form eines Pfannkuchens, groß, rund und platt. Es war klar, weshalb die Kakerlaken sich diesen Ort ausgesucht hatten. Fledermäuse konnten hier nicht gut fliegen, und Menschen und Ratten konnten zwischen den ein Meter zwanzig hohen Wänden kaum kämpfen.

Er weckte Boots, der die neue Umgebung zu gefallen schien. Sie lief auf ihren wackligen Beinen herum und stellte sich auf die Zehenspitzen, um die Decke anzufassen. Alle anderen setzten sich auf den Boden und warteten. Die Fledermäuse kauerten sich zusammen und zuckten immer wieder, weil sie offenbar über Geräusche erschraken, die für Gregors Ohren nicht wahrnehmbar waren.

Schließlich erschien eine Abordnung von Kakerlaken. Sie machten eine tiefe Verbeugung. Die Menschen knieten sich hin und verbeugten sich auch, also tat Gregor dasselbe. Boots, die nicht so sehr auf Etikette achtete, rannte mit ausgebreiteten Armen auf die Kakerlaken zu. »Käfer! Goße Käfer!«, rief sie.

Fröhliches Gemurmel erhob sich unter den Kakerlaken. »Ist sie die Prinzessin, ist sie? Ist sie die eine, Temp, ist sie?«

Boots ging auf einen Kakerlak zu und streichelte ihn zwischen den Fühlern. »Hallo du! Reiten? Wir reiten?«

»Kennt mich, Prinzessin kennt mich?«, sagte der Kakerlak ehrfürchtig, und die anderen Kakerlaken hielten den Atem an. Selbst die Menschen und die Fledermäuse schauten sich überrascht an.

»Wir reiten? Noch mal reiten?«, sagte Boots. »Boots reitet auf goßer Käfer!«, sagte sie und tätschelte dem Kakerlak noch kräftiger den Kopf.

»Vorsichtig, Boots«, sagte Gregor und hielt schnell ihre Hand fest. Dann legte er ihre Hand sanft auf den Kopf des Kakerlaks. »Nur ei machen, wie bei einem Hund.«

»Oh, ei, ei«, sagte Boots und tätschelte den Kakerlak ganz leicht. Er erschauerte vor Freude.

»Kennt mich, die Prinzessin kennt mich?«, flüsterte er. »Weiß sie noch den Ritt, weiß sie?«

Gregor sah den Kakerlak genau an. »Ach, warst du das, der sie zum Stadion gebracht hat?«, fragte er.

Der Kakerlak nickte. »Ich bin Temp, bin ich«, sagte er.

Jetzt wusste Gregor, wieso alle so aufgeregt waren. Für ihn sah Temp haargenauso aus wie die anderen zwanzig Kakerlaken, die in der Höhle herumsaßen. Wie in aller Welt hatte Boots ihn aus der Gruppe herausgepickt? Vikus sah ihn mit hochgezogenen Augenbrauen an, als erwarte er eine Erklärung, doch Gregor zuckte nur die Achseln. Es war ganz schön verrückt.

»Noch mal reiten?«, bat Boots. Temp senkte ehrfürchtig den Kopf, und Boots kletterte auf seinen Rücken.

Eine Weile sahen alle zu, wie sie in der Höhle herumtrippelten. Dann räusperte sich Vikus. »Krabbler, wir kommen in einer ernsten Angelegenheit. Bringt ihr uns zu eurem König, bringt ihr uns?«

Widerstrebend lösten die Kakerlaken sich von Boots' Anblick und führten Vikus und Solovet fort.

Na super, dachte Gregor, das schon wieder. Ohne Vikus fühlte er sich jetzt noch unbehaglicher als beim ersten Mal. Was würden Henry und Luxa diesmal anstellen? Und dann waren da auch noch diese Riesenkakerlaken. In ihrem Revier fühlte er sich nicht gerade sicher. Noch gestern hatten sie erwogen, ihn und Boots an die Ratten zu verkaufen. Na, immerhin war noch Mareth da, der war ganz in Ordnung. Und die Fledermäuse waren auch nicht so übel.

Temp und ein anderer Kakerlak namens Tick waren zurückgeblieben. Sie beachteten die anderen gar nicht und nahmen abwechselnd Boots auf den Rücken.

Die fünf Fledermäuse waren von dem langen Flug so erschöpft, dass sie sich zusammenscharten und alle miteinander einschliefen.

Mareth stellte alle Fackeln nebeneinander und machte über den Flammen ein wenig Essen warm. Henry und Luxa saßen abseits und unterhielten sich gedämpft. Gregor machte das nichts aus. Mareth war sowieso der Einzige, mit dem er reden wollte.

»Kannst du die Krabbler auseinander halten, Mareth?«, fragte er. Er schüttete alle Batterien auf den Boden, um die leeren auszusortieren.

»Nein, es ist höchst eigentümlich, dass deine Schwester es kann. Es gibt nur wenige unter uns, die Unterschiede erkennen. Vikus kann es besser als die meisten. Doch einen aus einer so großen Gruppe herausfinden … es ist überaus seltsam«, sagte Mareth. »Vielleicht ist es eine Gabe der Überländer?«

»Nein, für mich sehen sie einer aus wie der andere«, sagte Gregor.

Boots war sehr gut, wenn es darum ging, aus vier identischen Bildern dasjenige herauszufinden, das ein kleines bisschen von den anderen abwich. Zum Beispiel vier Partyhüte, von denen einer sieben Streifen hatte statt sechs. Und wenn auf einer Feier alle aus Pappbechern tranken, wusste sie immer genau, welcher wem gehörte, selbst wenn sie alle durcheinander auf dem Tisch standen. Vielleicht sahen die Kakerlaken für sie wirklich alle ganz unterschiedlich aus.

Gregor machte die Taschenlampe auf. Sie brauchte zwei Batterien der Größe D. Er prüfte der Reihe nach, welche Batterien noch funktionierten. Dabei schaltete er die Taschenlampe einmal versehentlich an, als sie gerade auf Luxa und Henry gerichtet war. Die beiden fuhren zusammen – an einen plötzlichen Lichtstrahl waren sie nicht gewöhnt. Er machte es noch ein paarmal mit Absicht. Das war kindisch, aber es machte solchen Spaß, sie zusammenzucken zu sehen. In New York würden die höchstens fünf Sekunden überleben, dachte er. Dieser Gedanke heiterte ihn ein wenig auf.

Von den zehn Batterien hatten bis auf zwei alle noch Saft. Gregor öffnete das Batteriefach auf seinem Helm und stellte fest, dass die Lampe mit einer speziellen rechteckigen Batterie betrieben wurde. So eine hatte er nicht dabei, er würde also sparsam damit umgehen müssen. Vielleicht bewahre ich sie am besten bis ganz zum Schluss auf, dachte er. Wenn die anderen verbraucht sind oder ich sie verliere, habe ich immer noch die Lampe auf meinem Kopf. Er schaltete das Licht auf dem Helm aus.

Gregor steckte die vollen Batterien wieder in die Ledertasche und legte die anderen beiden zur Seite. »Die beiden taugen nichts«, sagte er zu Mareth. »Sie sind leer.«

»Soll ich sie verbrennen?«, fragte Mareth und nahm die Batterien.

Gregor hielt ihn am Handgelenk fest, bevor er sie in die Flammen werfen konnte. »Nein, sie könnten explodieren!« Er wusste nicht genau, was passierte, wenn man eine Batterie ins Feuer warf, aber er erinnerte sich dunkel, dass sein Vater gesagt hatte, es sei gefährlich. Aus dem Augenwinkel sah er, dass Luxa und Henry sich beunruhigt ansahen. »Davon kann man blind werden«, fügte er hinzu, weil es sich gut anhörte.

Das könnte ja auch wirklich passieren, wenn sie explodierten.

Mareth nickte und legte die leeren Batterien behutsam wieder zu Gregor. Gregor rollte sie mit der Sandale hin und her und machte Luxa und Henry damit ganz nervös.

Als er bemerkte, dass auch Mareth nervös wurde, steckte er sie in die Tasche.

Vikus und Solovet kamen zurück, als das Essen gerade fertig war. Sie sahen besorgt aus.

Alle scharten sich um Mareth, als er Fisch und Brot verteilte und etwas, das Gregor an eine Süßkartoffel erinnerte, aber keine war.

»Boots! Abendessen!«, rief Gregor, und sie kam herbeigelaufen.

Als sie merkte, dass die Kakerlaken ihr nicht folgten, drehte sie sich um und winkte ungeduldig. »Temp! Tick! Essen!«

Es war ein peinlicher Moment. Niemand hatte daran gedacht, die Kakerlaken einzuladen. Mareth hatte nicht genug gekocht. Ganz offensichtlich war es nicht üblich, gemeinsam mit den Kakerlaken zu essen. Zum Glück schüttelten sie den Kopf.

»Nein, Prinzessin, wir essen jetzt nicht.« Eilig trippelten sie davon.

»Hier bleiben!«, sagte Boots und zeigte auf Temp und Tick. »Ihr bleibt hier, goße Käfer.« Gehorsam setzten sich die Kakerlaken.

»Boots!«, sagte Gregor peinlich berührt. »Ihr müsst nicht bleiben – sie kommandiert immer alle herum«, erklärte er den Kakerlaken. »Sie will nur weiter mit euch spielen. Aber erst muss sie essen.«

»Wir bleiben sitzen«, sagte der eine Kakerlak steif.

Offenbar war er der Meinung, dass Gregor sich um seine eigenen Angelegenheiten kümmern sollte.

Alle aßen gierig bis auf Vikus, der mit den Gedanken woanders zu sein schien.

»Wann brechen wir also auf?«, fragte Henry mit dem Mund voller Fisch.

»Überhaupt nicht«, sagte Solovet. »Die Kakerlaken haben es abgelehnt, uns zu begleiten.«

Luxa fuhr empört hoch. »Abgelehnt? Aus welchem Grund?«

»Sie wollen nicht König Gorgers Zorn erregen, indem sie uns bei der Suche helfen«, sagte Vikus. »Sie haben jetzt Frieden mit den Menschen und den Ratten. Den möchten sie nicht gefährden.«

Und jetzt?, dachte Gregor. Sie brauchten zwei Kakerlaken. So stand es in der »grauen Prophezeiung«. Konnten sie seinen Vater auch ohne die Kakerlaken befreien?

»Wir haben sie gebeten, unseren Vorschlag zu überdenken«, sagte Solovet. »Sie wissen, dass die Ratten im Anmarsch sind. Das könnte sie in unsere Richtung bewegen.«

»Oder in die der Ratten«, murmelte Luxa, und Gregor stimmte ihr insgeheim zu. Die Kakerlaken hatten darüber diskutiert, Überländer an die Ratten zu verkaufen, obwohl sie wussten, dass die Ratten sie fressen würden. Und das war gestern, als noch kein Krieg war. Ohne Boots' einnehmendes Wesen wären sie jetzt mit Sicherheit tot.

Die Kakerlaken waren keine Kämpfernaturen. Sie würden wohl das tun, was ihnen die größten Vorteile versprach, und vermutlich waren die Ratten der stärkere Bündnispartner. Zumindest wären sie das, wenn man ihnen trauen konnte.

»Wieso denken die Kakerlaken, sie könnten den Ratten glauben?«, fragte Gregor.

»Die Krabbler denken nicht auf dieselbe Art wie wir«, sagte Vikus.

»Wie denken sie denn?«, fragte Gregor.

»Ohne Sinn und Verstand«, fiel Henry wütend ein. »Sie sind die dümmsten aller Kreaturen im Unterland! Sie können kaum sprechen!«

»Schweig, Henry«, sagte Vikus scharf.

Gregor warf einen Blick zu Temp und Tick, doch die beiden ließen sich nicht anmerken, dass sie Henrys Worte gehört hatten. Aber natürlich hatten sie sie gehört. Die Kakerlaken schienen zwar wirklich nicht sehr helle zu sein, doch es gehörte sich nicht, das vor ihnen zu sagen. Außerdem würde man sie auf diese Weise kaum zum Mitkommen bewegen.

»Bedenke, dass die Krabbler, als Sandwich im Unterland ankam, bereits seit unzähligen Generationen hier waren. Zweifellos werden sie noch übrig sein, wenn sich an warmes Blut niemand mehr erinnert«, sagte Vikus.

»Das sind Gerüchte«, sagte Henry wegwerfend.

»Nein, sind es nicht«, sagte Gregor. »Kakerlaken gibt's

schon an die dreihundertfünfzig Millionen Jahre, Menschen gerade mal sechs Millionen.« Sein Vater hatte ihm mal eine Zeittafel gezeigt, auf der man ablesen konnte, wann die einzelnen Lebewesen auf der Erde entstanden waren. Es hatte ihn sehr beeindruckt, wie alt die Kakerlaken waren.

»Woher weißt du das?« Trotz Luxas schroffem Ton merkte Gregor, dass es sie wirklich interessierte.

»Das ist Wissenschaft. Archäologen graben Fossilien und so was aus, und dann können sie das Alter der Funde bestimmen. Kakerlaken – ich meine Krabbler – sind richtig alt, und sie haben sich nicht besonders verändert«, sagte Gregor. Er begab sich auf unsicheren Boden, aber er glaubte, dass es so war. »Es sind ganz schön erstaunliche Tiere«, sagte er in der Hoffnung, dass Temp und Tick zuhörten.

Vikus lächelte ihn an. »Wenn ein Wesen so lange überlebt, ist es zweifellos schlau genug.«

»Ich glaube nicht an deine Wissenschaft«, sagte Henry. »Die Krabbler sind schwach, sie können nicht kämpfen, sie werden nicht überdauern. So ist es von der Natur vorgesehen.«

Gregor dachte an seine Großmutter, die alt und auf die Hilfe anderer angewiesen war. Er dachte an Boots, die klein war und noch keine Türen öffnen konnte. Und dann war da sein Freund Larry, der letztes Jahr dreimal in die Notaufnahme musste, weil er Asthmaanfälle hatte und keine Luft bekam.

»Siehst du das auch so, Luxa?«, fragte Gregor. »Findest du, jemand, der nicht stark ist, hat es verdient zu sterben?«

»Wenn es der Wahrheit entspricht, spielt es keine Rolle, was ich denke«, sagte Luxa ausweichend.

»Aber entspricht es der Wahrheit? Das ist eine Frage, über welche die künftige Herrscherin unserer Stadt trefflich grübeln kann«, sagte Vikus.

Sie aßen schnell, und dann schlug Vikus vor, dass sie alle versuchen sollten zu schlafen. Gregor hatte keine Ahnung, ob es Nacht war oder nicht, aber er war müde und widersprach nicht.

Während er eine dünne gewebte Decke in einer Ecke der Höhle ausbreitete, versuchte Boots Temp und Tick »Backe, backe Kuchen« beizubringen. Die Kakerlaken wackelten verwirrt mit den Vorderfüßen.

»Backe, backe Kuchen, die Käfer ham gerufen. Wer will guten Kuchen backen, der muss haben sieben Sachen: Eier und Smalz, Zucker und Salz, Milch und Mehl, Safan macht den Kuchen gehl. Kuchen für Boots und goße Käfer!« Boots klatschte in die Hände und berührte die Füße der Kakerlaken.

Die Kakerlaken waren völlig verdutzt. »Was singt die Prinzessin, was singt?«, fragte Temp. Oder vielleicht war es auch Tick.

»Das ist ein Lied, das wir im Überland mit kleinen Kindern singen«, sagte Gregor. »Sie hat euch eingebaut. Das ist eine große Ehre. Sie baut nur Leute in ein Lied ein, die sie wirklich mag.«

»Ich mag goße Käfer«, sagte Boots zufrieden und sang das Lied noch einmal zusammen mit den Kakerlaken.

»Tut mir Leid, aber sie muss jetzt schlafen«, sagte Gregor. »Komm, Boots. Ab in die Heia. Sag gute Nacht.«

Boots umarmte die Kakerlaken ungestüm. »Nacht, goße Käfer. Slaft gut.«

Gregor kuschelte sich mit ihr auf dem harten Steinboden unter die Decke. Nach dem langen Mittagsschlaf war sie nicht sonderlich müde. Erst ließ er sie eine Weile mit der Taschenlampe spielen und sie ein- und ausschalten, aber dann hatte er Angst um die Batterien, und außerdem machte es die Unterländer nervös. Schließlich gelang es ihm, sie zu beruhigen, und sie schlief ein. Beim Eindösen meinte er Temp, oder vielleicht war es auch Tick, flüstern zu hören: »Ehrt uns, die Prinzessin, ehrt uns?«

Er wusste nicht, wovon er aufwachte. So steif, wie sein Nacken war, musste er stundenlang auf dem kalten Boden gelegen haben. Schlaftrunken fasste er neben sich, um Boots an sich zu ziehen, doch wo sie gelegen hatte, war nur kalter Stein. Er riss die Augen auf und kam hoch. Er öffnete den Mund, um Boots zu rufen, als er plötzlich wieder klar sehen konnte. Kein Laut kam über seine Lippen.

In der Mitte des großen runden Raums trat Boots im

Wiegeschritt von einem Bein aufs andere und drehte sich dabei langsam im Kreis. Die Taschenlampe, die sie in der Hand hielt, erleuchtete den Raum hier und da. Er sah Figuren, die perfekte konzentrische Kreise zogen. Mit langsamen, hypnotisierenden Bewegungen wiegten sie sich im Gleichklang, einige nach rechts, andere nach links.

In vollkommener Stille tanzten Hunderte von Kakerlaken um Boots herum.

15. Kapitel

Hilfe, die wollen sie fressen, dachte Gregor, sprang auf und knallte mit dem Kopf an die Decke. »Au!« Er hätte den Helm zum Schlafen nicht absetzen sollen.

Jemand hielt ihn an der Schulter fest. Gregor erkannte Vikus, der einen Finger an die Lippen hielt. »Pssst! Lass sie gewähren!«, flüsterte er eindringlich.

»Aber wenn sie ihr was tun!«, flüsterte Gregor zurück. Er duckte sich und hielt sich den Kopf. Er spürte schon die dicke Beule, die sich unter der Kopfhaut wölbte.

»Nein, Gregor, sie ehren sie. Sie ehren Boots auf eine ganz besondere, heilige Weise«, flüsterte Solovet irgendwo neben Vikus.

Gregor schaute wieder zu den Kakerlaken und versuchte zu verstehen, was er sah. Boots schien nicht unmittelbar in Gefahr zu sein. Keiner der Kakerlaken fasste sie an. Sie wiegten und drehten und verbeugten sich nur in ihrem langsamen, rhythmischen Tanz. Wie feierlich die Szene war, wie vollkommen still, und wie versunken die Kakerlaken wirkten. Plötzlich wusste Gregor es: Die Kakerlaken ehrten Boots nicht nur – sie beteten sie an!

»Was machen sie da?«, fragte Gregor.

»Das ist der Ringtanz. Man sagt, die Krabbler führen ihn nur ganz im Verborgenen für jene auf, die sie für auserwählt halten«, sagte Vikus. »In unserer Geschichte haben sie ihn bis heute nur für einen Menschen aufgeführt, und das war Sandwich.«

»Auserwählt wofür?«, fragte Gregor besorgt. Er hoffte, die Kakerlaken bildeten sich nicht ein, sie könnten Boots behalten, nur weil sie um sie herumtanzten.

»Auserwählt, ihnen Zeit zu geben«, sagte Vikus nur, als würde das alles erklären. Gregor übersetzte es im Kopf in »auserwählt, ihnen Leben zu geben«.

Vielleicht gab es auch einen einfacheren Grund. Seit ihrer Ankunft im Unterland hatten sich die Kakerlaken auf besondere Weise mit Boots verbunden gefühlt. Hätten sie nur ihn gefunden, hätten sie ihn schnurstracks zu den Ratten befördert, und das wär's dann gewesen. Aber Boots hatte sich so schnell mit ihnen angefreundet. Sie hatte weder Ekel oder Angst noch Überlegenheit gezeigt. Es hat die Kakerlaken beeindruckt, dass Boots sie mag, dachte Gregor. Die meisten Menschen können sie nicht ausstehen.

Dann war da diese komische Sache mit Temp, den Boots wiedererkannt hatte. Das konnte Gregor sich immer noch nicht erklären.

Die Kakerlaken tanzten ein paarmal um Boots herum und warfen sich vor ihr flach auf den Boden. Dann löste sich die Gruppe mit kreisenden Bewegungen in der Dunkelheit auf. Stumm sah Boots ihnen zu, wie sie verschwanden. Als der Raum leer war, gähnte sie herzhaft und kam zu Gregor getapst. »Ich müde«, sagte sie. Dann kuschelte sie sich an ihn und nickte sofort ein.

Gregor nahm ihr die Taschenlampe aus der Hand und sah im Lichtstrahl, dass alle Unterländer wach waren und zu ihnen herüberstarrten. »Sie ist müde«, sagte er, als wäre nichts Besonderes passiert. Er schaltete die Taschenlampe aus.

Als sie aufwachten, verkündeten die Kakerlaken, dass Temp und Tick sie auf der Suche begleiten würden. Niemand zweifelte daran, dass sie einzig und allein wegen Boots mitkamen.

Gregor war hin- und hergerissen zwischen einem Gefühl von Stolz und einem unbändigen Lachreiz. Boots war also wirklich so etwas wie eine Spezialwaffe.

Die Gruppe machte sich schnell reisefertig. Temp und Tick lehnten es kategorisch ab, sich ohne Boots auf eine Fledermaus zu setzen. Darüber gab es einen kurzen Streit, denn Boots musste mit Gregor fliegen, und das bedeutete, dass ihre Fledermaus sowohl Gregor und Boots als auch die Kakerlaken tragen musste. Für eine Fledermaus war das kein Problem, aber es bedeutete, dass vier unerfahrene Mitflieger auf einer Fledermaus sitzen würden.

Vikus vertraute diese Aufgabe Ares an, Henrys großer schwarzer Fledermaus, die sowohl stark als auch flink war. Henry flog mit Luxa auf Aurora. Ares wurde angewiesen, über den anderen zu fliegen, sodass die Kakerlaken im Fall eines Sturzes aufgefangen werden könnten.

Temp und Tick ließen sich dadurch nicht beruhigen. Die Vorstellung, hoch über der Erde durch die Lüfte zu fliegen, versetzte sie in Angst und Schrecken. Gregor redete ihnen gut zu, was nicht ohne Ironie war, da er selbst das Fliegen ja auch nicht besonders mochte. Außerdem wäre ihm jede andere Fledermaus lieber gewesen als ausgerechnet Ares. Bestimmt konnte Henrys Fledermaus ihn ebenso wenig leiden wie Henry selbst.

Sie hatten keine Zeit zu frühstücken, aber Mareth verteilte große Kuchenstücke und getrocknetes Rindfleisch für unterwegs. Von Vikus erfuhr Gregor, dass es bis zur ersten Rast mehrere Stunden dauern würde, deshalb zog er Boots noch eine zweite Windel über die erste. Er setzte sie diesmal mit dem Gesicht nach hinten in die Kindertrage, damit sie mit Temp und Tick plaudern und die beiden ein bisschen von ihrer Angst ablenken konnte.

Gregor schwang sich auf Ares' Rücken und ließ die Beine über die Schultern der Fledermaus baumeln. Temp und Tick kletterten hintendrauf und krallten sich mit aller

Kraft an Ares' Rückenfell fest. Gregor hatte den Eindruck, dass Ares leicht zusammenzuckte, aber er gab keinen Mucks von sich. Allerdings sprachen die Fledermäuse sowieso fast nie. Es strengte sie wohl zu sehr an. Wahrscheinlich unterhielten sie sich in ganz hohen, für das menschliche Ohr unhörbaren Tönen.

»Jetzt geht es zum Land der Spinner«, sagte Vikus. »Denkt daran, dass die Ratten in diesem Gebiet regelmäßig patrouillieren.«

»Bleibt dicht beieinander. Wir könnten einander brauchen«, sagte Solovet. »In die Lüfte!«

Die Fledermäuse hoben ab. Boots war ganz aus dem Häuschen über ihre neuen Reisegefährten. Sie sang alle Lieder, die sie kannte: »Weißt du, wie viel Sternlein stehen«, »Ringel Ringel Reihe«, »Ein Männlein steht im Walde«, »ABC, die Katze lief im Schnee« und natürlich »Backe, backe Kuchen«. Als sie fertig war, sang sie alle noch einmal. Und noch einmal. Und noch einmal. Ungefähr beim neunzehnten Durchgang beschloss Gregor, für ein bisschen Abwechslung zu sorgen, und brachte ihr »Jetzt fahrn wir übern See« bei. Boots konnte es sofort auswendig und versuchte es den Kakerlaken beizubringen. Deren schiefer Gesang schien sie nicht zu stören, aber Gregor merkte, wie Ares' Nackenmuskeln sich mit jeder Strophe mehr verkrampften.

Das Revier der Kakerlaken war sehr viel weitläufiger als Regalia oder die Höhlen der Fledermäuse. Die Menschen und die Fledermäuse hatten kleine, dicht besiedelte Gebiete, die man leicht abriegeln konnte. Die Kakerlaken waren über viele, viele Meilen des Unterlands verstreut. Wie konnten sie sich vor Angriffen schützen, wenn sie so viel Land zu verteidigen hatten?

Die Antwort fiel Gregor ein, als sie über ein Tal flogen, in dem Tausende von Kakerlaken lebten. Die Krabbler waren zahlreich – viel zahlreicher als die Menschen. Im Falle eines Angriffs konnten sie größere Verluste verschmerzen. Und da sie so viel Platz hatten, konnten sie sich immer weiter zurückziehen und die Ratten zwingen, ihnen zu folgen. Gregor dachte an die Kakerlaken in ihrer Küche zu Hause. Sie kämpften nicht. Sie machten sich aus dem Staub. Seine Mutter schlug oft welche tot, aber sie kamen immer wieder.

Nach einer Zeit, die Gregor wie eine Ewigkeit vorkam, bereitete Ares sich auf die Landung vor. Am Ufer eines trägen, seichten Flusses ließen sie sich nieder. Gregor sprang ab und landete auf etwas Weichem, Schwammigem. Er fasste auf den Boden, und als er die Hand wieder hob, war sie voll graugrünem Gestrüpp. Pflanzen! Hier wuchsen Pflanzen ohne das Gaslicht, das die Unterländer benutzten.

»Wie kommt es, dass die hier ohne Licht wachsen?«, fragte er Vikus und zeigte ihm die Pflanzen in seiner Hand.

»Hier gibt es Licht«, sagte Vikus und zeigte auf den Fluss. »Dort kommt Feuer aus der Erde.«

Gregor schaute ins Wasser und sah kleine Lichtstrahlen,

die vom Grund des Flusses emporschossen. Zwischen verschiedenen Wasserpflanzen flitzten Fische hin und her. Die langen Ranken einiger Pflanzen schlängelten sich bis ans Ufer.

Als ob im Fluss lauter winzige Vulkane wären, dachte Gregor.

»Dieser Fluss fließt auch durch Regalia. Wir füttern unser Vieh mit den Pflanzen, aber für Menschen sind sie nicht geeignet«, sagte Solovet.

Gregor hatte den ganzen Morgen Trockenfleisch gegessen, ohne sich zu fragen, was die Rinder zu fressen bekamen. Er könnte wohl Jahre im Unterland verbringen, bis er alle Zusammenhänge verstanden hätte. Nicht, dass er Lust dazu hatte.

Temp und Tick wechselten ein paar Worte mit einigen Kakerlaken, die an den Ufern fischten. Bald darauf zogen die Kakerlaken mit dem Maul mehrere große Fische aus dem Fluss. Mareth nahm die Fische aus und grillte sie über den Fackeln.

Gregor holte Boots aus der Trage, damit sie die Beine ausstrecken konnte, und bat die Kakerlaken, sie im Auge zu behalten. Sie liefen am Ufer hin und her, passten auf, dass Boots nicht zu nah ans Wasser ging, und ließen sie auf ihrem Rücken reiten. Die Nachricht von Boots' Ankunft verbreitete sich schnell, und schon bald tauchten zahllose Kakerlaken auf. Sie ließen sich nieder, nur um »die Prinzessin« zu bewundern.

Als das Essen fertig war, legte Vikus Wert darauf, auch Temp und Tick dazu einzuladen. »Es ist an der Zeit«, sagte er, als Henry die Stirn runzelte. »Es ist an der Zeit, dass alle aus der Prophezeiung sich zu einer Reise, zu einem Ziel und in einem Geist vereinigen. Hier sind alle gleich.« Temp und Tick saßen ein wenig abseits hinter Boots, aber sie aßen mit den anderen zusammen.

»Jetzt ist es nicht mehr weit«, sagte Vikus und zeigte auf einen kleinen Tunnel. »Es wäre sogar zu Fuß schnell zu schaffen.«

»Zu meinem Vater?«, fragte Gregor.

»Nein, zu den Spinnern. Wir müssen zwei von ihnen überreden, uns auf der Suche zu begleiten«, sagte Vikus.

»Ach ja, die Spinner«, sagte Gregor. Hoffentlich hatten die mehr Lust zu der Reise als die Kakerlaken.

Sie waren gerade mit dem Essen fertig, als die fünf Fledermäuse hochfuhren. »Ratten!«, zischte Ares, und alle setzten sich in Bewegung.

Außer Temp und Tick verschwanden alle Kakerlaken in den niedrigen Tunnels, die vom Flussufer wegführten.

Vikus steckte Boots in die Kindertrage auf Gregors Rücken und schob die beiden zu dem Tunnel, den er ihnen gerade gezeigt hatte. »Lauf!«, befahl er. Gregor wollte widersprechen, doch Vikus ließ ihn nicht zu Wort kommen. »Lauf, Gregor! Wir Übrigen sind entbehrlich, ihr nicht!«

Der alte Mann schwang sich auf seine Fledermaus und wollte sich gerade mit den anderen in die Lüfte erheben, als eine Gruppe von sechs Ratten aufs Flussufer stürmte. Der Anführer, eine verwachsene graue Ratte mit einer Narbe quer überm Gesicht, zeigte auf Gregor und zischte: »Tötet ihn!«

Gregor, der unbewaffnet am Ufer stand, blieb nichts anderes übrig, als zum Eingang des Tunnels zu sprinten. Temp und Tick trippelten hinter ihm her. Als Gregor sich kurz umschaute, sah er, wie Vikus die graue Ratte mit dem Griff seines Schwerts ins Wasser stieß. Die anderen Unterländer gingen mit blitzenden Klingen auf die übrigen fünf Ratten los.

»Lauf, Gregor!«, befahl Solovet. Ihre Stimme klang rau, gar nicht mehr so sanft, wie er sie kannte.

»Musst dich eilen, musst du dich, eilen!«, drängten Temp und Tick.

Mit eingeschalteter Taschenlampe lief Gregor in den Tunnel. Die Decke war gerade so hoch, dass er aufrecht gehen konnte. Er merkte, dass er Temp und Tick verloren hatte, und als er sich nach ihnen umdrehte, sah er, wie sich der ganze Tunnel vom Boden bis unter die Decke mit Kakerlaken füllte. Sie griffen die Ratten nicht an. Sie bauten mit ihren Körpern eine Barrikade, die praktisch undurchdringlich sein würde.

O nein, dachte Gregor. Sie wollen sich einfach töten lassen! Er machte kehrt, um ihnen zu helfen, aber die Kakerlaken neben ihm riefen: »Lauf! Lauf mit der Prinzessin!«

Sie hatten Recht: Er musste weiter. Er musste Boots hier rausbringen. Er musste seinen Vater befreien. Vielleicht musste er sogar das Unterland von den Ratten befreien, wer wusste das schon. Aber in diesem Moment konnte er nicht gegen die Ratten kämpfen. Er konnte die fünfzehn Meter dicke Kakerlakenwand von seiner Seite ebenso wenig durchdringen wie die Ratten von der anderen Seite.

In einem Tempo, das er wohl eine halbe Stunde durchhalten konnte, begann er den Tunnel zu durchqueren.

Nach zwanzig Minuten bog er um eine Ecke und landete mitten in einem gigantischen Spinnennetz.

16. Kapitel

Er befreite das Gesicht aus den dicken klebrigen Fäden. Es fühlte sich an, als würden ihm mehrere Streifen Heftpflaster von der Haut gerissen. »Au!«, rief er. Er befreite den Arm, in dem er die Taschenlampe hielt, doch der andere Arm war immer noch im Spinnennetz verheddert. Boots saß auf seinem Rücken und war nicht im Netz gefangen.

»Hallo!«, rief er. »Ist hier jemand?« Er schwenkte die Taschenlampe herum, aber er sah nichts als Spinnweben.

»Ich bin Gregor der Überländer. Ich komme in friedlicher Absicht«, sagte er. Ich komme in friedlicher Absicht. Wo hatte er das her? Wahrscheinlich aus irgendeinem alten Film. »Ist jemand zu Hause?«

Er spürte ein leichtes Ziehen an den Sandalen und schaute hinunter. Eine riesige Spinne fesselte ihm die Füße mit einem stabilen Seidenfaden.

»Hey!«, schrie Gregor und versuchte die Füße frei zu bekommen. Doch in Windeseile hatte sich die Spinne bis zu seinen Knien hochgearbeitet.

»Du verstehst mich nicht! Ich bin – ich bin der Krieger! Der aus der Prophezeiung! Ich bin der Sohn der Sonne!«

Die Spinne arbeitete sich geschäftig an seinem Körper hoch. O nein, dachte Gregor. Die wickelt uns total ein! Er spürte, wie der Arm, der im Netz gefangen war, an seinen Körper gepresst wurde.

»Ge-go!«, quiekte Boots. Die Seidenfäden, die sich um Gregors Brust wickelten, drückten Boots an seinen Rücken.

»Vikus schickt mich!«, rief Gregor, und jetzt hielt die Spinne zum ersten Mal inne. Schnell sprach er weiter. »Ja, Vikus schickt mich; er ist auf dem Weg hierher, und wenn du uns einwickelst, wird er echt sauer!«

Um seinen Worten Nachdruck zu verleihen, fuchtelte er mit der Taschenlampe herum und leuchtete der Spinne genau ins Gesicht. Sie sprang ein paar Meter zurück, und jetzt konnte Gregor sie zum ersten Mal richtig sehen. Sechs schwarze Perlaugen, behaarte Beine und gewaltige Kiefer mit spitzen, gebogenen Giftklauen. Schnell wandte er die Taschenlampe ab. Er wollte die Spinne lieber nicht reizen.

»Du kennst also Vikus?«, fragte er. »Er müsste jeden Augenblick hier sein. Er hat irgendeine offizielle Verabredung mit eurem König. Eurer Königin. Habt ihr einen

König oder eine Königin? Oder vielleicht ist es auch was anderes. Wir haben einen Präsidenten, aber das ist nicht dasselbe, weil man den wählen muss.« Er schwieg einen Moment. »Also, meinst du, du könntest uns jetzt wieder auspacken?«

Die Spinne beugte sich herunter und schnappte nach einem Faden. Gregor und Boots sausten fünfzehn Meter hoch in die Luft und hüpften dann runter und wieder hoch wie ein großes Jo-Jo. »Hey!«, schrie Gregor. »Hey!« Sein Mittagessen schwappte in seinem Magen. Schließlich hörte das Hüpfen auf.

Gregor leuchtete mit der Taschenlampe herum. Überall waren Spinnen. Manche waren emsig bei der Arbeit, andere schienen zu schlafen. Allen gemeinsam war, dass sie Gregor ignorierten. Das war etwas Neues. Die Kakerlaken und die Fledermäuse hatten ihn einigermaßen höflich begrüßt, eine ganze Menschenmenge in einem Stadion war bei seinem Erscheinen verstummt, die Ratten waren ausgerastet, als sie ihm begegnet waren ... aber die Spinnen? Sie scherten sich überhaupt nicht um ihn.

Eine Weile rief er ihnen etwas zu. Er versuchte es mit freundlichen, verrückten, beleidigenden Worten. Keine Reaktion. Er überredete Boots, ein paarmal »Imse, Wimse, Spinne« zu singen, weil sie einen guten Draht zu Insekten hatte. Nichts. Schließlich gab er es auf und sah ihnen einfach zu.

Einmal flog ein unglückseliges Insekt in eins der Netze.

Eine Spinne kam herbeigelaufen und hieb ihre Giftklauen in das Tierchen. Sofort hörte es auf sich zu bewegen. Blitzschnell wickelte die Spinne das Insekt ein, zerbrach es und spritzte ihm eine Art Saft in den Körper. Gregor wandte den Blick ab, als die Spinne sich daranmachte, die verflüssigten Eingeweide des Insekts auszuschlürfen. Igitt, das hätten wir sein können. Das könnten wir immer noch sein!, dachte er. Wenn Vikus und die anderen doch endlich auftauchen würden.

Aber würden sie überhaupt auftauchen? Was war am Flussufer geschehen? Hatten sie die Ratten abwehren können? War jemand verletzt oder, schlimmer noch, getötet worden?

Er dachte daran, wie Vikus ihm befohlen hatte wegzulaufen. »Wir Übrigen sind entbehrlich, ihr nicht!« Damit musste er die Prophezeiung gemeint haben. Sie würden immer neue Krabbler, Flieger und Spinner finden. Nerissa könnte einspringen, falls Luxa oder Henry etwas zustoßen sollte. Vielleicht könnten sie auch jemand anderen zum König oder zur Königin ernennen. Doch Gregor und Boots, zwei Überländer mit einem Vater, der von den Ratten gefangen gehalten wurde, sie waren unersetzlich.

Grimmig dachte Gregor an die anderen, die am Fluss ihr Leben riskierten. Auch wenn er keine große Hilfe gewesen wäre, hätte er dableiben und kämpfen sollen. Sie opferten sich, weil sie ihn für den Krieger hielten. Aber das war er nicht, so viel dürfte inzwischen klar sein.

Die Minuten zogen sich hin. Vielleicht war die ganze Gruppe ausgelöscht und er würde mit Boots allein dastehen. Vielleicht wussten die Spinnen schon Bescheid und ließen sie nur zappeln, um sie schön frisch zu verspeisen.

»Ge-go?«, sagte Boots.

»Ja, Boots«, sagte Gregor.

»Nach Hause?«, fragte sie quengelig. »Zu Mama?«

»Also, erst mal müssen wir Daddy holen«, sagte er. Er versuchte es optimistisch klingen zu lassen, obwohl sie hilflos in einer Spinnenhöhle baumelten.

»Da-da?«, sagte Boots neugierig. Sie hatte ihren Vater noch nie gesehen, aber sie kannte ihn von Fotos. »Zu Da-da?«

»Wir holen Da-da. Dann gehen wir nach Hause«, sagte Gregor.

»Zu Mama?«, sagte Boots wieder. Beim Gedanken an seine Mutter zog sich in Gregor vor Traurigkeit alles zusammen.

Eine Spinne neben ihnen stimmte ein Summen an, das von den anderen aufgegriffen wurde. Es war eine weiche, beruhigende Melodie. Gregor versuchte sie sich einzuprägen, damit er sie seinem Vater auf dem Saxophon vorspielen könnte. Sein Vater spielte auch, hauptsächlich Jazz. Als Gregor sieben war, hatte sein Vater ihm sein erstes Saxophon gekauft, ein gebrauchtes aus dem Pfandleihhaus, und ihm beigebracht, darauf zu spielen. Gregor hatte gerade angefangen, in der Schule Unterricht zu nehmen, als sein Vater spurlos verschwunden und von den Ratten gefangen genommen worden war, die Musik bestimmt nicht leiden konnten.

Und was taten die Ratten seinem Vater sonst noch an?

Gregor versuchte an etwas Schöneres zu denken, aber angesichts seiner Lage wollte es einfach nicht gelingen.

Als Henry endlich unter ihnen auftauchte, hätte Gregor vor Erleichterung am liebsten geweint.

»Er lebt!«, rief Henry. Er schien wirklich froh zu sein, Gregor zu sehen.

Irgendwo in der Dunkelheit hörte Gregor Vikus rufen: »Befreit ihr den Überländer?« Er merkte, wie er hinuntergelassen wurde. Als seine Füße den Boden berührten, fiel er vornüber, weil er sich auf den gefesselten Beinen nicht halten konnte.

Sofort scharten sich alle um ihn herum und durchtrennten die Seidenfäden mit ihren Schwertern. Sogar Luxa und Henry halfen mit. Tick und Temp nagten die Bindfäden um Boots' Kindertrage durch. Gregor zählte die Fledermäuse, eins, zwei, drei, vier, fünf. Er sah einige Wunden, aber alle waren am Leben.

»Wir glaubten dich schon verloren«, sagte Mareth, der heftig aus dem Oberschenkel blutete.

»Nein, ich konnte nicht verloren gehen. Der Tunnel führte direkt hierher«, sagte Gregor und strampelte sich erleichtert frei.

»Nicht verloren im Tunnel«, sagte Luxa. »Verloren für immer.« Gregor begriff, dass sie tot meinte.

»Was ist mit den Ratten?«, fragte er.

»Alle getötet«, sagte Vikus. »Keine Sorge, sie haben dich nicht gesehen.«

»Ist es schlimmer, wenn sie mich sehen?«, fragte Gregor. »Warum? Sie riechen doch sowieso zehn Meilen gegen den Wind, dass ich ein Überländer bin. Sie wissen, dass ich hier bin.«

»Aber nur die Toten wissen, dass du deinem Vater gleichst. Dass du der ›Sohn der Sonne‹ bist«, sagte Vikus. Gregor dachte an Fangors und Sheds Reaktion, als sie sein Gesicht im Schein der Fackel gesehen hatten. »Sieh nur, Shed, seine Farbe.« Sie hatten ihn nicht nur töten wollen, weil er ein Überländer war. Auch sie hatten ihn für den Krieger gehalten! Er wollte Vikus davon erzählen, doch um sie herum ließen sich etwa zwanzig Spinnen herab und hockten sich in die nächstgelegenen Netze. Ein prächtiges Exemplar mit wunderschön gestreiften Beinen landete genau vor Vikus. Vikus machte eine tiefe Verbeugung. »Seid gegrüßt, Königin Wevox.«

Die Spinne rieb sich mit den Vorderbeinen über die Brust, als würde sie Harfe spielen. Eine schaurige Stimme kam aus ihrem Körper, ohne dass sie das Maul bewegte. »Seid gegrüßt, Lord Vikus.«

»Ich stelle Euch Gregor den Überländer vor«, sagte Vikus und zeigte auf Gregor.

»Er macht viel Lärm«, sagte die Königin angewidert und rieb sich wieder mit den Vorderbeinen über die Brust.

Gregor begriff, dass sie auf diese Weise sprach; sie ließ ihren Körper vibrieren. Ihre Stimme klang ein bisschen wie die von Mr Johnson aus Nummer 4Q, der irgendeine Operation hinter sich hatte und seitdem durch ein Loch im Hals sprach. Nur dass es sich bei ihr viel gruseliger anhörte.

»Die Überländer sind seltsame Zeitgenossen«, sagte Vikus und gab Gregor mit einem Blick zu verstehen, dass er nicht widersprechen sollte.

»Was ist Euer Begehr?«, zirpte Königin Wevox.

Mit ruhiger Stimme fasste Vikus die ganze Geschichte in zehn Sätzen zusammen. Offenbar musste man mit den Spinnen schnell und leise sprechen. Mit seinem endlosen Geschrei hatte Gregor das Gegenteil von dem erreicht, was er wollte.

Die Königin dachte einen Augenblick über die Angelegenheit nach. »Da wir es mit Vikus zu tun haben, werden wir sie nicht aussaugen. Sperrt sie ein.«

Eine Horde von Spinnen umzingelte sie. Wie von Zauberhand wuchs um sie herum ein prächtiger, hauchdünner Seidentrichter empor. Er schirmte sie ab und ließ alles andere aus ihrer Sicht verschwinden. Als der Trichter zehn Meter hoch war, hörten die Spinnen auf zu weben. Zwei stellten sich oben als Wachposten auf. Das Ganze geschah in weniger als einer Minute.

Alle sahen Vikus an. Er seufzte.

»Du wusstest, dass es nicht einfach sein würde«, sagte Solovet sanft.

»Ja, aber ich hoffte, mit dem letzten Handelsabkommen …« Vikus sprach den Satz nicht zu Ende. »Ich hatte zu hochfliegende Hoffnungen.«

»Wir atmen noch«, sagte Mareth aufmunternd. »Das heißt schon etwas bei den Spinnern.«

»Was ist los?«, fragte Gregor. »Kommen sie nicht mit?«

»Nein, Gregor«, sagte Solovet. »Wir sind ihre Gefangenen.«

17. Kapitel

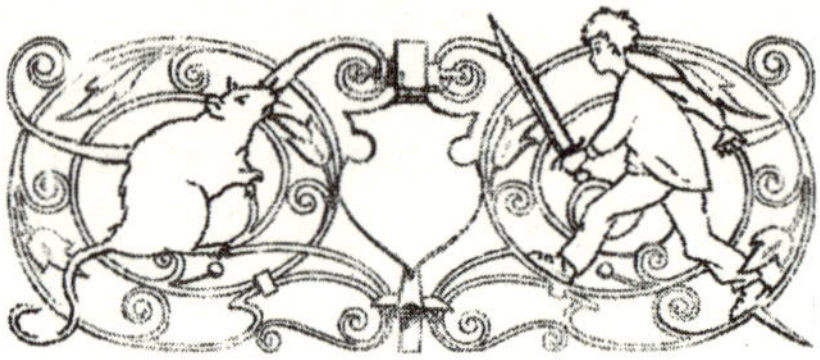

Gefangene!«, rief Gregor. »Seid ihr mit den Spinnen auch im Krieg?«

»O nein«, sagte Mareth. »Mit den Spinnern stehen wir in einem friedlichen Verhältnis. Wir treiben Handel mit ihnen, niemand fällt in das Land des anderen ein … doch sie unsere Freunde zu nennen, wäre übertrieben.«

»Sieht ganz so aus«, sagte Gregor. »Dann wussten also alle außer mir, dass sie uns gefangen nehmen würden?« Er musste sich zusammenreißen, um nicht verärgert zu klingen. Langsam hatte er keine Lust mehr, immer vor vollendete Tatsachen gestellt zu werden.

»Es tut mir Leid, Gregor«, sagte Vikus. »Ich habe lange versucht Brücken zwischen uns und den Spinnern zu bauen. Ich hoffte, sie würden hilfsbereiter sein, doch ich habe meinen Einfluss auf sie überschätzt.«

Er sah alt und müde aus. Gregor wollte nicht, dass er

sich noch schlechter fühlte als sowieso schon. »Nein, sie haben wirklich Respekt vor Ihnen. Ich glaub, die hätten mich aufgefressen, wenn ich nicht Ihren Namen genannt hätte.«

Vikus' Miene hellte sich ein wenig auf. »Wahrlich? Na, das ist doch etwas. Wo Leben ist, da ist auch Hoffnung.«

»Das ist ja komisch. Genau denselben Spruch sagt meine Oma auch immer!«, sagte Gregor. Er lachte, und das löste die Spannung.

»Ge-go, fische Winde!«, quengelte Boots. Sie zupfte an ihrer Hose.

»Ja, Boots, ich mach dir gleich eine frische Windel«, sagte Gregor. Sie war seit einer Ewigkeit nicht gewickelt worden. Er wühlte in der Trage und stellte fest, dass er nur noch zwei Windeln hatte. »Oje«, sagte er. »Ich habe fast keine Auffangtücher mehr.«

»Dann bist du hier genau richtig«, sagte Solovet. »Die Spinner weben all unsere Auffangtücher.«

»Wie kommt es, dass sie nicht kleben?«, fragte Gregor und befühlte sein Gesicht.

»Spinner können sechs verschiedene Arten von Seide spinnen, manche klebrig, andere weich wie Boots' Haut. Sie machen auch unsere Kleider.«

»Echt?«, sagte Gregor. »Meinen Sie, sie würden uns Auffangtücher geben? Obwohl wir Gefangene sind?«

»Daran habe ich keinen Zweifel. Es ist nicht das Ziel der Spinner, uns feindlich zu stimmen«, sagte Solovet. »Sie wollen uns nur festhalten, bis sie entschieden haben, was zu tun ist.« Sie rief einem der Wächter etwas zu, und wenige Minuten später wurden zwei Dutzend Windeln an einem Faden heruntergelassen. Die Spinne ließ auch drei Seidenkörbe mit frischem Wasser herunter.

Solovet machte ihre Runde in der Gruppe; sie säuberte Wunden und flickte die Leute wieder zusammen. Luxa, Henry und Mareth schauten zu, als wären sie ihre Schüler. Hier unten war es offenbar eine wichtige Kunst, Kriegswunden zu heilen.

Zuerst reinigte Solovet die klaffende Wunde in Mareths Oberschenkel und nähte sie mit Nadel und Faden. Gregor zuckte an Mareths Stelle zusammen, dessen Gesicht blass und beherrscht war. Zwei Fledermäuse mussten die Flügel genäht bekommen, und obwohl sie sich große Mühe gaben stillzuhalten, während Solovet die Nadel durch ihre Haut zog, sah man, dass es eine schmerzhafte Prozedur war.

Als kein Blut mehr floss, wandte sich Solovet zu Gregor. »Jetzt wollen wir uns um dein Gesicht kümmern.«

Gregor befühlte seine Wange und spürte Striemen an der Stelle, wo er die Spinnweben abgerissen hatte. Solovet machte ein Auffangtuch nass und legte es ihm aufs Gesicht. Gregor musste die Zähne zusammenbeißen, um nicht aufzuschreien.

»Es brennt, ich weiß«, sagte Solovet. »Doch wenn man den Kleber nicht abwäscht, fault die Haut.«

»Sie fault?«, fragte Gregor. Das klang furchtbar.

»Wenn du es ertragen könntest, dir Wasser ins Gesicht zu spritzen, wäre das schmerzhafter, doch schneller vorüber«, sagte Solovet.

Gregor holte tief Luft und tauchte dann den ganzen Kopf in einen der mit Wasser gefüllten Körbe. »Aaaah!«, schrie er im Stillen und kam keuchend wieder hoch. Nachdem er den Kopf fünf- oder sechsmal untergetaucht hatte, legte sich der Schmerz.

Solovet nickte wohlwollend und reichte ihm ein Tonschälchen mit Salbe fürs Gesicht. Während er die Salbe behutsam auftrug, reinigte und verband Solovet ein paar kleinere Wunden und verband dem protestierenden Vikus das Handgelenk.

Schließlich wandte sie sich zu Temp und Tick. »Krabbler, braucht ihr meine Hilfe?«

Boots zeigte auf den verbogenen Fühler eines Kakerlaks. »Temp hat Aua«, sagte sie.

»Nein, Prinzessin, wir heilen uns selbst«, sagte Temp. Gregor hatte Mitleid mit Temp, aber die Verletzung hatte auch ihr Gutes: Wenigstens konnte er die beiden Kakerla ken jetzt auseinander halten.

»Va-band«, rief Boots und streckte die Hand nach dem krummen Fühler aus.

»Nein, Boots«, sagte Gregor und hielt ihre Hand fest. »Temp kriegt keinen Verband.«

»Va-band!« Boots schaute Gregor finster an und schubste ihn weg.

Oje, dachte Gregor. Das kann heiter werden. Für eine Zweijährige war Boots eigentlich sehr pflegeleicht. Aber sie war nun einmal zwei, und hin und wieder bekam sie einen Wutanfall, gegen den der Rest der Familie nicht ankam. Normalerweise passierte das, wenn sie müde und hungrig war.

Gregor wühlte in der Trage. Hatte Dulcet nicht etwas von Süßigkeiten gesagt? Er holte einen Keks heraus. »Keks, Boots?« Widerstrebend nahm sie den Keks und setzte sich hin, um daran zu knabbern. Vielleicht hatte er das Schlimmste abgewandt.

»Hasst uns, die Prinzessin, hasst uns?«, fragte Tick besorgt.

»Nein, nein«, sagte Gregor. »So ist sie eben manchmal. Meine Mutter nennt es die Trotzphase. Manchmal flippt sie einfach aus, ohne Grund.«

Boots sah alle finster an und stampfte mit dem Fuß auf.

»Hasst uns, die Prinzessin, hasst uns?«, murmelte Temp traurig.

Babykakerlaken bekamen offenbar keine Wutanfälle.

»Nein, Quatsch, sie findet euch immer noch toll«, versicherte Gregor. »Lasst sie einfach eine Weile in Ruhe.« Er hoffte, die Kakerlaken würden sich Boots' Benehmen nicht so zu Herzen nehmen, dass sie wieder nach Hause gehen wollten. Nicht, dass im Moment irgendjemand irgendwo hätte hingehen können.

Vikus winkte ihn zu sich und den anderen. »Gregor«,

flüsterte er, »meine Frau fürchtet, die Spinner könnten den Ratten verraten, wo wir uns aufhalten. Sie rät uns, so schnell wie möglich zu fliehen.«

»Von mir aus gern!«, sagte Gregor. »Aber wie sollen wir das anstellen?« Boots kam von hinten an und kniff ihn in den Arm.

»Lass das, Boots!«, sagte er. »Nicht kneifen!«

»Mehr Kekse!«, sagte sie und zog an ihm.

»Nein, nicht für Kneifzangen. Kneifzangen kriegen keine Kekse«, sagte Gregor bestimmt. Ihre Unterlippe fing an zu zittern. Sie marschierte davon, ließ sich auf den Boden plumpsen und trat gegen die Kindertrage.

»'tschuldigung, also, was habt ihr vor?«, sagte Gregor, als er sich wieder zur Gruppe gewandt hatte. »Können wir einfach das Netz durchtrennen und wegrennen?«

»Nein«, flüsterte Solovet, »hinter diesem Netztrichter lauern Hunderte von Spinnen, die jedes Loch sofort flicken und uns mit ihren Giftklauen angreifen würden. Wenn wir durch die obere Öffnung fliehen, werden sie sich von dort auf uns stürzen.«

»Was können wir dann tun?«, fragte Gregor.

»Uns bleibt nur ein Ausweg. Wir müssen das Netz so schnell und gründlich zerstören, dass es sie nicht mehr trägt und sie es nicht flicken können«, sagte Solovet. Sie schwieg einen Augenblick. »Einer muss die Spirale machen.«

Alle schauten Luxa an, deshalb schaute Gregor auch zu

ihr. Die goldene Fledermaus hinter ihr senkte den Kopf und stupste Luxa in den Nacken. »Wir machen es«, sagte Luxa leise.

»Wir wollen dich nicht drängen, Luxa. Es ist sehr gefährlich, vor allem an der Spitze. Doch du bist wahrlich unsere größte Hoffnung«, sagte Vikus betrübt.

Henry legte ihr einen Arm um die Schultern. »Sie schaffen es. Ich habe sie beim Training gesehen. Sie sind ebenso schnell wie treffsicher.«

Luxa nickte entschlossen. »Wir schaffen es. Lasst uns keine Zeit verlieren.«

»Gregor, du fliegst auf Vikus' Fledermaus. Vikus, komm zu mir. Henry und Mareth, jeder von euch nimmt einen Krabbler«, sagte Solovet.

»Wir brauchen ein Ablenkungsmanöver, um Luxa zu decken«, sagte Mareth. »Ich könnte die Seitenwand durchstoßen.«

»Nicht mit deinem Bein«, sagte Solovet und warf einen schnellen Blick in die Runde. »Niemand geht durch die Seitenwand. Es wäre der sichere Tod.«

»Die Spinner sind sehr geräuschempfindlich. Zu schade, dass wir keine Hörner haben.«

Zwei Füße trommelten Gregor wütend gegen die Beine. Als er sich umdrehte, sah er Boots, die auf dem Boden saß und ihn trat.

»Lass das!«, rief er. »Muss ich erst böse werden?«

»Nicht böse werden! Du böse! Du böse! Kekse! Kekse!«,

schimpfte Boots. Sie sah aus, als würde sie jeden Moment losbrüllen.

»Ihr wollt Lärm? Könnt ihr haben«, sagte Gregor resigniert. Er hob Boots hoch und zwängte sie in die Trage.

»Nein, nein, nein!«, rief Boots immer schriller und lauter.

»Seid ihr alle so weit?«, fragte Gregor und nahm einen Keks aus Dulcets Tasche.

Die Unterländer wussten nicht genau, was er vorhatte, aber in wenigen Sekunden waren sie startklar.

Solovet nickte ihm zu. »Wir sind bereit.«

Gregor hielt den Keks hoch. »He, Boots!«, sagte er. »Willst du einen Keks?«

»Nein, kein Keks, nein, nein, nein!«, sagte Boots, die jetzt durch nichts mehr zu besänftigen war.

»Na gut«, sagte Gregor. »Dann esse ich ihn eben.« Und dann steckte er sich den ganzen Keks genau vor ihrer Nase in den Mund.

»Meins!«, kreischte Boots. »Meins! Meins! Meiiiiiiiiins!« Es war ein ohrenbetäubendes Gekreisch, das ihm bis in die letzten Gehirnwindungen drang.

»Auf, Luxa!«, rief Solovet, und Luxa hob mit ihrer Fledermaus ab. Jetzt begriff Gregor, warum die Spirale so etwas Besonderes war. Schwindel erregend schnell wand Luxa sich an dem Spinnennetz empor. Sie hielt das Schwert über den Kopf und schnitt den Trichter damit in Fetzen. Nur ein außergewöhnlich wendiger Pilot konnte eine solche Figur fliegen.

»Wahnsinn!«, sagte Gregor. Er schwang sich auf Vikus' große graue Fledermaus.

»Meiiiiiiins!«, kreischte Boots. »Meiiiiins!«

Über sich sah er Luxa, wie sie herumwirbelte und das Netz zerschnitt. Die anderen Unterländer flogen ihr hinterher und schlitzten den Trichter dabei von unten nach oben auf. Gregor und Boots mit ihrem gellenden Geschrei bildeten die Nachhut.

An der Spitze des Trichters flog die goldene Fledermaus kopfüber eine Acht. Unter dem Schutz von Luxas blitzendem Schwert sausten die Unterländer in die Freiheit.

Gregor war als Einziger noch im Trichter, als es geschah. Ein Seidenstrahl kam herabgesaust, umwickelte den Arm, in dem Luxa das Schwert hielt, und zog sie von der Fledermaus. Wie ein Fisch wurde sie von einem Paar gestreifter Beine eingeholt.

Königin Wevox riss das Maul auf, um Luxas Hals in Empfang zu nehmen.

18. Kapitel

Gregor blieb vor Schreck der Mund offen stehen. Nur wenige Sekunden, dann würde es um Luxa geschehen sein. Und sie war sich dessen voll bewusst. Sie wand sich in Panik und versuchte den Seidenfaden an ihrem Handgelenk durchzubeißen, aber er war zu dick.

Verzweifelt tastete Gregor nach einer Waffe. Was hatte er? Windeln? Kekse? Oh, warum hatten sie ihm kein Schwert gegeben? Schließlich war er der bescheuerte Krieger! Er fasste in die Ledertasche und schloss die Hand um die Coladose. Cola! Mit einem Ruck holte er die Dose heraus und schüttelte sie, so fest er konnte. »Attacke! Attacke!«, brüllte er.

In dem Moment, als die Spinne die Giftklauen in Luxas Kehle hauen wollte, flog er hoch und riss die Dose auf. Ein Strahl Cola schoss heraus und traf die Spinnenkönigin mitten im Gesicht. Sie ließ Luxa fallen und hielt sich die Füße vor ihre sechs Augen.

Luxa wurde von ihrer Fledermaus aufgefangen. Sie flogen zu den übrigen Unterländern, die auch versucht hatten, Luxa zu Hilfe zu kommen.

»Schwerterrad!«, kommandierte Solovet, und wie damals, als Gregor aus dem Stadion fliehen wollte, flogen die Fledermäuse in einem geschlossenen Kreis. Die Piloten reckten ihre Schwerter zur Seite, und dann bewegte sich die Formation wie eine Kreissäge durch die Luft.

Viele Spinnen rollten sich vor Boots' schaurigen Schreien zu krumpeligen Bällen zusammen. Was die Spinnen mehr fürchteten, den Lärm, das Schwerterrad oder die Cola, wusste Gregor nicht. Tatsache war, dass die Fledermäuse schon nach wenigen Minuten ungehindert fliegen konnten und die Spinnen weit hinter sich ließen.

Als Gregor merkte, dass er seine Fledermaus fast zu Tode quetschte, ließ er die Beine locker. In einer Hand hatte er immer noch die halb leere Coladose. Er hätte einen Schluck getrunken, wenn seine Kehle nicht wie zugeschnürt gewesen wäre.

Boots' Schreie gingen bald in ein Wimmern über.

Sie lehnte den Kopf an Gregors Schulter und gab auf. Sie war so außer sich gewesen, dass sie im Schlaf immer noch leise vor sich hin keuchte. Gregor drehte sich um und drückte ihr einen Kuss auf die Locken.

Luxa lag auf dem Rücken ihrer Fledermaus. Sie lebte,

doch sie war völlig erschöpft. Gregor sah, wie Solovet und Vikus neben ihr herflogen und sie ansprachen. Sie nickte, aber sie setzte sich nicht auf. Die beiden übernahmen die Führung, und jetzt sausten die Fledermäuse noch schneller in die Dunkelheit.

Lange flogen sie so durch die Einsamkeit. Gregor sah kein Zeichen von Leben, kein Tier, keine Pflanze. Schließlich gaben Solovet und Vikus das Zeichen zur Landung, und die Gruppe ließ sich in einer riesigen Höhle am Ende eines Tunnels nieder.

Alle fielen mehr oder weniger von ihren Fledermäusen und legten sich einfach auf den Boden. Temp und Tick schienen vor Angst fast im Koma zu sein. Die Fledermäuse versammelten sich taumelnd zu einem festen, bibbernden Knoten.

Nach einer Weile hörte Gregor sich selbst sprechen. »Wird's nicht langsam Zeit, dass ich ein Schwert kriege?«

Einen Augenblick blieb es still, dann prusteten alle los. Sie konnten sich gar nicht mehr beruhigen. Gregor wusste nicht recht, was so witzig war, aber er lachte mit und spürte, wie die Finsternis aus seinem Körper wich.

Von dem Gelächter wurde Boots wach. Sie rieb sich die Augen und sagte fröhlich: »Wo Spinne?«

Aus irgendeinem Grund mussten darüber wieder alle lachen. Das gefiel Boots so gut, dass sie immer wieder sagte: »Wo Spinne? Wo Spinne?«, was ihr immer mehr Lacher einbrachte.

»Die Spinne hat winke-winke gemacht«, sagte Gregor schließlich. »Wie wär's mit einem Keks?«

»Jaa!«, sagte Boots ohne eine Spur von Ärger über den Vorfall mit dem Keks. Das war eine ihrer großartigen Eigenschaften. Nach einem Nickerchen verwandelte sie sich jedes Mal wieder in das liebenswerte kleine Mädchen, das sie meistens war.

Als ihnen klar wurde, dass die Prinzessin sie nicht hasste, rannten Temp und Tick herum und spielten mit Boots Fangen.

Mareth wollte etwas zu essen machen, doch Solovet befahl ihm, sich hinzulegen und das Bein hoch zu lagern. Sie und Vikus bereiteten das Abendessen, während Henry und Mareth Karten spielten.

Gregor ging zu Luxa, die auf einer Steinbank saß. Er setzte sich neben sie und bemerkte, dass sie immer noch zitterte. »Wie geht's dir?«, fragte er.

»Gut«, sagte sie gepresst.

»Echt super, dieses Spiralendings, das du gemacht hast«, sagte er.

»Es war das erste Mal in einem richtigen Netz«, gestand Luxa.

»Für mich auch. Im Überland sind die Spinner nämlich klein, und wir nennen sie auch nicht unsere Nachbarn.«

Luxa verzog das Gesicht. »Mit den Spinnern geben wir uns nicht viel ab.«

»Das finde ich gut. Ich würde mich auch nicht mit jemandem abgeben, der nur darüber nachdenkt, wie er mich am besten aussaugen könnte«, sagte Gregor.

Luxa sah ihn schockiert an. »Hätte die Königin dich gefangen, würdest du nicht so scherzen!«

»He, ich hab da eine Stunde rumgebaumelt und mich heiser geschrien, bis ihr euch mal bequemt habt zu kommen«, sagte Gregor. »Und die konnten mich echt nicht ausstehen.«

Luxa lachte. »Das habe ich gemerkt. Was Königin Wevox sagte, ließ keinen Zweifel zu.« Sie schwieg einen Moment. Sie musste sich überwinden, um das Folgende zu sagen. »Danke.«

»Wofür?«, fragte er.

»Dass du mich gerettet hast. Mit dem ... Was ist das für eine Waffe?« Sie zeigte auf die Coladose.

»Das ist keine Waffe. Es ist Cola«, sagte Gregor. Er nahm einen kräftigen Schluck.

Luxa schaute ihn beunruhigt an. »Kann man das trinken?«, fragte sie.

»Klar, probier mal«, sagte Gregor und reichte ihr die Dose. Vorsichtig nahm sie einen kleinen Schluck und riss die Augen auf. »Es macht Bläschen auf der Zunge«, sagte sie.

»Ja, deshalb ist es auch explodiert. Ich hab ganz viele Bläschen hochgeschüttelt. Jetzt ist es nicht mehr gefährlich. Es ist wie Wasser. Du kannst es ruhig austrinken.« In winzigen neugierigen Schlucken trank sie weiter.

»Ich war dir ja noch was schuldig«, sagte er. »Du hast

mich in der ersten Nacht vor der Ratte gerettet. Jetzt sind wir quitt.«

Luxa nickte, doch sie wirkte bedrückt. »Ich möchte dir noch etwas sagen. Ich hätte dich nicht schlagen sollen, als du versuchtest zu fliehen. Verzeih mir.«

»Und mir tut es Leid, dass ich dein Zuhause ätzend genannt habe. Es ist nicht alles ätzend. Manches hier ist echt toll«, sagte er.

»Bin ich für dich ätzend?«, fragte Luxa.

»Nein, nein. Spinnen und Ratten sind ätzend. Du bist nur … schwierig«, sagte Gregor in einem Versuch, ehrlich zu sein, ohne Luxa zu beleidigen.

»Du auch. Du bist schwierig … öh … zu überzeugen«, sagte Luxa.

Gregor nickte, doch als sie nicht hinsah, verdrehte er die Augen. Sie war das starrsinnigste Mädchen, das man sich vorstellen konnte.

Vikus rief alle zum Essen, und sogar die Kakerlaken wagten sich dazu.

»Ich trinke Gregors Spinnerwaffe«, verkündete Luxa und hielt die Coladose hoch. Er musste die Sache mit der Cola noch einmal von vorn erklären, und dann wollten alle einen Schluck probieren.

Als die Dose bei Boots ankam, sagte er: »Na, das war's dann wohl«, weil er dachte, sie würde die letzten Schlucke herunterkippen. Stattdessen goss sie zwei kleine Pfützen auf den Boden.

»Goße Käfer«, sagte sie und zeigte auf die erste Pfütze. »Federmäuse«, sagte sie und zeigte auf die zweite. Gehorsam schlürften die Kakerlaken und die Fledermäuse die Cola auf.

»Boots scheint mir die geborene Botschafterin zu sein«, sagte Vikus lächelnd. »Sie behandelt alle mit einer Gleichheit, nach der ich selbst strebe. Kommt, wir wollen essen.«

Alle schaufelten los, als hätten sie noch nie im Leben etwas zu essen bekommen. Als Gregor endlich so langsam aß, dass er das Essen auch schmecken konnte, stellte er die Frage, die ihn seit der Flucht vor den Spinnen beschäftigt hatte: »Kann die Suche auch ohne die Spinner stattfinden?«

»Das ist hier die Frage«, sagte Vikus. »Das ist die Frage, die wir uns alle stellen müssen. Sicherlich können wir nicht damit rechnen, dass ein Spinner sich uns freiwillig anschließt.«

»Wir hätten uns zwei schnappen sollen, als die Gelegenheit günstig war«, sagte Henry finster.

»Ich deute die Prophezeiung so, dass die Spinner einverstanden sein müssen«, sagte Vikus. »Wir wissen, dass die Ratten viele Spinner als Gefangene genommen haben. Vielleicht können wir einige befreien und sie überreden, uns zu begleiten. Ich habe bei den Spinnern oft etwas erreicht.«

»Aber du wirst nicht dabei sein, Vikus«, sagte Solovet ruhig.

»Was soll das heißen?«, fragte Gregor und merkte, wie sein Mund trocken wurde.

Vikus schwieg eine Weile und schaute alle an. »Für diejenigen von uns, die nicht in der Prophezeiung erwähnt werden, ist es Zeit heimzukehren. Mareth, Solovet und ich werden zurückfliegen, sobald wir uns ausgeruht haben.«

Gregor sah seine eigene Verblüffung auf Luxas und Henrys Gesicht gespiegelt.

»Nichts in der Prophezeiung verbietet euch mitzukommen«, sagte Luxa.

»Es ist nicht vorgesehen, dass wir dabei sind. Und überdies haben wir eine Schlacht zu schlagen«, sagte Solovet.

Die Vorstellung, ohne Vikus und Solovet irgendwohin zu gehen, erfüllte Gregor mit Panik. »Aber ihr könnt uns doch nicht einfach im Stich lassen. Wir wissen ja noch nicht mal, wo es langgeht«, sagte er. »Oder wisst ihr etwa, wo wir hinmüssen?«, fragte er Luxa und Henry. Beide schüttelten den Kopf. »Seht ihr?«

»Ihr werdet es schon schaffen. Henry und Luxa kennen sich aus, und du zeigst großes Geschick«, sagte Solovet. Sie sprach in einfachen, entschlossenen Worten. Sie dachte an den Krieg, das große Ganze, nicht an die Gruppe in der Höhle.

Gregor spürte instinktiv, dass er sie nicht umstimmen konnte. Er wandte sich an Vikus. »Sie können nicht gehen. Wir brauchen Sie. Wir brauchen jemanden … jemanden, der weiß, was er tut!«

Er schaute zu Luxa und Henry, um zu sehen, ob sie beleidigt waren, doch beide warteten ungeduldig auf Vikus' Antwort. Sie wissen es auch, dachte Gregor. Sie tun so cool, aber sie wissen, dass wir es allein nicht schaffen.

»Ich habe nicht vor, euch im Land des Todes eurem Schicksal zu überlassen«, sagte Vikus.

»Oh, super, und wir sind auch noch im Land des Todes«, sagte Gregor. »Also werden Sie … was? Eine Karte zeichnen?«

»Nein, ich habe euch einen Führer besorgt«, sagte Vikus.

»Einen Führer?«, fragte Henry.

»Einen Führer?«, wiederholte Luxa.

Vikus holte tief Luft, als wollte er zu einer langen Erklärung ansetzen. Doch an dieser Stelle wurde er unterbrochen.

»Nun ja, ich selbst bezeichne mich lieber als lebende Legende, aber ›Führer‹ geht schon in Ordnung«, sagte eine tiefe, weltverdrossene Stimme aus der Dunkelheit.

Gregor zielte mit dem Strahl der Taschenlampe auf die Stimme.

In der Tunnelöffnung lehnte eine Ratte mit einer Narbe quer über dem Gesicht. Im Bruchteil einer Sekunde erkannte Gregor den Rattenanführer, den Vikus in den Fluss befördert hatte.

Teil 3

DIE RATTE

19. Kapitel

Zurück!«, rief Vikus, als Luxa, Henry und Mareth mit gezücktem Schwert aufsprangen. »Zurück!«

Der Rattenmann betrachtete die drei bewaffneten Menschen sichtlich amüsiert. »Ja, zurück, andernfalls wäre ich gezwungen mich zu bewegen, und davon bekomme ich immer schlechte Laune«, sagte er träge.

Luxa und Mareth blieben unschlüssig stehen, doch Henry ignorierte Vikus' Befehl und machte einen Satz auf die Ratte zu. Mit einem einzigen Peitschen des Schwanzes schlug die Ratte Henry das Schwert aus der Hand. Es flog über den Steinboden und krachte gegen die Wand der Höhle. Henry fasste sich an das schmerzende Handgelenk.

»Die schwierigste Lektion, die ein Soldat zu lernen hat, ist, Befehle zu befolgen, die er für falsch hält«, philosophierte die Ratte. »Nimm dich in Acht, Bürschchen, sonst wirst du so enden wie ich, jeden Ansehens beraubt und dazu verdammt, dir die alten Knochen an Feindes Feuer zu wärmen.« Die Ratte nickte dem alten Mann zu. »Vikus.«

»Ripred«, sagte Vikus mit einem Lächeln. »Wir haben gerade zu speisen begonnen. Leistest du uns Gesellschaft?«

»Ich dachte schon, du fragst nie mehr«, sagte Ripred, stieß sich von der Wand ab und schlurfte zum Feuer hinüber. Er hockte sich neben Solovet auf die Hinterbeine. »Meine liebe Solovet, wie gütig von dir auszufliegen, um mich zu begrüßen. Und das, wo doch ein Krieg im Gange ist.«

»Niemals würde ich eine Gelegenheit versäumen, mit dir das Brot zu brechen, Ripred«, sagte Solovet.

»Ach, komm schon, ich weiß genau, dass du nur mitgekommen bist, um mir Informationen aus den Rippen zu leiern«, sagte Ripred. »Und dich an deinem Sieg bei den Flammen zu weiden.«

»Ich habe euch vernichtend geschlagen«, sagte Solovet voller Schadenfreude. »Deine Armee hat den Schwanz eingezogen und ist jaulend in den Fluss gerannt.«

»Armee«, sagte Ripred verächtlich. »Wenn das eine Armee war, bin ich ein Schmetterling. Sogar mit Kakerlaken an der Seite hätte ich bessere Karten gehabt.« Die Ratte schaute zu Temp und Tick, die an der Wand kauerten, und seufzte. »Anwesende selbstverständlich ausgenommen.«

Boots zog die Stirn in Falten und trippelte zu Ripred

hinüber. Sie zeigte mit ihrem runden Finger auf ihn. »Du Maus?«

»Ja, ich bin eine Maus. Piep, piep. Jetzt aber husch-husch zu deinen kleinen Käferfreunden«, sagte Ripred und schnappte sich einen großen Brocken Trockenfleisch. Er riss ein Stück mit den Zähnen heraus, als er merkte, dass Boots sich nicht von der Stelle rührte. Er schob die Lippen zurück, entblößte eine Reihe spitzer Zähne und zischte Boots scharf an.

»Oh!«, rief Boots und lief schnell zu ihren Kakerlaken. »Oh!«

»Mach das nicht noch mal«, sagte Gregor. Die Ratte richtete ihre leuchtenden Augen auf ihn, und Gregor erschrak vor dem Blick, der intelligent, vernichtend und, was ihn am meisten überraschte, voller Schmerz war. Ripred war ein anderes Kaliber als Fangor und Shed. Er war komplizierter und gefährlicher. Zum ersten Mal seit seiner Ankunft im Unterland hatte Gregor das Gefühl, jemandem nicht gewachsen zu sein. Wenn er sich mit dieser Ratte anlegen würde, hätte er nicht den Hauch einer Chance. Er würde verlieren. Es wäre sein Tod.

»Ah, und das hier ist sicher unser Krieger«, sagte Ripred leise. »Ganz der Papa.«

»Mach meiner Schwester keine Angst«, sagte Gregor und versuchte, mit fester Stimme zu sprechen. »Sie ist noch so klein.«

»Nach allem, was ich höre, hat sie mehr Schneid als ihr

alle zusammen«, sagte Ripred. »Natürlich zählt Mut nur, wenn man zählen kann. Ich nehme an, dass ihr anderen zählen könnt und gleich euren ganzen Mut zusammennehmen werdet.«

Die Ratte warf einen schnellen Blick auf Luxa, Mareth und Henry, die in sicherem Abstand blieben. Die Fledermäuse wussten nicht, wie sie sich verhalten sollten; sie spreizten die Flügel und legten sie wieder an. »Na kommt schon, hat sonst keiner Hunger? Ich esse ungern allein. Da fühle ich mich so ungeliebt.«

»Ich habe sie nicht eingeweiht, Ripred«, sagte Vikus.

»Ganz offensichtlich«, sagte die Ratte. »Ganz offensichtlich ist meine Ankunft ein unverhofftes Vergnügen.« Mit einem widerwärtig schabenden Geräusch begann er den Rinderknochen zu bearbeiten.

»Ich stelle euch Ripred den Nager vor«, sagte Vikus zu den anderen. »Er wird sich als euer Führer der Suche anschließen.«

Die Versammelten hielten die Luft an. Es wurde mucksmäuschenstill. Niemand wagte auszuatmen. Gregor versuchte zu begreifen, was Vikus ihnen gerade seelenruhig verkündet hatte. Eine Ratte. Er gab sie in die Hand einer Ratte. Gregor wollte widersprechen, doch er brachte kein Wort heraus.

Schließlich sprach Luxa mit einer Stimme, die heiser war vor Hass. »Ganz sicher nicht. Wir reisen nicht mit Ratten.«

»›Die graue Prophezeiung‹ verlangt es, Luxa«, sagte Solovet. »Ein Nager dabei.«

»›Ein Nager dabei‹ kann alles Mögliche bedeuten«, stieß Henry wütend hervor. »Vielleicht wird ein Nager unser Opfer.«

»Vielleicht. Aber nachdem ich Zeuge deines letzten Angriffs sein durfte, bezweifle ich das«, sagte Ripred, während er sich über ein Stück Käse hermachte.

»Seit heute Mittag haben wir fünf Ratten getötet«, sagte Luxa.

»Ihr meint die Narren, die ich eigens ihrer Feigheit und Unfähigkeit wegen ausgesucht habe? O ja, bravo, Eure Hoheit. Das war eine kriegerische Meisterleistung«, sagte Ripred sarkastisch. »Schmeichelt euch nicht, ihr hättet je mit einer Ratte gekämpft.«

»Sie haben eigenhändig Fangor und Shed getötet«, sagte Mareth tapfer.

»Nun, dann nehme ich alles zurück. Fangor und Shed waren hervorragende Kämpfer, wenn sie denn ausnahmsweise einmal nüchtern waren«, sagte Ripred. »Aber ich nehme an, sie waren in der Unterzahl und durch die Ankunft unseres Kriegers aus der Fassung gebracht. Was sagst du, Krieger? Weigerst du dich auch, mit mir zu gehen?«

Gregor begegnete Ripreds spöttischem, gequältem Blick. Er hätte sich gern geweigert, aber würde er dann jemals seinen Vater finden?

Als hätte Vikus seine Gedanken erraten, sagte er: »Du

brauchst Ripred, damit er dich zu deinem Vater führt. Diese Tunnels sind in keiner Karte verzeichnet. Ohne ihn würdest du den Weg niemals finden.«

Und doch war und blieb er eine Ratte. Schon nach wenigen Tagen im Unterland verabscheute Gregor die Ratten aus tiefstem Herzen. Sie hatten Luxas und Henrys Eltern getötet, seinen Vater gefangen genommen, und sie hätten ihn und Boots beinahe aufgefressen. Er spürte, wie der Gedanke an seinen Hass ihm Kraft gab. Doch wenn alle Ratten schlecht waren, wer war dann dieses seltsame Wesen ihm gegenüber am Feuer, das ihn anstarrte und sich als Führer anbot?

»Und was hast du davon?«, sagte Gregor zu Ripred.

»Eine berechtigte Frage«, sagte Ripred. »Tja, Krieger, ich will König Gorger stürzen, und dafür brauche ich eure Hilfe.«

»Und was sollen wir tun?«, fragte Gregor.

»Das weiß ich nicht«, gab Ripred zu. »Das weiß keiner von uns.«

Gregor stand auf und fasste Vikus am Arm. »Ich muss mit Ihnen allein sprechen«, sagte er. Die Wut in seiner Stimme überraschte ihn selbst. Er war wirklich wütend! Das mit der Ratte war nicht vereinbart gewesen. Sie hatte nichts mit dem Auftrag zu tun, den er angenommen hatte.

Vikus ließ sich von Gregors Zorn nicht aus der Fassung bringen. Vielleicht hatte er damit gerechnet. Als sie etwa zwanzig Meter von der Gruppe entfernt waren, fragte

Gregor: »Wie lange hatten Sie den Plan mit der Ratte schon?«

Vikus überlegte einen Moment. »Genau entsinne ich mich nicht. Vielleicht zwei Jahre. Natürlich hing alles von deiner Ankunft ab.«

»Und wieso haben Sie mir dann bis jetzt nichts davon erzählt?«, fragte Gregor.

»Ich glaube, man sollte den Menschen nicht mehr Wissen zumuten, als sie verkraften können«, sagte Vikus.

»Wer sagt, dass ich es nicht verkraften kann? Und ob ich es verkraften kann!«, sagte Gregor, der es ganz offensichtlich nicht verkraften konnte.

»Vielleicht, jedenfalls besser als Luxa und Henry. Ich hätte es dir möglicherweise erzählt, wenn wir mit unserem Gespräch über ›Die graue Prophezeiung‹ zu einem Ende gekommen wären«, sagte Vikus. »Du hättest zweifelsohne gefragt, und ja, dann hätte ich es dir möglicherweise erzählt.«

Gregor zog die Prophezeiung aus der Tasche und sagte: »Dann besprechen wir sie jetzt zu Ende.« Er suchte nach der Stelle, an der sie stehen geblieben waren.

Ein Nager dabei und der, den sie quälen.

»Ripred ist also der Nager und mein Vater ist der, den sie quälen«, sagte Gregor. Er las weiter.

Und acht sind es noch, wenn wir die Toten zählen.

»Was soll das bedeuten?«, fragte Gregor und zeigte auf die Zeile.

»Wenn man alle Figuren in der Prophezeiung zusammenzählt, zwei über, zwei unter, zwei Flieger, zwei Krabbler, zwei Spinner, ein Nager und einer, den sie quälen, kommt man auf zwölf«, sagte Vikus ernst. »Am Ende der Suche werden nur noch acht am Leben sein. Vier werden tot sein. Doch niemand kann sagen, welche vier.«

»Oh«, sagte Gregor verblüfft. Er hatte die Worte schon einmal gehört, doch er verstand sie erst jetzt. »Vier von uns tot.«

»Doch acht am Leben, Gregor«, sagte Vikus sanft. »Und vielleicht eine Welt gerettet.«

Damit konnte Gregor im Moment nichts anfangen, er fragte sich, wer am Ende übrig bleiben würde. Er ging weiter zur letzten Strophe der Prophezeiung.

Der Letzte, der stirbt, kann das Blatt noch wenden.
Das Schicksal der acht liegt in seinen Händen.
Drum mahnt ihn zur Vorsicht, sonst springt er daneben,
denn Leben kann Tod sein, und Tod erschafft Leben.

»Den letzten Teil verstehe ich nicht«, sagte Gregor.

»Ich verstehe ihn auch nicht noch irgendjemand sonst. Er ist sehr kryptisch. Ich glaube, niemand wird ihn ganz verstehen, ehe der letzte Moment gekommen ist«, sagte Vikus. »Gregor, das, worum ich dich bitte, ist nicht angenehm und nicht leicht, doch es ist unerlässlich. Unerlässlich für dich, wenn du deinen Vater finden willst. Unerlässlich für mein Volk, sollte es überleben.«

Gregor spürte, wie seine Wut verrauchte und einer Angst wich. Er versuchte es anders. »Ich will nicht mit dieser Ratte gehen«, sagte er beinahe flehend. »Die bringt uns doch um.«

»Nein, du kannst Ripred nicht mit anderen Ratten auf eine Stufe stellen. Seine Weisheit sucht unter allen Lebewesen ihresgleichen. Um die Beziehungen zwischen Menschen und Ratten war es nicht immer so schlecht bestellt. Als Solovet, Ripred und ich jünger waren, lebten wir recht friedlich miteinander. Ripred würde diesen Zustand gern wiederherstellen, doch König Gorger sähe am liebsten alle Menschen tot«, sagte Vikus.

»Sie meinen also, Ripred ist eine gute Ratte«, sagte Gregor mit zugeschnürter Kehle.

»Wäre er das nicht, würde ich ihm dann meine Enkelin anvertrauen?«, fragte Vikus.

»Ihre Enkelin?«, fragte Gregor verständnislos.

»Luxas Mutter Judith war meine Tochter«, sagte Vikus.

»Sie sind ihr Opa? Warum nennt sie Sie dann Vikus?«, fragte Gregor. Diese Leute waren wirklich komisch mit ihrer Förmlichkeit. Wieso hatte er nichts davon gewusst?

»So halten wir es nun mal«, sagte Vikus. »Gib auf sie Acht. Für dich mag das hier schwierig sein, für Luxa ist es eine Qual.«

»Ich hab noch nicht gesagt, dass ich mitgehe!«, sagte Gregor. Er schaute dem alten Mann in die Augen. »Na gut, ich gehe mit. Muss ich noch irgendwas wissen, was Sie mir noch nicht erzählt haben?«

»Nur dies: Trotz allem, was ich gesagt habe, wusste ich vom ersten Moment, da ich dich sah, dass du der Krieger bist«, sagte Vikus.

»Danke. Super. Das hilft mir weiter«, sagte Gregor, und sie gingen zurück zu den anderen. »Alles klar, Boots und ich gehen mit der Ratte mit. Wer ist noch dabei?«

Eine Weile blieb es still. »Wo die Prinzessin hingeht, gehen auch wir«, sagte Temp.

»Was sagst du, Luxa?«, fragte Vikus.

»Was soll ich sagen, Vikus? Kann ich in einem Moment, da unser Überleben an einem seidenen Faden hängt, mit der Nachricht vor unser Volk treten, ich hätte die Suche abgebrochen?«, fragte Luxa bitter.

»Natürlich kannst du das nicht, Luxa. Deshalb hat er diesen Moment gewählt«, sagte Henry.

»Du könntest dich entscheiden zu …«, setzte Vikus an.

»Entscheiden! Ich soll mich entscheiden können!«, sagte Luxa schneidend. »Biete mir keine Wahl an, wenn du weißt, dass es keine gibt!« Sie und Henry drehten Vikus den Rücken zu.

»Flieger?«, sagte Solovet, da Vikus erst einmal sprachlos war.

»Aurora und ich gehen mit den uns Verbundenen«, murmelte Ares.

»Dann ist das abgemacht. Komm, Mareth, wir werden zu Hause gebraucht«, sagte Solovet.

Hastig bereitete ein verwirrter Mareth Proviantpakete für die Reisenden. »Fliegt hoch, ihr alle«, sagte er mit gepresster Stimme und schwang sich auf seine Fledermaus.

Solovet stieg auf ihre Fledermaus und rollte die Karte auseinander. Während Ripred ihr dabei half, die sicherste Route nach Regalia auszuarbeiten, ging Vikus zu Henry und Luxa. Keiner von beiden drehte sich zu ihm um.

»Ich würde lieber nicht so scheiden, doch ich verstehe, was in eurem Herzen vorgeht. Vielleicht könnt ihr mir diesen Augenblick eines Tages vergeben. Fliege hoch, Henry. Fliege hoch, Luxa.« Vikus wartete auf eine Antwort, doch es kam keine. Er drehte sich um und stieg schwerfällig auf seine Fledermaus.

So schlimm Gregor es auch fand, eine Ratte am Hals zu haben, so hatte er doch großes Mitleid mit Vikus. Er hätte Luxa gern zugerufen: »Sag doch was! Lass deinen Großvater nicht so wegfliegen! Vier von uns kommen nicht zurück!« Doch die Worte blieben ihm im Hals stecken. Ein Teil von ihm wollte Vikus nicht verzeihen, dass er sie im Stich ließ.

»Fliege hoch, Gregor der Überländer«, sagte Vikus.

Gregor wusste nicht, was er erwidern sollte. Sollte er Vikus ignorieren? Ihm zeigen, dass niemand, nicht einmal ein Überländer, ihm verzeihen konnte? Gregor hatte sich gerade entschlossen hart zu bleiben, als er an die letzten zwei Jahre, sieben Monate und fünfzehn – oder wie viel waren es jetzt? – Tage dachte. Es gab so vieles, was er seinem Vater gern gesagt hätte, als er noch die Gelegenheit dazu hatte. Zum Beispiel, dass es für ihn etwas ganz Besonderes war, wenn sie nachts aufs Dach gestiegen waren und die Sterne angeschaut hatten. Oder wie toll er es fand, wenn sie mit der U-Bahn zum Stadion fuhren und sich ein Baseballspiel ansahen. Oder einfach, wie froh er war, seinen Vater zum Vater zu haben und niemanden sonst.

Er hatte keinen Platz für noch mehr unausgesprochene Worte. Die Fledermäuse erhoben sich in die Lüfte. Ihm blieb nur noch eine Sekunde. »Fliege hoch, Vikus!«, schrie er. »Fliege hoch!«

Vikus drehte sich um, und Gregor sah Tränen auf seinen Wangen glänzen. Vikus hob eine Hand zum Dank.

Und dann waren sie verschwunden.

20. Kapitel

Jetzt waren sie nur noch zu neunt. Gregor kam es vor, als wären alle Erwachsenen weggegangen und hätten den Kleinen eine Ratte als Babysitter bestellt. Er fühlte sich elend und leer und sehr jung. Er schaute sich in der Gruppe um und stellte fest, dass es niemanden gab, der ihn beschützen könnte.

»Wir können uns genauso gut erst mal ausruhen«, sagte Ripred und gähnte herzhaft. »In ein paar Stunden geht's dann frisch an den Start.« Er putzte sich ein paar Käsekrümel vom Fell und rollte sich zusammen. Keine Minute später schnarchte er schon laut.

Niemand wusste, was er sagen sollte. Gregor breitete die Decke auf dem Boden aus und rief Boots herüber.

»Wir auch winke-winke?«, fragte Boots und zeigte in die Richtung, in die Vikus verschwunden war.

»Sie haben winke-winke gemacht, Boots. Wir gehen

jetzt schlafen. Zeit für die Heia.« Er legte sich auf die Decke, und sie schmiegte sich bereitwillig an ihn. Temp und Tick stellten sich links und rechts von ihnen auf. Hielten sie Wache? Glaubten sie im Ernst, sie könnten irgendetwas ausrichten, wenn Ripred sie angriff? Trotzdem war es tröstlich, sie in der Nähe zu haben.

Luxa wollte sich auf keinen Fall hinlegen. Aurora ging zu ihr und schlang ihre goldenen Flügel um sie. Ares lehnte sich mit dem pelzigen schwarzen Rücken an Aurora, und Henry lag zu Ares' Füßen.

Ganz gleich, wie sie sich schützen würden, Gregor war sich sicher, dass Ripred sie alle acht auf einen Streich töten könnte. Erst knöpft er sich Henry und Luxa vor, weil sie als Einzige bewaffnet sind, und dann kommen wir Übrigen an die Reihe, dachte Gregor. Ares oder Aurora könnten vielleicht entkommen, doch alle anderen waren leichte Beute. Das war eine Tatsache, also musste er sich damit abfinden.

Nachdem er sich damit abgefunden hatte, konnte Gregor sich seltsamerweise besser entspannen. Ihm blieb nichts anderes übrig, als Ripred zu vertrauen. Wenn er Ripred vertraute, konnte er auch schlafen. Also ließ er sich in den Schlaf sinken und versuchte, die Bilder von gestreiften Spinnenbeinen und spitzen Rattenzähnen zu verdrängen. Es war wirklich ein Misttag gewesen.

Gregor schrak von einem lauten Klatschen auf. Instinktiv beugte er sich schützend über Boots, bis er sah, dass es nur Ripred war, der mit dem Schwanz auf den Boden schlug.

»Na los, na los«, knurrte er. »Es wird Zeit, dass wir uns auf den Weg machen. Esst was und dann auf.«

Gregor kroch unter der Decke hervor und wartete darauf, dass Mareth etwas zu essen besorgte. Dann fiel ihm ein, dass Mareth nicht mehr da war. »Wie wollen wir das mit dem Essen regeln?«, fragte er Henry.

»Luxa und ich servieren kein Essen, wir gehören zur königlichen Familie«, sagte Henry hochmütig.

»Tja, und ich bin der Krieger und Boots ist Prinzessin. Ihr beide werdet ziemlichen Hunger kriegen, wenn ihr darauf warten wollt, dass ich euch bediene«, sagte Gregor. Von diesem Königsgetue ließ er sich nicht mehr beeindrucken.

Ripred lachte. »Gib's ihm, Junge. Erzähl ihm, dass dein Land einen Krieg dafür geführt hat, dass ihr euch nicht mehr von Königen und Königinnen befehlen lassen müsst.«

Gregor sah Ripred überrascht an. »Woher weißt du das?«

»Ach, ich weiß vieles über das Überland, was unsere Freunde hier nicht wissen. Ich habe dort lange Zeit zwischen euren Büchern und Schriften verbracht«, sagte Ripred.

»Kannst du etwa lesen?«, fragte Gregor.

»Die meisten Ratten können lesen. Unser Kummer ist,

dass wir keinen Stift zum Schreiben halten können. Jetzt los, Überländer. Iss oder iss nicht, aber lass uns gehen«, befahl Ripred.

Gregor schaute sich die Proviantpakete an. Sie enthielten vor allem geräuchertes Fleisch, Brot und diese süßkartoffelartigen Dinger. Wenn sie sich das Essen einteilten, würde es wohl für drei Tage reichen. Allerdings fraß Ripred wie ein Scheunendrescher, und er erwartete bestimmt, dass sie ihn durchfütterten. Na gut, vielleicht zwei Tage.

Luxa kam herüber und setzte sich unsicher neben ihn.

»Was ist?«, fragte Gregor.

»Wie … wie machen wir etwas zu essen?«, fragte sie.

»Wie meinst du das?«, fragte er.

»Henry und ich, wir haben eigentlich noch nie Essen zubereitet«, gestand sie.

Gregor sah, dass Henry Luxa drohend anschaute, aber sie achtete nicht auf ihn.

»Heißt das, ihr habt euch bisher noch nicht mal ein Sandwich gemacht?«, fragte Gregor. Er konnte nicht besonders gut kochen, aber wenn seine Mutter abends länger arbeiten musste, hatte er manchmal das Abendessen gekocht. Nur so Sachen wie Rührei oder Makkaroni mit Käse, aber er wusste sich zu helfen.

»Ein Sandwich? Ist das ein Gericht, das nach Bartholomäus von Sandwich benannt wurde?«, fragte sie verwundert.

»Keine Ahnung«, sagte Gregor. »Es besteht aus zwei Scheiben Brot mit Wurst oder Käse oder Erdnussbutter oder so dazwischen.«

»Ich habe noch nie ein Sandwich gemacht«, sagte Luxa.

»Es ist nicht schwer. Hier, schneide ein paar Scheiben Fleisch ab. Nicht zu dick«, sagte er und gab ihr ein Messer. Gregor schnitt das Brot und schaffte es, aus einem Laib achtzehn Scheiben zu bekommen. Luxa kam mit dem Fleisch ganz gut zurecht – mit scharfen Klingen kannte sie sich schließlich aus. Er zeigte ihr, wie man die Sandwiches belegte, und sie schien mit dem Ergebnis sehr zufrieden zu sein. Sie nahm vier Sandwiches für sich, ihren Cousin und die Fledermäuse. Gregor nahm die anderen fünf. Er konnte nicht von ihr verlangen, Ripred und die Kakerlaken zu bedienen.

Er weckte Boots, und sie machte sich sofort über ihr Sandwich her. Temp und Tick dankten mit einem höflichen Nicken für ihres. Dann ging Gregor zu Ripred, der trübsinnig an der Tunnelwand lehnte. Gregor hielt ihm ein Sandwich hin. »Hier«, sagte er.

»Für mich?«, sagte Ripred übertrieben erstaunt. »Wie aufmerksam von dir. Ich bin überzeugt, dass die anderen mich liebend gern verhungern lassen würden.«

»Wenn du verhungerst, finde ich meinen Vater nie«, sagte Gregor.

»Wohl wahr, wohl wahr«, sagte Ripred und stopfte sich das ganze Sandwich auf einmal ins Maul. »Gut, dass wir uns darüber einig sind. Wenn man aufeinander angewiesen ist, verbindet das sehr. Mehr als Freundschaft und mehr als Liebe.«

»Können Ratten lieben?«, fragte Gregor.

»O ja«, sagte Ripred grinsend. »Uns selbst lieben wir sehr.«

Das kann ich mir vorstellen, dachte Gregor. Er ging zu Boots hinüber, die ihr Sandwich verputzte.

»Mehr«, sagte Boots und zeigte auf Gregors unangebissenes Sandwich. Sein Magen knurrte wie verrückt, aber er konnte sie nicht hungern lassen. Er wollte sein Sandwich gerade in zwei Hälften brechen, als Temp ihr unauffällig seines hinschob.

»Die Prinzessin kann meins haben«, sagte Temp.

»Du musst doch auch essen«, widersprach Gregor.

»Nicht viel«, sagte Temp. »Tick teilt ihr Brot mit mir.«

Ihr Brot. Also war Tick offenbar ein Weibchen.

»Er teilt mit mir«, sagte Tick.

Und Temp war ein Männchen. Nicht, dass es für Gregor eine Rolle gespielt hätte, aber so konnte er wenigstens *einem* möglichen Fettnäpfchen aus dem Weg gehen.

Da Boots sowieso schon die Hälfte von Temps Sandwich verdrückt hatte, nahm Gregor das Angebot an. Bei der nächsten Mahlzeit würde er versuchen, den Kakerlaken etwas abzugeben.

Nach zwei Minuten waren sie mit dem Frühstück fertig und packten ihre Sachen zusammen. Sie wollten gerade

Ares und Aurora besteigen, als Ripred sie zurückhielt. »Das könnt ihr euch sparen. Wo wir hingehen, kann man nicht fliegen«, sagte er und zeigte auf den Tunnel. Er war kaum einen Meter achtzig hoch und sehr schmal.

»Da müssen wir rein? Gibt es keinen anderen Weg zu meinem Vater?«, fragte Gregor. Und wenn sie noch so aufeinander angewiesen waren, er wollte nicht mit Ripred in diesen engen dunklen Tunnel gehen.

»Es gibt einen anderen Weg, aber keinen besseren. Es sei denn, du weißt einen«, sagte Ripred.

Gregor merkte, dass Ares und Aurora vor Panik zusammenzuckten. »Und was ist mit den Fledermäusen?«

»Du findest schon eine Lösung«, sagte Ripred gedehnt.

»Könnt ihr laufen?«, fragte Gregor Ares.

»Nicht lange. Nicht weit«, sagte Ares.

»Dann müssen wir euch tragen«, sagte Gregor.

»Reitet ihr, Flieger, reitet ihr?«, fragte Temp.

»Flieger reiten nicht auf Krabblern«, sagte Aurora gereizt.

»Wieso nicht? Sie sind doch auch auf euch geflogen.« Langsam nervte es ihn, dass alle die Kakerlaken von oben herab behandelten. Sie jammerten nicht herum, sie leisteten ihren Beitrag und sie kümmerten sich um Boots. Alles in allem waren die Kakerlaken die unkompliziertesten Reisegefährten.

Die Fledermäuse schlugen mit den Flügeln, gaben jedoch keine Antwort. »Na, ich werd euch jedenfalls nicht tragen. Ich hab schon Boots und einen Batzen Fleisch. Und Luxa und Henry können nicht euch beide tragen. Wenn ihr euch zu fein seid, auf den Krabblern zu reiten, dann müsst ihr wohl Ripred fragen, ob er euch mitnimmt.«

»Sprich nicht in diesem Ton mit ihnen«, sagte Luxa scharf. »Es hat nichts mit den Krabblern zu tun. Es ist der enge Tunnel. Flieger mögen es nicht, wenn sie ihre Flügel nicht spreizen können.«

»Ein paar von uns fanden es auch nicht besonders lustig, Hunderte von Metern hoch durch die Luft zu fliegen«, sagte Gregor. Er wusste selbst, dass er sich idiotisch benahm. Ares und Aurora hatten auch nicht boshaft oder ungeduldig reagiert, als er und die Kakerlaken sich vorm Fliegen gefürchtet hatten. »Hört mal, ich weiß, dass es nicht leicht für euch ist, aber bestimmt müssen wir nicht die ganze Zeit durch so schmale Tunnels. Stimmt's, Ripred?«

»Nein, bestimmt nicht die *ganze* Zeit«, sagte Ripred, den die Auseinandersetzung zu Tode langweilte. »Können wir jetzt bitte mal los? Bis ihr mit euren Reiseplänen fertig seid, ist der Krieg vorbei.«

»Wir reiten auf den Krabblern«, sagte Ares kurz angebunden.

Gregor half Luxa und Henry dabei, die Fledermäuse auf die Kakerlaken zu heben. Sie mussten mit dem Gesicht nach unten liegen und sich an der glatten Flügeldecke der

Kakerlaken festkrallen. Gregor musste zugeben, dass es ziemlich unbequem aussah. Er steckte Boots in die Trage und nahm den Proviant. »Also gut, zeig uns den Weg«, sagte er zu Ripred.

»Na endlich«, sagte Ripred und schlüpfte in die schwarze Tunnelöffnung. Dann folgte Henry mit einer Fackel und gezücktem Schwert. Vermutlich wollte er den Fledermäusen die Angst nehmen. Sie kamen als Nächste, hintereinander auf den Kakerlaken.

Gregor wartete darauf, dass Luxa in den Tunnel ging, doch sie schüttelte den Kopf. »Nein, Überländer, ich glaube, es ist besser, wenn ich euch Rückendeckung gebe.«

»Da hast du wohl Recht«, sagte Gregor. Ihm fiel wieder ein, dass er immer noch kein Schwert hatte. Er ging in den Tunnel und gab Boots die Taschenlampe. Luxa bildete das Schlusslicht.

Es war schrecklich, stickig und eng, und von der Decke tropfte eine nach faulen Eiern stinkende Flüssigkeit herunter. Die Fledermäuse waren stocksteif vor Unbehagen, während sich die Krabbler offenbar in ihrem Element fühlten.

»Igitt«, sagte Boots, als ein Tropfen der Flüssigkeit auf Gregors Helm landete. »Igittigitt.«

»Ja, igitt, igitt, igittigitt«, stimmte Gregor zu. Er hoffte, dass der Tunnel nicht lang war, denn hier drin konnte man ziemlich schnell die Nerven verlieren. Er drehte sich nach

Luxa um. Sie sah nicht besonders fröhlich aus, aber es schien einigermaßen zu gehen.

»Was heißt ›igitt‹?«, fragte sie.

»Öhm, igitt, pfui, eklig … widerlich«, sagte Gregor.

»Ja, das beschreibt das Land der Ratten sehr treffend«, sagte Luxa naserümpfend.

»He, Luxa«, sagte er. »Wieso warst du eigentlich überrascht, als Ripred aufgetaucht ist? Ich kannte die Prophezeiung ja nicht richtig, aber du doch. Hattest du dir nicht gedacht, dass eine Ratte dabei sein würde?«

»Nein. Ich glaubte, ›Ein Nager dabei‹ bedeute, dass eine Ratte uns verfolgen, vielleicht gar jagen würde. Nie hätte ich es für möglich gehalten, dass eine Ratte bei der Suche dabei sein würde«, sagte sie.

»Vikus hat gesagt, wir können Ripred vertrauen«, sagte Gregor.

»Vikus sagt viel, wenn der Tag lang ist«, sagte Luxa. Es klang so wütend, dass Gregor nicht weiter nachfragte.

Eine Zeit lang marschierten sie schweigend weiter. Hin und wieder bekam Gregor einen Wasserspritzer ins Gesicht, und er wusste, dass auch Boots nass wurde. Er versuchte ihr seinen Helm aufzusetzen, aber er rutschte immer wieder herunter. Schließlich kramte er ein paar Auffangtücher heraus und band sie Boots um den Kopf. Eine Erkältung konnten sie jetzt wirklich nicht gebrauchen.

Nach mehreren schrecklichen Stunden waren sie alle

durchweicht und deprimiert. Ripred führte sie in eine kleine Höhle. Das stinkende Wasser lief wie Regen an den Wänden herab. Die Fledermäuse waren so steif, dass Luxa und Henry sie von den Kakerlaken heben und ihnen helfen mussten, die Flügel zu spreizen.

Ripred reckte die Nase in die Luft und nahm einen tiefen Atemzug. »Na bitte. Damit hätten wir euren Geruch schon mal ganz gut übertüncht«, sagte er zufrieden.

»Hast du uns etwa nur deshalb durch den Tunnel geführt, damit wir alle nach faulen Eiern stinken?«, fragte Gregor.

»Das war unvermeidlich. Im Rudel wart ihr höchst abstoßend«, sagte Ripred.

Gregor war zu erschöpft um zu streiten. Zusammen mit Luxa öffnete er die Proviantpakete und verteilte die spärlichen Vorräte. Niemand hatte Lust zu reden. Ripred schlang sein Essen mit einem einzigen Bissen herunter und stellte sich in den Tunneleingang.

Sie hatten ihre Mahlzeit fast beendet, als die Fledermäuse nervös wurden. »Spinner«, warnte Aurora.

»Ja, sie sind schon fast von Anfang an hinter uns her. Bei dem vielen Wasser hier kann ich nicht riechen, wie viele es sind. Ich frage mich, was sie wohl wollen.« Ripred schlug mit dem Schwanz und befahl Luxa und Henry: »Dreipunktbogen, ihr beiden.«

Luxa und Henry tauschten einen Blick, ohne sich von der Stelle zu rühren.

»Dreipunktbogen, und das ist jetzt nicht der Moment, um meine Autorität auf die Probe zu stellen, ihr Küken!«, knurrte Ripred und bleckte die fürchterlichen Zähne. Widerstrebend stellten Henry und Luxa sich ein paar Schritte hinter Ripred links und rechts von ihm auf. Die drei bildeten einen kleinen Bogen zwischen dem Rest der Gruppe und dem Tunneleingang. Die Fledermäuse postierten sich hinter ihnen.

Gregor spitzte die Ohren, doch er hörte nur das herabrinnende Wasser. War eine Armee von Spinnen hinter ihnen her? Wie immer fühlte er sich unbewaffnet und schutzlos. Diesmal hatte er noch nicht mal eine Dose Cola.

Alle warteten regungslos. Gregor merkte, dass jetzt auch Temp und Tick die Eindringlinge spürten. Boots saugte ernst an einem Keks und gab keinen Mucks von sich.

Auf Ripreds breitem grauen Rücken spielten die Muskeln, als die Spinner anrückten. Gregor machte sich auf einen Schwarm blutrünstiger Spinnen gefasst, doch der kam nicht.

Eine große orange Spinne kam mit einer kleinen braunen Spinne auf dem Rücken hereingetaumelt und sank zu Boden. Aus der braunen Spinne drang eine eigenartige blaue Flüssigkeit. Sie versuchte sich mit aller Kraft aufrecht zu halten. Beim Sprechen strich sie sich mit den Vorderbeinen über die Brust. »Vikus schickt uns. Nager haben Netze angegriffen. Viele Spinner gefallen. Wir zwei … wir begleiten euch … auf der Suche.«

Mit diesen Worten brach die braune Spinne leblos zusammen.

21. Kapitel

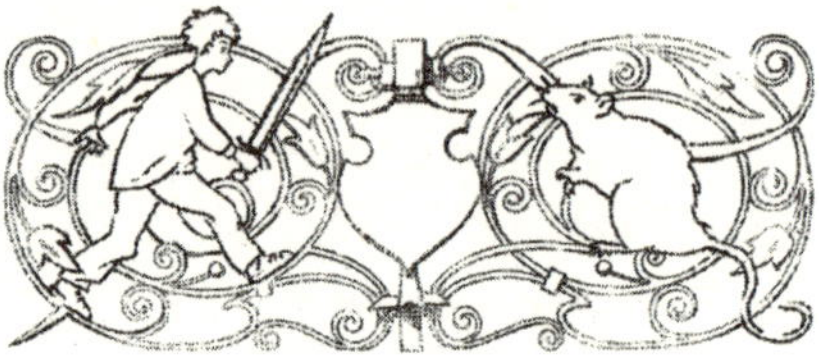

Entsetzt betrachtete Gregor die Spinne. Kurz vor ihrem Tod hatte sie sich auf den Rücken gedreht und die Beine angezogen. Eine blaue Flüssigkeit sickerte aus einer Wunde in ihrem Bauch und tröpfelte auf den Boden.

»Dann sind wir jetzt also vollzählig«, sagte Gregor leise.

»Wie meinst du das?«, fragte Henry.

Gregor zog die Prophezeiung aus der Tasche. »Sandwich hatte Recht. Jetzt sind wir alle zusammen. Zumindest waren wir es ein paar Sekunden lang.« Er las laut vor:

»Zwei über, zwei unter mit Königsblut,
zwei Flieger, zwei Krabbler, zwei Spinner mit Mut.
Ein Nager dabei und der, den sie quälen.«

Die nächste Zeile kam ihm nicht über die Lippen. Ripred las sie an seiner Stelle vor. »Und acht sind es noch, wenn wir die Toten zählen. Na, einer ist erledigt, fehlen noch drei«, sagte Ripred und schubste die Spinne mit der Schwanzspitze.

»Lass das!«, rief Gregor.

»Wie bitte? Wir wollen doch nicht so tun, als hätte einer von uns besonders an diesem Spinner gehangen. Wir wissen noch nicht mal, wie er heißt. Außer dir vielleicht«, sagte Ripred zu der orange Spinne.

»Treflex«, sagte die orange Spinne. »Mich ruft man Gox.«

»Nun denn, Gox, sicher bist du nach der Reise hungrig, aber unsere Vorräte sind begrenzt. Keiner von uns wird es dir verübeln, wenn du dich an Treflex gütlich tust«, sagte Ripred.

Sofort begann Gox Gift in Treflex zu pumpen.

»Sie wird doch nicht … o nein!«, rief Gregor.

»Spinnen sind weder zimperlich noch sentimental«, sagte Ripred. »Gott sei Dank.«

Gregor wandte sich ab, damit Boots und er die kannibalische Szene nicht mit ansehen mussten. Es beruhigte ihn, dass auch Henry und Luxa ein wenig grün um die Nase wurden.

»Hört mal, wenn Boots oder mir irgendwas zustößt, dann verhindert bitte, dass dieser Spinner uns trinkt. Schmeißt uns über die Klippe oder in einen Fluss, egal was, ja?«

Beide nickten. »Würdest du uns denselben Gefallen erweisen?«, fragte Luxa matt. »Und unseren Fledermäusen?«

»Und Tick und Temp auch. Versprochen«, sagte Gregor. Er hörte das langsame Schlürfen, als Gox Treflex aussaugte. »O Mann«, sagte er.

Zum Glück brauchte Gox nicht lange. Ripred begann sie über den Angriff der Ratten auszuquetschen. Sie erzählte, das Land der Spinnen sei von einer ganzen Rattenarmee – mindestens ein paar hundert – überfallen worden. Die Spinnen hatten sie abwehren können, doch auf beiden Seiten gab es viele Opfer, bis sich die Ratten schließlich zurückzogen. Nach dem Gemetzel war Vikus vorbeigekommen und hatte Gox und Treflex auf seiner Fledermaus zum Tunneleingang geschickt. »Warum?«, fragte Gox. »Warum töten die Nager uns?«

»Ich weiß nicht. Vielleicht hat König Gorger Truppen gegen das gesamte Unterland eingesetzt. Oder vielleicht haben sie Wind davon bekommen, dass zwei Überländer auf dem Weg in unser Land sind. Haben sie den Krieger aus der ›grauen Prophezeiung‹ erwähnt?«, fragte Ripred.

»Da waren keine Worte, nur Tod«, sagte Gox.

»Es ist ein glücklicher Zufall, dass ihr uns gefunden habt. Es hätte uns viel Zeit gekostet, unbemerkt zwei Spinner aus König Gorgers Gefängnissen zu befreien, und wir haben keine Zeit zu verlieren«, sagte Ripred zu Gox. Dann wandte er sich zu Gregor. »Dieser Angriff auf die Spinner bedeutet nichts Gutes für deinen Vater.«

»Warum? Was? Wieso nicht?«, fragte Gregor und spürte, wie er innerlich eiskalt wurde.

»Vikus hat dich bisher bemerkenswert gut versteckt. Außer mir gibt es keine Ratte, die dich gesehen hat und es hätte weitererzählen können. Die Ratten wissen nicht, dass der Krieger angekommen ist. Doch die Tatsache, dass Menschen Überländer zu den Spinnern gebracht haben, wird sie misstrauisch machen«, sagte Ripred. Man konnte fast sehen, wie es in seinem Kopf ratterte. »Aber im Krieg herrscht ein großes Durcheinander, und bisher hat keine Ratte dich erkannt. Wir ziehen jetzt weiter!«

Niemand widersprach. Sie packten zusammen und gingen durch das andere Ende des Tunnels in einen trockenen, geräumigeren Tunnel. Hier konnten Aurora und Ares fliegen, wenngleich es für die Piloten wegen der Enge nicht ungefährlich war.

»Wir werden zu Fuß gehen«, sagte Luxa zu Aurora. »Selbst wenn ihr uns alle tragt, was machen wir mit dem Nager?« Also erhoben sich die Fledermäuse mit dem Proviant in die Lüfte.

Neiderfullt schaute Gregor ihnen nach. »Gut, dass ich keine Fledermaus bin. Sonst würde ich vielleicht hier rausfliegen, ohne zurückzuschauen.«

»Das würden Aurora und Ares niemals tun. Sie sind mit mir und Henry verbunden«, sagte Luxa.

»Wie genau geht das?«, fragte Gregor.

»Wenn sich eine Fledermaus und ein Mensch verbinden, schwören sie einander, bis zum Tod füreinander zu kämpfen«, sagte Luxa. »Aurora würde mich in einer Gefahr nie im Stich lassen noch ich sie.«

»Hat jeder eine Fledermaus?«, fragte Gregor. Er stellte es sich schön vor, hier jemanden zu haben, der immer in der Nähe wäre und ihn verteidigen könnte.

»O nein. Manche finden niemals eine Fledermaus, mit der sie sich verbinden können. Ich und Aurora wurden eins, als ich noch sehr jung war, doch für gewöhnlich ist es anders«, sagte Luxa.

»Wieso hast du dich schon so früh verbunden?«, fragte Gregor.

»Nachdem meine Eltern ermordet wurden, fühlte ich mich lange Zeit auf dem Boden nicht mehr sicher. Ich verbrachte meine Tage auf Auroras Rücken in der Luft. Deshalb fliegen wir so gut zusammen«, sagte sie. »Vikus setzte sich beim Rat dafür ein, dass wir die Erlaubnis bekamen, uns früh zu verbinden. Von da an hatte ich nicht mehr solche Angst.«

»Hast du jetzt Angst?«, fragte Gregor.

»Gelegentlich«, gab sie zu. »Aber es ist nicht schlimmer, als wenn ich in Regalia wäre. Weißt du, ich war die ständige Angst leid, und deshalb traf ich eine Entscheidung. Jeden Tag, wenn ich erwache, sage ich mir, dass es mein letzter sein wird. Wenn man nicht versucht, die Zeit festzuhalten, hat man nicht solche Angst, sie zu verlieren.«

Das war das Traurigste, was Gregor je im Leben gehört hatte. Er wusste nichts darauf zu sagen.

»Und wenn man es dann bis zum Schlafengehen geschafft hat, freut man sich darüber, dass man dem Tod wieder einen Tag gestohlen hat«, sagte sie. »Verstehst du?«

»Ich glaub schon«, sagte Gregor wie betäubt. Er hatte plötzlich einen schrecklichen Gedanken. War Luxas Strategie nicht bloß eine extreme Form seiner eigenen Regel? Zwar dachte er nicht jeden Tag ans Sterben, aber er verbot sich, an die Zukunft mit oder ohne seinen Vater zu denken. Angenommen, er wäre nicht durch den Schacht im Wäschekeller gefallen und hätte nicht erfahren, dass sein Vater noch lebte, und sein Vater wäre nie nach Hause zurückkehrt, wie lange hätte er, Gregor, sich dann noch verboten, glücklich zu sein? Sein Leben lang? Vielleicht, dachte er. Vielleicht mein Leben lang. Schnell fragte Gregor weiter. »Und wie genau verbindet man sich mit einer Fledermaus?«

»Es ist eine einfache Zeremonie. Viele Fledermäuse und Menschen versammeln sich. Man steht seiner Fledermaus gegenüber und sagt einen Schwur. So«, sagte Luxa, streckte die Hand aus und rezitierte:

»Aurora der Flieger, mein Los ist deins,
wir sind zwei, unser Leben und Tod sind eins.
Ob sich Flammen, Kriege oder Kämpfe erheben,
ich werde dich retten wie mein Leben.

Und dann sagt die Fledermaus dasselbe, nur mit meinem Namen. Und dann gibt es ein Fest«, sagte Luxa.

»Und was passiert, wenn einer von euch den Schwur bricht? Wenn Aurora in einer gefährlichen Situation wegfliegen und dich im Stich lassen würde?«, fragte Gregor.

»Das würde Aurora niemals tun, aber einige wenige Schwüre wurden gebrochen. Darauf steht eine harte Strafe. Wer den Schwur bricht, wird verbannt und muss allein im Unterland leben«, sagte Luxa. »Und im Unterland überlebt niemand lange allein.«

»Die Sitten und Gebräuche eures Volkes sind sicher hochinteressant, aber könnten wir vielleicht leise weitergehen? Wenn man bedenkt, dass das gesamte Rattenvolk hinter uns her ist, könnte das von Vorteil sein«, sagte Ripred.

Luxa und Gregor verstummten. Gregor hätte sich gern weiter unterhalten. Wenn Henry nicht dabei war, benahm Luxa sich anders, freundlicher und nicht so hochmütig. Aber Ripred hatte Recht, sie mussten leise sein.

Boots schlief zum Glück ein. Ein paar Stunden war nichts zu hören als das leise Trappeln ihrer Schritte und das Schaben von Ripreds Zähnen an einem Knochen, den er sich vom Mittagessen aufgehoben hatte.

Gregor war von neuer Sorge um seinen Vater erfüllt. Aus Ripreds Worten schloss er, dass die Ratten seinen Vater umbringen könnten, bevor Gregor ihn fand. Aber warum? An der Prophezeiung würde das nichts ändern, oder? Wahrscheinlich wusste das keiner so genau. Und was war mit der letzten Strophe? Er rollte die Prophezeiung auseinander und las sie immer wieder, bis er sie auswendig konnte.

Der Letzte, der stirbt, kann das Blatt noch wenden.
Das Schicksal der acht liegt in seinen Händen.
Drum mahnt ihn zur Vorsicht, sonst springt er daneben,
denn Leben kann Tod sein, und Tod erschafft Leben.

Gregor wurde nicht schlau daraus. Er verstand nur, dass derjenige, der als Vierter starb, eine ziemlich große Verantwortung für die acht Überlebenden hatte. Aber wie? Was? Wo? Wann? In der letzten Strophe der »grauen Prophezeiung« war keine einzige brauchbare Information zu finden.

Ripred ließ sie so lange laufen, bis alle vor Müdigkeit über die eigenen Füße stolperten. Sie machten in einer Höhle Rast, die immerhin einen trockenen Boden und eine Quelle mit Trinkwasser hatte.

Gregor und Luxa reichten die Vorräte herum, die schneller schrumpften, als er gedacht hatte. Er versuchte zu widersprechen, als die Krabbler Boots ihr Essen gaben. Er wollte lieber sein eigenes Essen mit ihr teilen.

»Lass sie«, sagte Ripred. »Krabbler können einen Monat ohne Nahrung auskommen, wenn sie Wasser haben. Und Gox brauchst du auch nichts abzugeben. Von Treflex kann sie länger zehren, als unsere Reise dauert.«

In der Höhle war es kalt. Gregor befreite Boots von den feuchten Kleidern und zog ihr neue Sachen an. Irgendetwas fehlte ihr; sie war zu still und ihre Haut fühlte sich klamm und kalt an. Er kuschelte sich mit ihr unter eine Decke und versuchte sie zu wärmen. Was sollte er tun, wenn sie krank würde? Wären sie zu Hause, würde seine Mutter alle möglichen Säfte, Medikamente und Kissen hervorzaubern. Er versuchte sich mit dem Gedanken zu trösten, dass sein Vater helfen konnte, wenn sie ihn fanden.

Alle waren so müde von der Wanderung, dass sie auf der Stelle einschliefen.

Etwas riss Gregor aus einem bleiernen Schlaf. Ein Geräusch? Eine Bewegung? Er wusste es nicht. Aber als er die Augen öffnete, stand Henry über Ripred gebeugt, um der schlafenden Ratte das Schwert in den Rücken zu stoßen.

22. Kapitel

In dem Moment, als Gregor den Mund öffnete, um »Nein!« zu schreien, blinzelte Ripred. Henry stand hinter der Ratte. Ripred konnte nur den Ausdruck auf Gregors Gesicht gesehen haben, doch das reichte.

In dem Bruchteil der Sekunde, als Henry das Schwert hinabsausen ließ, warf sich Ripred auf den Rücken und schlug mit seinen fürchterlichen Klauen zu. Das Schwert schnitt Ripred quer über die Brust, während er Henry eine tiefe Wunde am Arm zufügte.

In diesem Augenblick hatte Gregors »Nein!« seinen Mund verlassen, und von seinem Schrei wurden die meisten anderen wach. Rasend vor Zorn stellte sich der blutende Ripred auf die Hinterbeine. Er sah fürchterlich aus. Henry wirkte neben ihm schwach und klein; mit dem verletzten Arm konnte er kaum das Schwert heben. Luxa und Aurora waren sofort in der Luft. Ares flog direkt auf die Ratte zu.

Aber Gregor war schneller. Mit ausgebreiteten Armen sprang er zwischen Ripred und Henry. »Halt!«, rief er. »Aufhören!«

Überraschenderweise hielten tatsächlich alle inne. Vermutlich, dachte Gregor, ist es das erste Mal, dass sich jemand zwischen eine kampfeslustige Ratte und einen Menschen stellt. Die Sekunde, in der alle zögerten, reichte Gregor gerade, um laut zu rufen: »Wer hier jemanden umbringen will, muss zuerst mich aus dem Weg räumen!«

Nicht besonders poetisch, aber wirkungsvoll. Niemand wollte, dass Gregor starb. Alle wussten, dass der Krieger für die Suche unverzichtbar war.

»Zur Seite, Überländer, die Ratte wird uns alle morden!«, rief Luxa und setzte zum Angriff auf Ripred an.

»Die Ratte hat nur versucht zu schlafen. Glaub mir, Kleine, wenn ich euch hätte umbringen wollen, würden wir jetzt nicht dieses Gespräch führen«, sagte Ripred.

»Spar dir deine Lügen, Nager!«, sagte Luxa. »Meinst du, wir glauben dir eher als einem von uns?«

»Es stimmt! Er sagt die Wahrheit! Er hat nicht angefangen! Es war Henry!«, rief Gregor. »Er hat versucht Ripred im Schlaf zu ermorden!«

Alle drehten sich zu Henry um, der zurückzischte: »Ja, und wäre der Überländer nicht, wäre die Ratte jetzt tot!«

Die anderen waren verwirrt. Gregor sah Luxa an, dass sie von Henrys Plan nichts gewusst hatte. Sie hatte geglaubt, Ripred hätte zuerst angegriffen. Jetzt wusste sie nicht, wie sie sich verhalten sollte.

»Lass es gut sein, Luxa, bitte!«, sagte Gregor. »Wir können es uns nicht leisten, noch mehr Suchende zu verlieren! Wir müssen zusammenhalten!« Das Wort »Suchende« hatte er spontan erfunden, und es kam ihm passend vor.

Langsam landete Luxa, blieb jedoch auf Auroras Rücken sitzen. Ares schwebte unschlüssig in der Luft. Gregor fragte sich, ob er von Henrys Plan gewusst hatte. Wenn es so war, warum hatten sie dann nicht gemeinsam aus der Luft angegriffen? Es war schwer, die Gedanken der Fledermäuse zu erraten.

Erst jetzt bemerkte Gregor, dass Temp und Tick über der schlafenden Boots standen und sie abschirmten. Gox saß immer noch in dem provisorischen Netz, das sie vorm Schlafengehen gewebt hatte.

»Es ist vorbei«, sagte Gregor mit einer Autorität, die er nicht in sich vermutet hätte. »Leg dein Schwert weg, Henry. Ripred, setz dich – setz dich einfach hin! Es ist vorbei!«

Würden sie auf ihn hören? Gregor wusste es nicht, aber er war fest entschlossen, nicht nachzugeben. Es war ein langer, gespannter Moment. Dann schloss Ripred die Lippen über die gebleckten Zähne und fing an zu lachen. »Eins muss man dir lassen, Krieger, an Kühnheit mangelt es dir nicht!«

Henry ließ das Schwert scheppernd zu Boden fallen,

was kein großes Zugeständnis war, denn Gregor sah, dass er es kaum noch halten konnte. »Oder an verräterischem Geist«, sagte Henry ruhig.

Gregor kniff die Augen zusammen. »Da, wo ich herkomme, halten wir nicht so viel von Leuten, die sich an jemanden heranschleichen und ihn hinterrücks im Schlaf ermorden.«

»Er ist kein Jemand, er ist eine Ratte«, sagte Henry. »Wenn du nicht in der Lage bist, das zu unterscheiden, kannst du dich jetzt schon zu den Toten zählen.«

Gregor hielt Henrys kaltem Blick stand. Er wusste, dass ihm später eine Menge cooler Antworten einfallen würden, aber in diesem Moment war sein Kopf leer. Er wandte sich zu Luxa und sagte schroff: »Am besten flicken wir sie jetzt zusammen.«

In erster Hilfe waren sie nicht viel besser als im Kochen, aber immerhin wusste Luxa, welche Salbe die richtige war. Als allergrößte Hilfe erwies sich Gox. Sie webte ein spezielles Netz und ließ sie ein paar Hände voll von den Seidenfäden auf die Wunden pressen. Schon bald hörten die Wunden an Henrys Arm und auf Ripreds Brust auf zu bluten.

Als Gregor noch eine Extralage Seidenfäden auf Ripreds verfilztes Fell drückte, murmelte die Ratte: »Ich bin dir wohl zu Dank verpflichtet.«

»Vergiss es«, sagte Gregor. »Ich hab's nur gemacht, weil ich dich brauche.« Ripred sollte sich nicht einbilden, sie wären Freunde oder so etwas.

»Wirklich? Da bin ich aber froh«, sagte Ripred. »Ich dachte schon, ich hätte dich bei einer Art Gerechtigkeitssinn ertappt. Höchst gefährlich im Unterland, Junge.«

Gregor hatte genug davon, immer wieder an die Gefahren des Unterlands erinnert zu werden. Das ganze Unterland war ein einziges großes Minenfeld. Er ignorierte Ripreds Bemerkung und verarztete weiter die Wunden. Hinter sich hörte er, wie Luxa Henry zuflüsterte: »Warum hast du uns nicht eingeweiht?«

»Damit du in Sicherheit bist«, flüsterte Henry zurück.

In Sicherheit, dachte Gregor. Aha. Selbst wenn er wieder ins Überland kommen würde, in Sicherheit würde er sich bestimmt nie wieder fühlen.

»Mach das nicht noch mal, Henry«, hörte Gregor Luxa sagen. »Allein kannst du ihn nicht besiegen.«

»Es wäre vielleicht gelungen, hätte der Überländer sich nicht eingemischt«, sagte Henry.

»Nein, es ist zu gefährlich, und wir könnten ihn noch brauchen«, sagte Luxa. »Lass die Ratte am Leben.«

»Ist das ein Befehl, Eure Hoheit?«, fragte Henry mit leicht gereizter Stimme.

»Wenn du keine andere Sprache verstehst, ja«, sagte Luxa ernst. »Halte dich mit dem Schwert zurück, bis wir unsere Lage besser überblicken.«

»Du sprichst genauso wie der alte Narr Vikus«, sagte Henry.

»Nein, ich spreche wie ich selbst«, sagte Luxa ungehalten. »Und wie eine, die will, dass wir beide überleben.«

Sie hatten die Stimmen so erhoben, dass alle sie hören konnten, deshalb verstummten sie. In der Stille fing Ripred wieder an auf dem Knochen herumzukauen, den er mitgeschleppt hatte. Das schabende Geräusch zerrte an Gregors Nerven. »Könntest du wohl bitte damit aufhören?«, fragte er.

»Nein, kann ich nicht«, sagte Ripred. »Die Zähne von uns Ratten wachsen unser Leben lang weiter, und das erfordert beständiges Nagen, damit sie in einer handlichen Länge bleiben. Wenn ich nicht regelmäßig nagen würde, würden mir die unteren Zähne schon bald durch die Schädeldecke wachsen und mein Gehirn durchstoßen und, o weh, mich töten.«

»Gut, dass ich gefragt habe«, sagte Gregor, klatschte ein letztes Stück Spinnweben auf Ripreds Wunde und lehnte sich an die Wand. »Und wie geht's jetzt weiter?«

»Na ja, da jetzt offenbar niemand mehr ins Reich der Träume zurückkehrt, können wir uns genauso gut auf den Weg zu deinem Vater machen«, sagte Ripred und erhob sich.

Gregor ging zu Boots, um sie auf den Rücken zu nehmen. Als er sie berührte, erschrak er. Ihr Gesicht glühte wie ein Ofen. »O nein«, sagte er hilflos. »Hey, Boots. Hey, Kleines.« Er rüttelte sie sanft an der Schulter. Sie wimmerte etwas im Schlaf, wachte jedoch nicht auf.

»Luxa, mit Boots stimmt was nicht. Sie ist krank«, sagte er.

Luxa legte Boots eine Hand auf die Stirn. »Sie fiebert. Sie hat sich im Land der Ratten irgendeine Pest eingefangen.« Pest. Gregor hoffte, dass es nicht so schlimm war, wie es sich anhörte. Luxa kramte in den Fläschchen, die Solovet ihnen dagelassen hatte, und hielt eines unschlüssig hoch. »Ich glaube, dieses ist gegen Fieber.«

Ripred schnupperte daran und rümpfte die Nase. »Nein, das ist gegen Schmerzen.« Er tauchte die Schnauze in die Tasche und zog ein blaues Glasfläschchen hervor. »Das ist das Richtige. Gib ihr nur ein paar Tropfen. Mehr darf sie bei ihrer Größe nicht haben.«

Es widerstrebte Gregor, Boots etwas von der unbekannten Medizin zu geben, aber sie war so heiß. Er gab ihr ein paar Tropfen zwischen die Lippen. Dann versuchte er sie hochzuheben und in die Trage zu setzen, doch sie stöhnte vor Schmerzen auf. Er biss sich auf die Lippe. »Sie kann nicht mit mir reisen. Es tut ihr weh.«

Sie legten Boots auf eine Decke auf Temps Rücken. Gox webte ein Netz, damit sie nicht herunterrutschen konnte.

Gregor fühlte sich elend vor Sorge.

Und acht sind es noch, wenn wir die Toten zählen.

Er durfte Boots nicht verlieren. Das durfte einfach nicht passieren. Er musste sie zurück nach Hause bringen. Er hätte sie in Regalia lassen sollen. Er hätte nie bei der Suche mitmachen sollen. Wenn Boots etwas zustieß, war es seine Schuld.

Die Finsternis des Tunnels drang durch seine Haut und in seine Adern. Am liebsten hätte er laut geschrien, aber die Dunkelheit würgte ihn. Er hätte fast alles für einen winzigen Sonnenstrahl gegeben.

Langsam schleppte sich die Gruppe dahin, geplagt von Schmerzen, Misstrauen und den Sorgen, die sie alle teilten, doch niemand sagte ein Wort. Sogar Ripred, mit Abstand der Zäheste von ihnen, schien von dem Ernst ihrer Lage niedergedrückt.

Die allgemeine Verzweiflung war nur einer der Gründe dafür, dass sie die zwanzig Ratten erst bemerkten, als sie schon fast über ihnen waren. Wo es überall nach Ratten roch, konnte nicht einmal Ripred Ratten am Geruch erkennen. Die Fledermäuse hatten in dem niedrigen Tunnel, der auf den immer lauter werdenden Fluss zuführte, nichts bemerkt. Die Menschen konnten in der Dunkelheit nichts erkennen.

Ripred führte sie vom Tunnel in eine riesige Höhle, die von einer tiefen Schlucht mit einem breiten, gewaltigen Fluss geteilt wurde. Eine schwankende Brücke führte über den Fluss. Sie musste in friedlicheren Zeiten mit den vereinten Kräften verschiedener Lebewesen erbaut worden sein. Dicke Seidentaue aus Spinnenfäden hielten dünne, von Menschen geschlagene Steinplatten. Auch die Flugkünste der Fledermäuse waren für den Bau der Brücke bestimmt zum Einsatz gekommen.

Als Gregor mit der Taschenlampe zur Brücke leuchtete, um zu gucken, wie die Brücke befestigt war, sah er sie. Zwanzig Ratten saßen reglos auf den Felsen über der Tunnelöffnung. Sie warteten.

»Lauf!«, schrie Ripred und schnappte mit den Zähnen nach Gregors Fersen. Gregor stolperte auf die Brücke und rannte los. Auf den abgetretenen Steinplatten der Brücke rutschte er hin und her. Er spürte Ripreds warmen Atem im Nacken. Henry und Luxa flogen ihm voraus und schossen über den Fluss.

Er war schon auf halbem Weg, als ihm einfiel, dass Boots nicht auf seinem Rücken saß. Die ganze Zeit war sie bei ihm gewesen, sodass es ihm vorgekommen war, als wären sie unzertrennlich. Aber jetzt war sie auf Temps Rücken!

Er drehte sich auf der Stelle um und wollte zurücklaufen. Als hätte Ripred genau das geahnt, drehte er Gregor herum und biss sich in der Trage fest. Gregor spürte, wie er von Ripred hochgehoben und in Höchstgeschwindigkeit zum anderen Ufer des Flusses befördert wurde.

»Boots!«, schrie Gregor. »Boots!«

Ripred rannte wie der Blitz. Als er am anderen Ufer angekommen war, ließ er Gregor fallen und lief zu Luxa und

Henry, die verzweifelt versuchten die Seidentaue zu zertrennen, von denen die Brücke gehalten wurde.

Gregor leuchtete mit der Taschenlampe und sah, dass Gox etwa drei Viertel der Brücke hinter sich hatte. Hinter ihr mühte Temp sich mit Boots vorwärts. Zwischen Boots und den zwanzig Mörderratten, die jetzt auf die Brücke stürmten, war nur noch Tick.

»Boots!«, schrie Gregor und wollte zurück auf die Brücke laufen. Ripred schlug ihm mit dem Schwanz vor die Brust, was ihn zu Boden schleuderte und ihm die Luft abschnürte. Er keuchte, versuchte einzuatmen, kam dann auf die Knie und kroch zur Brücke. Er musste ihr helfen. Er musste einfach.

Gox wetzte von der Brücke und begann die Fäden durchzubeißen. »Nein!«, keuchte Gregor. »Meine Schwester!« Er stand auf und steckte wieder einen Schlag von Ripreds Schwanz ein.

Temp und Tick waren noch drei Meter vom Ufer entfernt, als die Ratten sie einholten. Die Kakerlaken wechselten kein Wort miteinander; es war, als wären sie schon seit langem auf dieses Szenario vorbereitet. Temp lief schneller, um das andere Ende der Brücke zu erreichen, und Tick machte kehrt, um sich der Rattenarmee allein zu stellen.

Als die Ratten einen Satz auf sie zumachten, flog Tick dem Anführer mitten ins Gesicht, sodass dieser überrascht zurückzuckte. Gregor hatte bis dahin gar nicht bemerkt, dass die Kakerlaken Flügel hatten. Vielleicht wussten die Ratten es auch nicht. Aber sie hatten sich bald wieder gefasst. Der Anführer sprang auf Tick zu und zermalmte ihren Kopf mit den Zähnen.

In dem Moment, als die Brücke nachgab, verlor Temp am Ufer das Bewusstsein. Zwanzig Ratten, darunter der Anführer mit Tick zwischen den Zähnen, stürzten hinab in den Fluss. Als wäre dieses Bild nicht schon grauenhaft genug, wurde das Wasser von riesigen piranhaähnlichen Fischen aufgewühlt, die sich über die kreischenden Ratten hermachten.

Nach einer Minute war alles vorüber. Der Fluss war wieder friedlich. Von den Ratten war nichts mehr zu sehen. Und Tick war für immer verschwunden.

23. Kapitel

Los, los, weiter!«, rief Ripred und führte sie vom offenen Ufer in einen Tunnel. Er trieb sie noch eine Weile weiter, bis man sie vom Tunneleingang nicht mehr sehen und hoffentlich auch nicht mehr riechen konnte. In einer kleinen Höhle befahl er eine Pause. »Halt. Setzt euch. Lasst euren Herzschlag zur Ruhe kommen.«

Wortlos ließen sich die verbliebenen Reisenden zu Boden sinken. Gregor saß von den anderen abgewandt neben Temp. Er tastete sich an Temps Rücken hoch, fand Boots' heiße kleine Hand und verschränkte seine Finger in ihre. Um ein Haar hätte er Boots verloren. Für immer. Niemals hätte sie ihren Vater sehen können, nie wieder hätte sie ihre Mutter umarmen oder mit Lizzie und ihm unterm Rasensprenger spielen können. Sie hätte überhaupt nichts mehr machen können.

Er wollte die anderen aus der Gruppe nicht anschauen. Wenn Temp mit Boots in den Fluss gefallen wäre, hätten alle tatenlos zugesehen, nur um die Ratten aufzuhalten. Er hatte ihnen nichts zu sagen.

Und Tick. Tapfere kleine Tick, die sich auf eine Armee von Ratten gestürzt hatte, um seine kleine Schwester zu retten. Tick, die nie viel gesagt hatte. Tick, die ihr Essen mit Boots geteilt hatte. Tick, die schließlich nur ein Kakerlak war. Nur ein Kakerlak, der seine gesamte Zeit hergegeben hatte, damit Boots mehr haben konnte.

Gregor drückte Boots' Finger an seine Lippen und spürte, wie ihm heiße Tränen über die Wangen liefen. Seit er hier unten war, hatte er kein einziges Mal geweint, obwohl viel Schlimmes passiert war. Dadurch, dass Tick sich geopfert hatte, war die dünne Schicht zerbrochen, die ihn noch vom Kummer getrennt hatte. Jetzt fühlte er sich mit den Kakerlaken für immer und ewig verbunden. Nie wieder würde er einen Kakerlak töten. Weder hier noch – wenn sie es durch ein Wunder nach Hause schaffen sollten – im Überland.

Seine Schultern fingen an zu zucken. Die anderen fanden es bestimmt albern, über einen Kakerlak zu weinen, aber das war ihm egal. Sie waren ihm zuwider, alle miteinander.

Temp streckte einen seiner herabhängenden Fühler nach Gregor aus. »Danke. Dass du weinst, weil Tick die Zeit verloren hat.«

»Boots würde auch weinen, wenn sie nicht …« Gregor konnte nicht weitersprechen, weil er schon wieder schluchzen musste. Er war froh, dass Boots Ticks Tod nicht mit angesehen hatte. Es hätte sie aufgeregt und sie hätte es nicht verstanden. Eigentlich verstand er es auch nicht.

Gregor spürte eine Hand auf der Schulter und schüttelte sie ab. Er wusste, dass es Luxa war, und er wollte nicht mit ihr reden. »Gregor«, flüsterte sie traurig. »Gregor, du sollst wissen, dass wir Boots und Temp aufgefangen hätten, wären sie gefallen. Wir hätten auch Tick aufgefangen, hätte es einen Grund dafür gegeben.«

Er presste die Hand an die Augen, um die Tränen zu stoppen, und nickte. Das war immerhin ein kleiner Trost. Natürlich hätte Luxa versucht Boots im Sturzflug aufzufangen, wenn sie gefallen wäre. Die Unterländer mit ihren Fledermäusen hatten nicht solche Angst vorm Fallen wie er.

»Schon gut«, sagte er. »Ich weiß.« Als Luxa sich neben ihn setzte, rückte er nicht von ihr ab. »Du hältst mich wohl für ziemlich bescheuert, um einen Kakerlak zu weinen.«

»Wenn du glaubst, wir hätten keine Tränen, kennst du die Unterländer noch nicht«, sagte Luxa. »Wir weinen. Wir weinen, und nicht nur unseretwegen.«

»Aber nicht um Tick«, sagte Gregor ein wenig bitter.

»Seit dem Tod meiner Eltern habe ich nicht mehr geweint«, sagte Luxa leise. »Aber in dieser Hinsicht hält man mich für unnatürlich.«

Noch mehr Tränen liefen Gregor über die Wangen, als er sich vorstellte, wie viel Schmerz man erlebt haben musste, um nicht mehr weinen zu können. In diesem Moment verzieh er Luxa alles. Er vergaß sogar, was er ihr verzeihen sollte.

»Gregor«, sagte sie leise, als er aufgehört hatte zu weinen. »Wenn du nach Regalia zurückkommst und ich nicht ... sag Vikus, dass ich verstanden habe.«

»Was verstanden?«, fragte Gregor.

»Warum er uns mit Ripred zurückließ«, sagte Luxa. »Wir brauchten einen Nager. Ich verstehe jetzt, dass er uns zu schützen suchte.«

»Gut, ich sag's ihm«, sagte Gregor und putzte sich die Nase. Er schwieg einen Moment, dann fragte er: »Wie oft muss Boots die Medizin kriegen? Sie ist immer noch ziemlich heiß.«

»Wir geben sie ihr am besten jetzt, ehe wir weiterziehen«, sagte Luxa und strich Boots über die Stirn. Boots murmelte im Schlaf vor sich hin, wachte jedoch nicht auf. Sie träufelten ihr noch ein paar Tropfen aus der Flasche zwischen die Lippen.

Gregor stand auf und versuchte den Schmerz abzuschütteln. »Lasst uns weitergehen«, sagte er, ohne Ripred anzuschauen. Ripred hatte schon unzählige Kriege miterlebt. Er hatte wahrscheinlich schon oft jemanden sterben sehen. Er hatte Gox gesagt, sie solle Treflex fressen. Bestimmt berührte Ticks Tod ihn nicht mehr als ... na ja, als es die Leute in New York berührte, wenn sie einen Kakerlak totschlugen.

Doch als Ripred sprach, klang seine Stimme nicht so schneidend wie sonst. »Nur Mut, Überländer. Dein Vater ist nah.«

Gregor hob den Kopf. »Wie nah?«

»Eine Stunde Fußweg, mehr nicht«, sagte Ripred. »Aber ebenso nah sind seine Wachen. Wir müssen äußerst behutsam vorgehen. Umwickelt eure Füße mit Spinnweben, sprecht kein Wort und bleibt dicht hinter mir. An der Brücke hatten wir seltenes Glück. Ich gehe nicht davon aus, dass es uns auf unserem Weg verfolgt.«

Gox, die Gregor mit der Zeit immer mehr zu schätzen wusste, webte in Windeseile Seidenpantoffeln für alle. Als Gregor Luxa mit der Taschenlampe leuchtete, während sie ihre Pantoffeln anzog, erlosch das Licht. Er kramte in der Ledertasche und fand die letzten beiden Batterien.

»Wie lange hält deine Fackel noch?«, fragte er Luxa. Ihm war aufgefallen, dass sie, seit Ripred zu ihnen gestoßen war, nur noch eine Fackel benutzten, vermutlich um zu sparen. Jetzt brannte die Fackel mit kleiner Flamme.

»Nur noch kurze Zeit«, gab Luxa zu. »Und dein Lichtstab?«

»Weiß nicht«, sagte Gregor. »Das sind meine letzten Batterien, und ich weiß nicht, wie viel Saft sie noch haben.«

»Wenn wir deinen Vater erst gefunden haben, brauchen

wir kein Licht mehr. Ares und Aurora können uns im Dunkeln nach Hause führen«, sagte Luxa aufmunternd.

»Das werden sie wohl müssen«, sagte Gregor.

Die Suchenden gruppierten sich neu. Ripred ging wieder voraus, Temp folgte ihm mit Boots auf dem Rücken. Der Tunnel war breit genug, dass Gregor und Gox neben ihnen gehen konnten. Aurora und Ares kamen mit kurzen, leisen Flügelschlägen hinter ihnen her. Henry und Luxa bildeten mit gezückten Schwertern die Nachhut. Ripred nickte der Gruppe zu, und sie machten sich auf den Weg tief hinein ins Feindesland.

Sie gingen auf Zehenspitzen und wagten kaum zu atmen. Gregor erstarrte jedes Mal, wenn sich ein Steinchen unter seinem Fuß bewegte, weil er befürchtete, die Aufmerksamkeit der Ratten zu erregen. Er hatte große Angst, aber daneben gab es auch ein neues Gefühl, das ihm die Kraft gab, einen Fuß vor den anderen zu setzen. Es war Hoffnung, die ihn durchströmte und dafür sorgte, dass er gegen seine Regel verstieß. Sein Vater war in der Nähe. Er würde ihn bald sehen. Sie mussten nur weiterkommen, ohne erwischt zu werden, dann würde er ihn bald sehen.

Nach etwa einer halben Stunde hielt Ripred plötzlich in einer Kurve des Tunnels an. Alle hinter ihm blieben stehen. Ripreds Nase zuckte wild und er duckte sich.

Hinter der Kurve kamen zwei Ratten hervorgesprungen. Mit einem unglaublichen Satz riss Ripred der einen Ratte mit den Zähnen die Kehle auf, während er der anderen mit den Hinterpfoten ins Gesicht sprang. Keine Sekunde später waren beide Ratten tot. Von den anderen hatte niemand Zeit gehabt, auch nur einen Finger zu rühren. Ripreds Verteidigung hatte Gregor in dem bestätigt, was er vom ersten Augenblick an über Ripred gedacht hatte: Sogar für die Ratten war er ein tödlicher Gegner.

Ripred rieb das Maul an einer der toten Ratten und flüsterte: »Das waren die Wachen dieses Tunnels. Gleich gelangen wir ins Freie. Haltet euch in einer Reihe hintereinander dicht an der Wand. Der Boden ist bröckelig und es geht unendlich steil in die Tiefe.« Alle nickten wie betäubt. Sie standen immer noch unter dem Eindruck des Kampfspektakels. »Keine Angst«, sagte er. »Denkt dran, ich bin auf eurer Seite.«

Hinter der Kurve öffnete sich der Tunnel.

Ripred ging nach rechts, und einer nach dem anderen kamen sie aus dem Tunnel hervor. Ein schmaler Weg führte dicht an einer Schlucht entlang. Als Gregor mit der Taschenlampe hineinleuchtete, sah er nichts als Finsternis. Und es geht unendlich steil in die Tiefe, dachte er.

Unter seinem linken Fuß, der dem Abgrund am nächsten war, bröckelte der Boden, Stein und Schmutz regneten in die Tiefe. Gregor hörte die Steine nicht aufkommen. Das einzig Beruhigende war, dass Aurora und Ares irgendwo hinter ihm waren und ihm, falls er fiele, sofort zu Hilfe eilen würden.

Nach etwa fünfzig Metern erreichten sie eine größere

Ebene, die sich vom einen Ende der Schlucht fächerförmig ausbreitete. Ein natürlicher Steinbogen umrahmte einen breiten, von vielen Rattenfüßen platt getrampelten Weg. Unter dem Bogen beschleunigte Ripred seinen Schritt, und Gregor spürte, wie ungeschützt sie außerhalb des unwegsamen Geländes waren.

Ripred, Temp, Gox und Gregor rannten über den Weg. Luxa und Henry hatten sich instinktiv für den Luftweg entschieden. Gregor hatte das Gefühl, dass hinter jedem Felsspalt ein Paar Rattenaugen lauerte.

Der Weg endete plötzlich an einer tiefen runden Grube, deren Wände so glatt wie Eis waren. In der Grube brannte ein schwaches Licht und ließ ein pelziges Wesen erkennen, das über eine Steinplatte gebeugt war und an etwas herumbastelte. Im ersten Moment hob Gregor warnend eine Hand. Er dachte, es sei eine Ratte.

Dann schaute das Wesen auf, und Gregor erkannte entfernt die Züge seines Vaters.

24. Kapitel

Der Mann, der vor zwei Jahren, sieben Monaten und Gott weiß wie vielen Tagen aus Gregors Leben verschwunden war, hatte vor Gesundheit gestrotzt. Ein großer, starker, kraftvoller Mann. Der Mann, der aus der Grube zu ihnen aufschaute, war so dünn und schwach, dass es ihm nicht gelang aufzustehen. Er fiel auf alle viere und musste mit einer Hand nachhelfen, um den Kopf wieder zu heben.

»Dad?«, versuchte Gregor zu rufen, aber sein Mund war ausgetrocknet. Er kniete sich an den Rand der Grube und streckte in einer hilflosen Geste eine Hand aus. Er tat es, obwohl sie fünfzehn Meter voneinander entfernt waren.

Luxa und Henry flogen hinab, halfen dem bemitleidenswerten Mann auf Auroras Rücken und brachten ihn herauf.

Gregor kniete immer noch, als er die Hände seines Vaters ergriff, die einmal so stark und geschickt gewesen waren. Als er die knochigen Finger spürte, dachte er daran, wie sein Vater immer Walnüsse mit den Händen geknackt hatte. »Dad?«, sagte er, und diesmal war seine Stimme zu hören. »Dad, ich bin's. Gregor.«

Sein Vater zog die Stirn in Falten, als versuchte er sich zu erinnern. »Das ist das Fieber. Ich phantasiere schon wieder.«

»Nein, Dad, ich bin's, ich bin hier. Und Boots auch«, sagte Gregor.

»Boots?«, sagte sein Vater. Wieder zog er die Stirn in Falten, und Gregor fiel ein, dass sein Vater Boots ja noch nie gesehen hatte. Sie war nach seinem Verschwinden zur Welt gekommen.

»Margaret«, verbesserte Gregor sich. Sobald seine Mutter schwanger war, hatten seine Eltern die Idee gehabt, Boots Margaret zu nennen, nach der Großmutter seines Vaters.

»Margaret?«, sagte sein Vater und war jetzt vollends verwirrt. »Oma?«

Die Prophezeiung sprach von einem, »den sie quälen«, aber Gregor hatte nicht gedacht, dass es um seinen Vater so schlimm stehen würde. Er war klapperdürr und schwach – und was war mit seinem Haar und seinem Bart passiert? Sie waren schneeweiß. Gregor berührte seinen Vater an der Schulter, und da fiel ihm auf, dass er einen

Mantel aus Rattenfell trug. Kein Wunder, dass er von oben wie eine Ratte ausgesehen hatte.

»Will nur schlafen«, sagte sein Vater abwesend. Das machte Gregor am meisten Angst. Er hatte gedacht, dass er, wenn er seinen Vater fände, einen seiner Eltern wiederbekommen würde. Dass er dann nicht mehr die schwierigen Entscheidungen treffen müsste und einfach Kind sein könnte. Aber der Mann ihm gegenüber war noch hilfsbedürftiger als Boots.

Luxa legte seinem Vater eine Hand auf die Wange und runzelte die Stirn. »Er glüht wie deine Schwester, und ihm fehlt die Kraft, gegen das Fieber zu kämpfen. Deshalb spricht er wirr.«

»Vielleicht erinnert er sich, wenn ich eine Weile mit ihm rede. Er muss sich erinnern, Luxa«, sagte Gregor verzweifelt.

»Wir müssen jetzt fliegen, Gregor«, sagte Luxa und gab seinem Vater einen großen Schluck aus der blauen Flasche. »In Regalia werden wir ihn vollständig heilen. Henry, hilf mir, ihn sicher zu lagern.« Mit einem Seidenband, das Gox in Windeseile spann, versuchte sie Gregors Vater auf Aurora festzubinden. »Henry?«, sagte Luxa wieder.

Doch Henry blieb abseits stehen. Er half nicht. Er beeilte sich nicht. Er versuchte nicht einmal so auszusehen, als ginge es ihn etwas an. »Nein, Luxa, wir haben jetzt keine Eile mehr.«

Das war eine merkwürdige Antwort. Niemand verstand, was er damit sagen wollte – außer Ripred. Das Gesicht der Ratte nahm einen seltsamen Ausdruck an. »Nein, ich glaube, Henry hat an alles gedacht.«

»Henry hatte keine Wahl«, sagte Henry. Er führte die Finger an die Lippen und stieß einen langen Pfiff aus.

»Spinnst du? Was soll das?«, fragte Gregor. Er schaute zu Luxa, die wie versteinert dastand. Das Seidenband glitt ihr aus den Händen und fiel zu Boden.

Das Trappeln unzähliger Rattenfüße kam den Weg herunter auf sie zu. Was war los? Was hatte Henry getan?

»Ripred?«, sagte Gregor.

»Es sieht ganz so aus, als wäre ich nicht der einzige Spion unter uns, Überländer«, bemerkte Ripred trocken. »Auch ein Mitglied der königlichen Familie darf sich so nennen.«

»Du meinst, Henry …?« Nie im Leben hätte Gregor Henry für einen Spion der Ratten gehalten. Sie hatten seine Eltern, sein Volk ermordet. »Das kann nicht sein«, platzte Gregor heraus. »Das kann nicht sein, ich meine, was ist mit Luxa?« Die beiden waren so eng befreundet.

»Tut mir Leid, Cousine«, sagte Henry eindringlich. »Aber mir blieb nichts anderes übrig. Vikus hätte uns ins Verderben geführt. Er suchte das Bündnis mit den Schwächsten, während unsere einzige Chance darin liegt, uns mit den Stärksten zu verbünden. Wir werden uns mit den Ratten zusammenschließen und gemeinsam regieren, du und ich.«

Gregor hatte Luxa noch nie so ruhig erlebt. »Ganz gewiss nicht, Henry. Weder heute noch sonst jemals.«

»Du musst, Luxa, du hast keine Wahl. Du musst dich uns anschließen oder du wirst sterben«, sagte Henry kalt, doch mit einem Zittern in der Stimme.

»Dieser Tag ist nicht schlechter als jeder andere«, sagte Luxa. »Vielleicht sogar besser.« Das klang so, als wäre sie tausend Jahre alt und tausend Meilen weit weg, aber es klang nicht ängstlich.

»Dann haben sie dir also den Thron versprochen, was? Aber Henry, du wirst doch nicht so dumm sein zu glauben, dass sie ihr Versprechen einlösen«, sagte Ripred und fing an zu lachen.

»Sie werden es einlösen. Gemeinsam werden wir das Unterland von Krabblern und Spinnern befreien und ihr Land unter uns aufteilen«, sagte Henry.

»Aber warum? Warum tust du das?«, fragte Gregor.

»Ich bin es leid, Feiglinge und Schwächlinge als Verbündete zu haben«, sagte Henry. »Das wenigstens kann man den Ratten nicht vorwerfen. Gemeinsam werden wir einander Schutz bieten. Gemeinsam werden wir regieren. Gemeinsam werden wir sicher sein. Die Sache ist entschieden.«

»Gemeinsam, gemeinsam«, sagte Ripred in einem Singsang. »Wie viel Gemeinsamkeit du planst. Und wie viel Einsamkeit dich erwartet. Ah, da kommen deine Freunde.«

Es waren mindestens fünfzig Ratten, die sich schnell verteilten und die Suchenden umzingelten. Die meisten lachten vor Freude über die fette Beute vor ihrer Nase.

Schnell schaute Gregor sich um. Wer würde auf seiner Seite kämpfen? Sein Vater murmelte etwas von Fischen. Boots war auf Temps Rücken festgebunden und bekam nichts mit. Henry war ein Verräter, also konnte man Ares auch vergessen, weil die beiden miteinander verbunden waren. Blieben außer ihm noch Luxa, Aurora, Gox und … plötzlich wusste er nicht mehr, was er von Ripred halten sollte. Was war mit Ripred? Auf welcher Seite stand er wirklich?

Er schaute Ripred an, und der zwinkerte ihm langsam zu. »Denk dran, Gregor, laut der Prophezeiung sterben nur vier von den zwölf. Glaubst du, wir kommen gegen sie an, du und ich?«

Gut, er hatte also auch noch eine erstaunliche Ratte auf seiner Seite.

Der Kreis wurde weiter und öffnete sich an einer Stelle. Eine riesige silberne Ratte schritt hinein. Über ein Ohr hatte sie eine goldene Krone gezwängt, die eindeutig für einen Menschen gemacht war. Gregor hörte, wie Luxa scharf einatmete, und dachte sich, dass sie wohl einem ihrer Eltern gehört hatte.

»König Gorger«, sagte Ripred und verbeugte sich tief. »Ich hätte nicht zu hoffen gewagt, dass uns die Ehre zuteil werden würde, Euch hier zu treffen.«

»Ein unglücklicher Krabbler erzählte uns, du seist ertrunken, Ripred«, sagte der König leise.

»Tja, das war der Plan«, sagte Ripred und nickte. »Aber wie oft gehen Pläne schief.«

»Wir sind dir zu Dank dafür verpflichtet, dass du uns den Krieger so einwandfrei in die Klauen geliefert hast. Eigentlich war das Henrys Aufgabe, aber Hauptsache, er ist hier. Ich wollte sichergehen. Ich wollte ihn mit eigenen Augen sehen, bevor ich ihn töte. Das ist er also?«, sagte König Gorger und starrte Gregor an. »Ich hatte so viel mehr erwartet.«

»Oh, Ihr solltet nicht vorschnell über ihn urteilen«, sagte Ripred. »Er steckt voller erfreulicher Überraschungen.« Er marschierte um den Kreis herum und hob dabei hin und wieder eine Pfote, um sich an der Nase zu kratzen. Jedes Mal, wenn er die Klaue hob, zuckten die Ratten in seiner Nähe zurück. »Clawsin ... Bloodlet ... jetzt bricht mir das Herz, bist du das, Razor? Du weißt nicht, wie es mich schmerzt, dich in der Gesellschaft Seiner Majestät zu sehen.«

Razor wich Ripreds Blick aus. Schämte er sich? Konnten Ratten sich sogar schämen?

Ripred stellte sich hinter Henry und schubste ihn vorwärts. »Los, los, los, los. Geh zu deinen Freunden.«

Henry stolperte, landete neben König Gorger und trat ihm auf den Schwanz. Die anderen Ratten lachten, nicht jedoch der König. Peitschend zog er den Schwanz unter Henry hervor und schlug die arme Gox entzwei.

Die Ratten verstummten. Gregor sah, wie das blaue Blut der Spinne auf den Boden strömte. So schnell ging das. Im Bruchteil einer Sekunde war ein drittes Mitglied der Gruppe tot.

»Warum habt ihr aufgehört zu lachen?«, fragte König Gorger. »Los, lacht weiter!«, befahl er, und die Ratten machten ein Geräusch wie das Blöken einer Schafherde. Der König streckte sich in einer Pose völliger Entspannung auf dem Boden aus, doch Gregor sah, dass seine Muskeln immer noch angespannt waren vor Zorn.

»Wer ist der Nächste?«, fragte König Gorger. »Na los, nicht so schüchtern. Sollen wir uns um die Kleine kümmern? Sie sieht so aus, als würde sie ohnehin bald ihr Leben aushauchen.« Er richtete seinen Rattenblick auf Boots.

Nicht Boots, dachte Gregor. Nicht, solange ich noch Hände und Füße habe. Etwas bohrte in seinem Hinterkopf. Was nur? Woran erinnerte es ihn? Auf einmal wusste er es. Er wusste, was der nächste Teil der Prophezeiung bedeutete.

Der Letzte, der stirbt, kann das Blatt noch wenden.
Das Schicksal der Acht liegt in seinen Händen.

Das bin ich, dachte er plötzlich. Ich sterbe als Letzter. Es war klar. Die Ratten wollten ihn. Er war der Krieger. Er war die Bedrohung. Er konnte das Blatt noch wenden.

Und er würde nicht hier bleiben und zusehen, wie Menschen starben, die er liebte. Er war der Krieger, und der Krieger musste Leben retten.

Sobald ihm das klar wurde, war es einfach. Er schätzte die Höhe ab, rannte sieben Schritte und schwang sich über König Gorgers silbernen Rücken.

Als er den Weg entlangraste, erhob sich hinter ihm Gebrüll. Aus den Rattenschreien, die darauf folgten, schloss er, dass Luxa, Aurora und Ripred zum Angriff übergegangen waren, um ihn zu decken. Aber ganz bestimmt war jetzt jede Ratte, die nur irgendwie laufen konnte, hinter ihm her. Gut. So konnten die anderen mit ein wenig Glück entkommen. Außer Henry und Ares – was mit ihnen geschah, war ihm egal.

Das Licht der Taschenlampe wurde zu einem schwachen Glimmen, und er warf sie fort. Sie behinderte ihn sowieso beim Laufen. Aber es war nicht gut, im Dunkeln zu laufen. Er könnte stolpern, und er musste die Ratten so weit wie möglich von den anderen weglocken. Da fiel ihm das Licht in seinem Helm ein. Das hatte er für Notfälle aufheben wollen. Einen dringenderen Notfall als diesen konnte es kaum geben. Ohne das Tempo zu verlangsamen, schaltete er das Licht an, und der kräftige Strahl erleuchtete den Weg vor ihm.

Aber der Weg! Er hatte vergessen, wie kurz der Weg war! Kaum hundert Meter vor ihm wurde die Schlucht drohend sichtbar, die »unendlich steil in die Tiefe« ging.

Er brauchte gar nicht erst zu versuchen, am Rand der Schlucht entlangzulaufen. In wenigen Sekunden hätten die Ratten ihn eingeholt.

So wollte er nicht sterben. Die Genugtuung, ihn zu fressen, gönnte er den Ratten nicht. Er hörte sie hinter sich keuchen und mit den Zähnen schnappen. König Gorger schnaubte wütend.

In einem furchtbaren Moment begriff Gregor den letzten Teil der Prophezeiung.

> Drum mahnt ihn zur Vorsicht, sonst springt er daneben,
> denn Leben kann Tod sein, und Tod erschafft Leben.

Er musste springen, und durch seinen Tod würden die anderen leben können. Das war es. Das hatte Sandwich mit diesen Zeilen sagen wollen, und inzwischen glaubte er Sandwich.

Er legte einen letzten Sprint ein, genau so, wie sein Trainer es ihm beigebracht hatte. Er gab alles. Bei den letzten Schritten vor der Schlucht spürte er einen stechenden Schmerz hinten im Bein, und dann gab der Boden unter seinen Füßen nach.

Gregor der Überländer sprang.

25. Kapitel

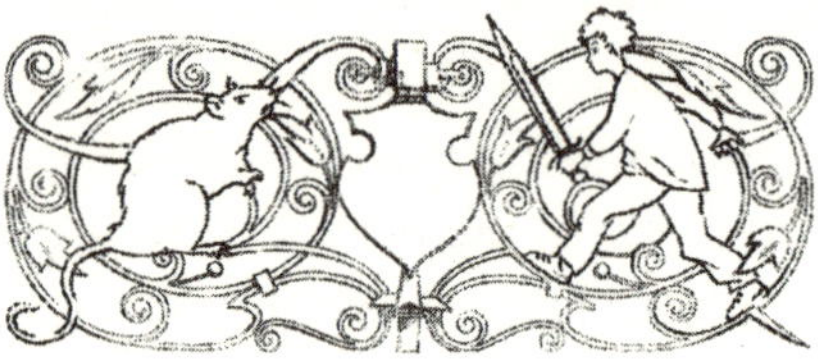

Gregor warf sich über die Schlucht, er sprang, so hoch er konnte, in die Luft. Er spürte, wie ihm warmes Blut am Bein herunterlief. Eine der Ratten hatte ihm beim Absprung eine Klaue ins Bein gehauen.

Ich falle, dachte Gregor. Genau wie beim Fall ins Unterland. Mit dem Unterschied, dass er jetzt sehr viel schneller fiel. Da war keine Strömung, die ihn von unten stützte, nur die hässliche klaffende Leere unter ihm. Er hatte nie begriffen, warum er beim ersten Mal sicher gelandet war. Es hatte sich nie ein ruhiger Moment ergeben, um Vikus danach zu fragen. Jetzt würde er es wohl nie mehr erfahren.

Vielleicht gehörte das alles doch zu ein und demselben Traum, und er würde in seinem Bett aufwachen und zu seiner Mutter gehen und ihr davon erzählen. Doch Gregor wusste, dass es kein Traum war. Er fiel wirklich. Und wenn er unten aufkam, würde er nicht in seinem Bett aufwachen.

Noch etwas war anders als bei seinem ersten Fall. Es hörte sich so an, als hätte er sehr viel mehr Gesellschaft.

Als es Gregor gelang, sich in der Luft umzudrehen, sah er im Strahl des Lichts in seinem Helm eine erstaunliche Szene. Wie eine Lawine kamen die Ratten, die ihn verfolgt hatten, und das mussten so ziemlich alle gewesen sein, hinter ihm her. Der unsichere Boden am Rand der Schlucht hatte nachgegeben und die ganze Armee mit sich gerissen.

Entsetzt sah Gregor, dass unter den Ratten ein Mensch war. Henry. Auch er hatte Gregor verfolgt. Aber das konnte nicht sein. Sie konnten nicht beide sterben. Der Prophezeiung zufolge starb nur noch einer aus der Gruppe.

Ein Flügelschlag gab Gregor die Antwort. Natürlich. Es war Ares, die Fledermaus, die mit dem Verräter verbunden war. Ares würde Henry retten und damit war die Prophezeiung erfüllt. Und die übrigen Suchenden würden auch in Sicherheit sein.

Gregor hatte Ares noch nie richtig im Sturzflug gesehen. Mit sagenhafter Geschwindigkeit sauste er in die Tiefe und wich den Ratten aus, die ihn zu fassen versuchten. Gregor kamen Zweifel, ob Ares sich wieder hochziehen könnte. Er ist übers Ziel hinausgeschossen, dachte Gregor, als die Fledermaus wie eine Rakete an Henry vorbeischnellte.

Er hörte Henry verzweifelt flehen: »Ares!«

In diesem Moment knallte Gregor mit etwas zusammen.

Ich bin tot, dachte er, aber so fühlte es sich nicht an, denn seine Nase tat weh und er hatte den Mund voller Fell. Als er spürte, wie er aufstieg, wusste er, dass er auf Ares' Rücken saß. Er schaute über den Flügel der Fledermaus nach unten und sah, wie die Ratten eine nach der anderen an den Felsen zerschellten. Gregor hatte den Boden schon fast erreicht, als Ares ihn aufgefangen hatte. Obwohl die Ratten ihn eben noch hatten töten wollen, konnte Gregor es nicht ertragen, sie jetzt sterben zu sehen. Kurz vor Henrys Aufprall vergrub er das Gesicht in Ares' Fell und hielt sich die Ohren zu.

Sein Denken setzte erst wieder ein, als sie auf der Erde landeten. Luxa hatte Gregors Vater auf Aurora festgebunden. Temp sprang hinter Gregor auf Ares.

Ein blutiger Ripred stand mit drei anderen Ratten zusammen, die sich ihm offenbar im letzten Moment angeschlossen hatten. Er sah Gregor mit einem bitteren Lächeln an. »Voller erfreulicher Überraschungen.«

»Was hast du vor, Ripred?«, fragte Gregor.

»Rennen, Junge, so schnell wie der Fluss. Fliege hoch, Gregor der Überländer!«, rief Ripred und rannte den Weg entlang.

»Fliege hoch, Ripred! Fliege hoch!«, rief Gregor, als Ares und Aurora über die Ratte hinwegsausten.

Sie flogen über die Schlucht. Irgendwo unter ihnen lagen König Gorger, seine Rattenarmee und Henry. Hinter der Schlucht tauchten die Fledermäuse in einen großen Tunnel ab, der sich mal hierhin, mal dorthin schlängelte.

Jetzt, da er gerettet war, spürte Gregor allmählich das Grauen, in diese schwarze Leere zu fallen. Er begann am ganzen Körper zu zittern und vergrub das Gesicht tief in Ares' Nacken, obwohl seine Nase dadurch noch mehr bebte. Er hörte die Fledermaus flüstern: »Ich wusste nichts, Überländer. Ich schwöre dir, ich wusste nichts.«

»Ich glaube dir«, flüsterte Gregor zurück. Wenn Ares von Henrys Verschwörung gewusst hätte, würde Henry jetzt irgendwo fliegen und Gregor wäre …

Die letzten Worte der Prophezeiung fielen ihm wieder ein.

Der Letzte, der stirbt, kann das Blatt noch wenden.
Das Schicksal der acht liegt in seinen Händen.
Drum mahnt ihn zur Vorsicht, sonst springt er daneben,
denn Leben kann Tod sein, und Tod erschafft Leben.

Es ging also sowohl um Henry als auch um Gregor. Henry hatte sich für die Seite der Ratten entschieden. Das hatte das Schicksal der anderen acht bestimmt. Er war danebengesprungen, weil er zu sehr damit beschäftigt gewesen war, den Ratten zu helfen. Henry musste wegen seiner Entscheidung sterben. Wahrscheinlich hatte er bis zum letzten Moment geglaubt, Ares würde ihn retten. Doch Ares hatte sich dafür entschieden, Gregor zu retten.

»Überländer, wir haben Schwierigkeiten«, flüsterte Ares in seine Gedanken hinein.

»Warum? Was ist los?«, fragte Gregor.

»Aurora und ich wissen nicht, in welche Richtung es zurück nach Regalia geht«, sagte Ares.

»Du meinst, wir haben uns verirrt?«, fragte Gregor. »Luxa hat doch gesagt, ihr findet den Rückweg im Dunkeln.«

»Ja, wir können im Dunkeln fliegen, doch wir müssen wissen, wo es langgeht«, sagte Ares. »Dieses Gebiet wurde von Fliegern noch nicht erkundet.«

»Was schlägt Luxa vor?«, fragte Gregor.

Eine Weile blieb es still. Gregor vermutete, dass Ares sich mit Aurora verständigte. Dann sagte Ares: »Luxa kann nicht sprechen.«

Wahrscheinlich hat sie einen Schock erlitten, dachte Gregor. Nach dem, was Henry ihr angetan hat.

»Eine weitere Schwierigkeit besteht darin, dass Aurora einen Riss im Flügel hat, der möglichst bald genäht werden muss, wenn wir weiterfliegen wollen«, fügte Ares hinzu.

Gregor begriff plötzlich, dass er die Verantwortung hatte. »Gut, such einen sicheren Landeplatz aus, ja?«

Der kurvenreiche Tunnel öffnete sich bald über einem großen Fluss. Seine Quelle war ein großartiger Wasserfall, der aus einem Steinbogen dreißig Meter hinab in den Fluss stürzte. Über dem Bogen war ein etwa drei Meter tiefer Felsvorsprung. Ares und Aurora segelten dorthin und landeten. Sie ließen sich alle auf den Stein gleiten.

Gregor lief zu Luxa in der Hoffnung, gemeinsam einen Schlachtplan entwickeln zu können, doch nach einem Blick zu ihr wusste er, dass er allein war. Sie starrte ins Leere und zitterte wie Espenlaub. »Luxa? Luxa?«, sagte er. Aurora hatte Recht, Luxa brachte kein Wort heraus. Weil ihm nichts anderes einfiel, wickelte er sie in eine Decke.

Dann kümmerte er sich um Aurora. Sie hatte einen langen blutenden Riss im linken Flügel. »Ich kann versuchen ihn zu nähen«, sagte Gregor, obwohl ihm die Vorstellung widerstrebte. Er konnte ein bisschen nähen, Knöpfe annähen und kleine Risse flicken. Es war eine unangenehme Vorstellung, mit einer Nadel in ihren zarten Flügel zu stechen.

»Sieh erst nach den anderen«, sagte Aurora. Sie flatterte zu Luxa und schlang ihren gesunden Flügel um sie.

Boots schlief immer noch auf Temps Rücken. Ihre Stirn fühlte sich ein wenig kühler an. Auch Gregors Vater schien durch die Medizin etwas ruhiger geworden zu sein, aber er sah sehr schwach aus, und das machte Gregor große Sorgen. Die Ratten hatten ihn halb verhungern lassen. Gregor fragte sich, was sie sonst noch alles mit ihm angestellt hatten.

Ares saß zusammengekauert da und sah so untröstlich

aus, dass Gregor ihn lieber in Ruhe ließ. Henrys Verrat hatte ihn fast zerstört.

Außer Aurora und Gregor schien bei der Begegnung mit König Gorgers Truppen niemand verletzt worden zu sein. Gregor öffnete die Erste-Hilfe-Tasche und kramte darin herum. Wenn er die Fledermaus flicken wollte, konnte er das am besten tun, ohne lange darüber nachzudenken. Er fand einen Satz Nähnadeln und griff wahllos eine heraus. In der Tasche fanden sich auch mehrere Rollen Spinnenseide. Er wollte gerade Gox fragen, welche Sorte er nehmen sollte, als ihm einfiel, wie das blaue Blut aus ihrem leblosen orangenen Körper geflossen war. Er wählte einen Faden, der dünn und trotzdem stabil aussah.

Er reinigte Auroras Wunde, so gut er konnte, und trug eine Salbe auf, die, wie sie ihm erklärte, eine betäubende Wirkung hatte. Dann machte er sich sehr ängstlich daran, den Riss zu nähen. Er hätte es gern schnell erledigt, aber die Arbeit erforderte ein langsames, behutsames Vorgehen. Aurora versuchte stillzuhalten, zuckte jedoch bei jedem Stich unwillkürlich zusammen.

»'tschuldige, tut mir Leid«, sagte er immer wieder.

»Nein, es ist schon gut«, sagte sie jedes Mal. Aber er wusste, dass es sehr wehtat.

Am Ende war er vor lauter Anstrengung schweißgebadet. Aber der Flügel war wieder ganz. »Probier ihn mal aus«, sagte er zu Aurora, und sie spreizte ihn vorsichtig.

»Er ist gut genäht, Überländer«, sagte sie. »Bis Regalia sollte er halten.«

Gregor war erleichtert und auch ein bisschen stolz auf sein Werk.

»Jetzt musst du dich deiner eigenen Wunden annehmen«, sagte Aurora. »Solange der Flügel noch betäubt ist, kann ich ohnehin nicht fliegen.«

Gregor wusch sein Bein ab und trug eine Salbe aus einem roten Tontopf auf, die auch Solovet für Wunden benutzt hatte. Seine Nase war eine andere Geschichte. Das Blut ließ sich abwischen, aber sie war zu doppelter Größe angeschwollen. Bestimmt war sie gebrochen, und er hatte keine Ahnung, was ein Arzt mit einer gebrochenen Nase anstellen würde. Man konnte sie ja schlecht eingipsen. Er ließ sie, wie sie war, weil er befürchtete, alles nur noch schlimmer zu machen.

Als er die Wunden verarztet hatte, wusste Gregor nicht, was er als Nächstes tun sollte. Er versuchte die Lage einmal nüchtern zu betrachten. Sie hatten sich verirrt. Ihre Vorräte reichten vielleicht noch für eine Mahlzeit. Luxas Fackel war abgebrannt, sie hatten also nur noch die Lampe auf seinem Helm. Boots war krank, sein Vater verwirrt, Luxa stand unter Schock, Aurora war verwundet und Ares verzweifelt. Blieben noch Gregor und Temp.

»Temp?«, sagte Gregor. »Hast du eine Idee, was wir jetzt machen könnten?«

»Ich weiß nicht, Überländer«, sagte Temp. »Hörst du die Ratten, hörst du?«

»Du meinst, als sie gefallen sind? Ja, das war grässlich.«

»Nein. Hörst du die Ratten, hörst du?«, wiederholte Temp.

»Jetzt?« Gregor spürte, wie sein Magen von kalter Übelkeit erfüllt wurde. »Wo?« Er kroch auf dem Bauch zum Rand des Felsvorsprungs und schaute hinunter.

Hunderte von Ratten versammelten sich auf den Uferböschungen. Einige saßen auf den Hinterbeinen und wetzten sich die Krallen an den Kreidefelsen zu beiden Seiten des Wasserfalls. Einige versuchten daran hochzuklettern, rutschten jedoch wieder hinunter. Sie begannen Trittstufen in den Fels zu kratzen. Sie würden lange brauchen, um die Felswand zu erklimmen, aber sie würden es schaffen, da war Gregor sich sicher.

Er kroch wieder zurück und schlang die Arme fest um die Knie. Was sollten sie tun? Sie würden fliegen müssen. Wenn die Ratten die Wand erklommen, musste Aurora es einfach schaffen. Aber wohin sollten sie fliegen? Das Licht in seinem Helm würde nicht ewig halten. Dann würde er mit einem Haufen Verletzter in tiefster Finsternis sein. Hatten sie diesen ganzen Albtraum durchlitten, nur um am Ende im Land des Todes zu sterben?

Vielleicht würde Vikus ihnen Hilfe schicken. Aber woher sollte er wissen, wo sie waren? Und wer wusste schon, wie die Lage in Regalia war? Gregor und Henry hatten die letzte Strophe der »grauen Prophezeiung« zu Ende gespielt. Aber hieß das auch, dass die Menschen den Krieg gewonnen hatten? Er hatte keine Ahnung.

Gregor kniff die Augen zu und presste die Hände darauf. Noch nie im Leben hatte er sich so verlassen gefühlt. Er versuchte sich mit dem Gedanken zu trösten, dass laut der »grauen Prophezeiung« acht von ihnen überleben würden. Na ja, Ripred wird es wohl schaffen, aber wenn wir sieben hier oben überleben sollen, muss schon ein Wunder geschehen, dachte er sich.

Und genau in diesem Augenblick geschah das Wunder.

»Gregor?«, sagte jemand verwirrt. Er war sich nicht sicher, ob er richtig gehört hatte. »Gregor, bist du das?«

Langsam und ungläubig machte Gregor die Augen auf und schaute zu der Stimme. Sein Vater hatte sich mühsam auf einen Ellbogen gestützt. Er zitterte vor Anstrengung und sein Atem ging flach, aber in seinem Blick lag ein Ausdruck des Erkennens.

»Dad?«, sagte Gregor. »Dad?«

»Was machst du hier?«, fragte sein Vater, und Gregor wusste, dass er wieder bei Sinnen war.

Gregor konnte sich nicht rühren. Er hätte seinem Vater in die Arme fliegen sollen, aber ganz plötzlich hatte er Angst vor diesem Fremden im Rattenfell, der sein Vater sein sollte. War er jetzt wirklich wieder normal? Oder würde er, wenn Gregor die paar Meter zwischen ihnen überwunden hätte, wieder anfangen etwas von Fischen zu murmeln und Gregor der Finsternis ausliefern?

»Ge-go!«, piepste eine hohe Stimme. »Ge-go, will raus!« Gregor drehte sich um und sah, dass Boots versuchte sich aus den Spinnweben zu befreien, mit denen sie auf Temps Rücken festgebunden war. Er lief zu ihr und riss die Spinnweben ab. Das war einfacher, als sich um seinen Vater zu kümmern.

»Tinken? Fühstück??«, sagte Boots, als er sie befreit hatte.

Gregor lächelte. Wenn sie Hunger hatte, ging es ihr auf jeden Fall besser.

»Keks?«, fragte sie hoffnungsvoll.

»Ja, ja«, sagte er. »Aber guck erst mal, wer da ist. Das ist Daddy«, sagte Gregor und zeigte auf seinen Vater. Wenn sie zusammen zu ihm gehen würden, hätte Gregor vielleicht den Mut, ihm gegenüberzutreten.

»Da-da?«, sagte Boots neugierig. Sie schaute ihn an, und dann erschien ein breites Lächeln auf ihrem Gesicht. »Da-da!«, rief sie. Sie wand sich aus Gregors Griff und lief ihrem Vater so stürmisch in die Arme, dass er auf den Rücken fiel.

»Margaret?«, sagte ihr Vater, während er sich aufrappelte. »Bist du Margaret?«

»Nein, Boots!«, sagte sie und zog an seinem Bart.

Boots' Mut zählte vielleicht erst, wenn sie zählen konnte, aber ihre Fähigkeit zu lieben zählte jederzeit.

Während Gregor sie so ansah, schmolz sein Misstrauen dahin. Er hatte gegen Ratten und Spinnen und seine schlimmsten Ängste gekämpft, um seinen Vater wiederzufinden. Und jetzt saß er da wie auf der Zuschauertribüne!

»Boots, hm?«, sagte sein Vater. Er lachte heiser.

Sein Lachen durchströmte Gregor wie eine Sonnenflut. Er war es. Es war wirklich sein Vater!

»Dad!« Halb stolperte Gregor, halb rannte er zu seinem Vater und schlang die Arme um ihn.

»Oh, Gregor«, sagte sein Vater, und Tränen liefen ihm über die Wangen. »Wie geht es dir, mein Junge? Wie geht es dir, mein Kleiner?«

Gregor lachte nur, als er merkte, wie auch ihm die Tränen kamen.

»Was machst du hier? Wie bist du ins Unterland gekommen?«, fragte sein Vater. Er klang plötzlich besorgt.

»Wahrscheinlich genau wie du«, sagte Gregor, als er wieder sprechen konnte. »Bin mit Boots aus dem Wäschekeller gefallen. Dann haben wir dich gesucht, und jetzt bist du hier.« Er tätschelte seinem Vater wie zum Beweis den Arm. »Du bist hier.«

»Wo genau ist hier?«, fragte sein Vater und schaute sich in der Dunkelheit um.

Mit einem Schlag landete Gregor wieder in der Wirklichkeit. »Wir sind über einem Wasserfall im Land des Todes. Eine Horde Ratten versucht die Felswand hochzuklettern. Ein paar von uns sind verletzt, und wir haben uns total verirrt«, sagte er. Sofort tat es ihm Leid. Vielleicht hätte er seinem Vater nicht sagen sollen, wie schlimm die Lage war. Vielleicht konnte er das noch nicht verkraften. Doch er sah, wie sein Vater konzentriert die Augen zusammenkniff.

»Wie weit sind die Ratten noch weg?«

Gregor rutschte nach vorn und schaute über den Rand des Felsvorsprungs. Zu seinem Schreck hatten die Ratten die Wand schon zur Hälfte erklommen. »Vielleicht fünfzehn Meter«, sagte er.

»Wie sieht's mit Licht aus?«, fragte sein Vater.

»Nur das hier«, sagte Gregor und tippte an seinen Helm. »Und ich glaube, die Batterie tut's nicht mehr lange.« Tatsächlich kam es ihm vor, als würde das Licht schwächer, während er sprach.

»Wir müssen zurück nach Regalia«, sagte sein Vater.

»Ich weiß, aber keiner von uns hat eine Ahnung, wo es ist«, sagte Gregor hilflos.

»Im Norden des Unterlands«, sagte sein Vater.

Gregor nickte, aber er wusste nicht, wozu diese Information gut sein sollte. Schließlich hatten sie keinen Sonnenuntergang als Wegweiser oder den Polarstern oder Moos, das an der Nordseite der Bäume wuchs. Sie waren in einem riesigen schwarzen Nichts.

Der Blick seines Vaters blieb an Auroras Flügel hängen. »Wie hast du die Fledermaus genäht?«

»Mit Nadel und Faden«, sagte Gregor und fragte sich, ob die Gedanken seines Vaters schon wieder abdrifteten.

»Mit einer Metallnadel?«, fragte sein Vater. »Hast du sie noch?«

»Ja, hier«, sagte Gregor und holte die Nadeln heraus.

Sein Vater nahm eine Nadel und einen kleinen Stein aus seiner Tasche. Mit kurzen, schnellen Strichen begann er den Stein an der Nadel zu reiben.

»Ich brauche irgendeine Schale. Schütte zur Not die Medizin aus«, sagte sein Vater. »Und füll Wasser rein.«

Gregor war immer noch etwas unsicher, aber er befolgte die Anweisungen schnell. »Was gibt das?«

»Dieser Stein – das ist ein Magneteisen. In meiner Grube gab es einen Haufen davon. Ich hab einen eingesteckt für den Fall, dass …«, sagte sein Vater.

»Für welchen Fall?«, fragte Gregor.

»Für den Fall, dass ich irgendwann entkommen könnte. Da waren auch ein paar Metallstücke, aber nichts in der richtigen Größe. Diese Nadel ist perfekt.«

»Perfekt wofür?«, fragte Gregor.

»Wenn ich die Nadel an dem Stein reibe, wird sie magnetisiert. Ich verwandele sie praktisch in eine Kompassnadel. Wenn wir sie auf dem Wasser schwimmen lassen können, ohne die Oberflächenspannung zu zerstören …« Sein Vater ließ die Nadel sanft ins Wasser gleiten. Sie trieb auf der Oberfläche. Dann drehte sie sich zu Gregors Erstaunen um fünfundvierzig Grad nach rechts und blieb stehen. »... zeigt sie nach Norden.«

»Sie zeigt nach Norden? Wie ein Kompass?«, fragte Gregor verblüfft.

»Tja, wahrscheinlich ist sie ein paar Grad neben der Spur, aber für unsere Zwecke reicht's«, sagte sein Vater.

Gregor grinste in die Wasserschale. Jetzt würde alles gut werden. Sein Vater war wieder da.

Bei dem Geräusch von Krallen, die sich in den Felsen gruben, erstarb das Grinsen auf seinem Gesicht. »Aurora«, rief Gregor. »Kannst du fliegen?«

»Ich glaube, ich habe keine Wahl«, sagte Aurora. Offenbar hatte auch sie die Ratten bemerkt.

»Ares, wenn ich dir jetzt zeige, wo Regalia ist, kannst du dann den Kurs halten?«, fragte Gregor und schüttelte die Fledermaus leicht.

»Wenn ich weiß, in welche Richtung ich fliegen muss, kann ich den Kurs ganz gut halten«, sagte Ares und rappelte sich auf.

»Alle aufsteigen!«, rief Gregor, genau wie Vikus zu Beginn ihrer Reise. »Aufsteigen, wir fliegen nach Hause!«

Irgendwie schafften es alle, sich auf die Fledermäuse zu hieven. Gregor ließ Temp mit Luxa fliegen, damit er sie im Auge behalten konnte. Er setzte Boots in die Trage und half seinem Vater auf Ares. Er warf noch einmal einen Blick auf die Nadel in der Schale und wies Ares die Richtung. »Da ist Norden. Da geht es nach Regalia«, sagte er.

Gregor wollte die Schale gerade einpacken, als er sah, wie die erste Ratte den Felsvorsprung erreichte. Er sprang auf Ares' Rücken und die Fledermäuse hoben ab. Die Schale und einen Haufen fluchender Ratten ließen sie hinter sich.

Ares folgte dem Tunnel, der nach Norden verlief, und nach etwa einer Stunde rief er Gregor zu: »Jetzt weiß ich, wo wir sind.«

Durch weite offene Höhlen flogen sie direkt in Richtung Regalia.

Überall lagen Kriegsopfer. Gregor sah tote Ratten, Menschen, Kakerlaken, Spinnen, Fledermäuse und andere Tiere, von denen er gar nicht gewusst hatte, dass es sie im Unterland gab, wie Mäuse und Schmetterlinge. Doch, Ripred hatte einmal etwas von Schmetterlingen gesagt, aber Gregor hatte gedacht, er hätte sie irgendwo im Überland gesehen. Alle Toten sahen gleich aus. Still, sehr still.

Als das Licht in Gregors Helm schließlich ausging, war er fast erleichtert. Er hatte genug Blut gesehen. In der Dunkelheit verlor er jedes Zeitgefühl.

Lange bevor sie die Stadt erreicht hatten, hörte Gregor schon die Hörner, die ihre Ankunft verkündeten. Geistesabwesend schaute er nach unten und sah Leute, die ihnen zuwinkten und riefen. Weder er noch Luxa reagierten.

Luxa sah nicht einmal hin. Seit sie losgeflogen waren, hatte sie die Arme um Auroras Hals geschlungen und die Augen vor der Welt verschlossen. Gregor konnte sich nicht vorstellen, wie ihr zumute war. Er hatte seinen Vater wieder. Boots war gerettet. Sie würden ins Überland zurückkehren und seine Familie würde wieder vereint sein. Aber Henry war Luxas Familie gewesen, und er hatte sie den Ratten ausgeliefert. Was konnte Luxa jetzt noch empfinden?

Beim Stadion wurden die Tore aufgerissen, und unter ihnen tauchte die Stadt auf. Es wurde gejubelt und Fahnen wurden geschwenkt. Schließlich tauchte der Palast auf, und Ares steuerte im Landeflug auf die Hohe Halle zu.

Sie schwebten hinab, und die erschöpften Fledermäuse ließen sich einfach auf den Bauch fallen. Sie rutschten über den Boden, bis sie zum Stillstand kamen. Im Nu waren sie alle von Unterländern umschwärmt. Irgendwo im Gewühl sah Gregor Dulcet, wie sie Boots in den Armen wiegte und mit dem treuen Temp im Eiltempo die Halle verließ. Ein paar Leute hatten seinen Vater auf eine Trage gebettet und schleunigst weggebracht. Die Fledermäuse waren zu schwach, um zu protestieren, als auch sie weggetragen wurden. Noch viel dringender als medizinische Versorgung brauchten sie eine Ruhepause.

Gregor wehrte alle Versuche ab, ihn auf eine Trage zu legen, aber ein kaltes Tuch für seine Nase nahm er gern. Einer von ihnen musste die ganze Geschichte erzählen, und Luxa war dazu jetzt wohl kaum in der Lage.

Da stand sie, blass und verloren, den Wirbel um sie herum nahm sie gar nicht wahr. Ihre schönen violetten Augen waren ausdruckslos, und ihre Arme hingen schlaff herab. Gregor ging zu ihr, ohne sie zu berühren. Sie sollte nur wissen, dass er da war. »Es wird alles wieder gut, Luxa«, sagte er. Er wusste, dass es hohl klang.

Die Halle leerte sich, und Vikus kam auf sie zugeeilt. Ein paar Schritte vor ihnen blieb er stehen. Er hatte tiefe Sorgenfalten im Gesicht.

Gregor wusste, dass er erklären musste, was passiert war, aber er brachte nicht mehr heraus als: »Henry hat mit den Ratten unter einer Decke gesteckt. Sie hatten ihm den Thron versprochen.«

Vikus sah Luxa an und breitete die Arme aus. Sie stand immer noch wie versteinert da und starrte ihn an, als wäre er ein Wildfremder.

»Luxa, das ist dein Großvater«, sagte Gregor. Er hatte das Gefühl, dass es das einzig Richtige war, was er in diesem Moment sagen konnte. »Dein Großvater.«

Luxa blinzelte. In ihrem Augenwinkel bildete sich eine kleine Träne. Die unterschiedlichsten Regungen kämpften in ihrem Gesicht, als sie versuchte, ihre Gefühle unter Kontrolle zu halten.

Die Gefühle siegten, und zu Gregors großer Erleichterung flog sie Vikus in die Arme.

26. Kapitel

Am Ende war es Solovet, der Gregor die ganze Geschichte erzählte. Sie tauchte kurz nach Vikus auf, und nachdem sie Luxa auf die nassen Wangen geküsst hatte, umarmte sie Gregor. Im Gegensatz zu ihm machte sie sich wegen seiner Verletzungen große Sorgen. Sie brachte ihn sofort zur Krankenstation des Palastes.

Während die Ärzte sein Bein säuberten und nähten und versuchten, die Schwellung seiner Nase zu lindern, erzählte Gregor Solovet alles, was passiert war, seit sie sich verabschiedet hatten. Er erzählte von der Reise durch die ekelhaften Höhlen, von der Ankunft der Spinnen, Henrys Mordanschlag auf Ripred, Boots' Fieber, Ticks Heldentat auf der Brücke, dem Wiedersehen mit seinem Vater und der merkwürdigen Reihe von Ereignissen, mit der sich Sandwichs Prophezeiung erfüllt hatte.

Als er fertig war, fühlte er sich wie ein Ballon, aus dem

man die Luft herausgelassen hat. Er wollte nur noch seinen Vater und Boots sehen und dann schlafen. Solovet brachte ihn erst zu Boots, die in einem Zimmer mit anderen kranken Kindern lag. Sie war gebadet und gewickelt worden, und obwohl sie sich immer noch heiß anfühlte, versicherte Dulcet ihm, ihre Krankheit sei nicht bedrohlich.

»Vieles können wir noch immer nicht heilen, aber dieses hier wohl«, sagte sie beruhigend. »Sie hat nur Feuchtfieber.«

Gregor strich Boots die Locken zurück und ging weiter zu seinem Vater. Er sah schon besser aus, sein Gesicht wirkte im Schlaf entspannt. Die Unterländer hatten ihn nicht nur gebadet, sondern ihm auch Haare und Bart gekämmt. Die widerlichen Rattenfelle waren durch Kleider aus Seide ersetzt worden. Er hatte etwas zu essen und eine beruhigende Arznei bekommen.

»Und wenn er aufwacht, ist er dann wieder normal?«, fragte Gregor.

»Wenn jemand Jahre bei den Ratten verbracht hat, hinterlässt das Spuren«, sagte Solovet sanft. »Doch ob sein Geist und sein Körper heilen werden? Ich glaube, ja.«

Damit musste Gregor sich zufrieden geben. Er selbst würde nach all dem, was er im Unterland erlebt hatte, auch nicht mehr derselbe sein. Er musste damit rechnen, dass sich auch sein Vater verändert hatte.

Als er das Krankenhaus verließ, hörte er eine erleichterte Stimme rufen: »Überländer!« Mareth begrüßte ihn mit einer ungestümen Umarmung. Gregor war froh, Mareth gesund und munter zu sehen. Er hatte nur ein paar kleine Kriegsverletzungen.

»Hallo, Mareth«, sagte Gregor. »Wie sieht's aus?«

»Finster, wie immer in Kriegszeiten. Doch du hast uns das Licht zurückgebracht«, sagte er mit Bestimmtheit.

»Ach ja?«, sagte Gregor. An diesen Teil der Prophezeiung hatte er überhaupt nicht mehr gedacht.

Dem Überland-Krieger kann es gelingen,
uns allen das Licht zurückzubringen.

Also hatte er es offenbar geschafft. Er hatte das Licht zurückgebracht. Er wusste nicht, wie er das angestellt haben sollte, aber wenn Mareth es sagte, glaubten die Unterländer es wohl.

»Was für ein Licht?«, fragte er. Die Bilder in seinem Kopf blieben dunkel.

»Als die Nachricht vom Tode König Gorgers die Ratten erreichte, entstand unter ihnen ein großes Durcheinander. Wir haben sie weit ins Land des Todes hineingetrieben. Ohne Anführer haben sie keine innere Ordnung«, sagte Mareth.

»Aha. Gut«, sagte Gregor. »Hoffentlich bleibt das so.«

Mareth brachte ihn in das Zimmer, das er damals mit Boots geteilt hatte. Er badete kurz, um den Geruch nach faulen Eiern loszuwerden, der noch von dem tropfenden Tunnel an ihm hing, und dann fiel er ins Bett.

Als er aufwachte, merkte er, dass er lange geschlafen hatte. Die ersten ein bis zwei Minuten lag er noch in der Geborgenheit des Schlafs, ohne sich zu erinnern. Dann blitzte alles, was er erlebt hatte, vor seinem inneren Auge auf, und es hielt ihn nicht länger im Bett. Er badete noch einmal und aß dann das Frühstück, das in seinem Zimmer auf ihn wartete.

Er wollte gerade zur Krankenstation gehen, als Luxa hereingestürmt kam. Ihre Augen waren rot und verweint, aber sie schien wieder bei sich zu sein.

»Gregor, du musst kommen! Schnell!«, rief sie, packte ihn am Arm und zog ihn hinter sich her.

Im ersten Moment dachte er, der Palast sei angegriffen worden, aber das war es nicht.

»Es geht um Ares! Sie wollen ihn verbannen!«, keuchte Luxa, als sie zusammen durch die Flure rannten. »Er hat nichts gewusst, Gregor! Er wusste ebenso wenig wie ich von Henrys Komplott!«

»Ich weiß«, sagte Gregor.

Sie stürmten in einen Saal, den Gregor noch nicht kannte. Er sah aus wie eine kleine Arena. Mehrere hundert Menschen und Fledermäuse saßen auf Zuschauerrängen um eine Bühne herum. In der ersten Reihe saßen Mitglieder des Rates von Regalia, darunter Vikus und Solovet. Mitten auf der Bühne stand einsam und gebeugt Ares.

Als Gregor und Luxa auf die Bühne rannten, kam Aurora von den Rängen geflattert und gesellte sich zu ihnen.

»Schluss damit!«, rief Gregor und versuchte zu Atem zu kommen. »Das könnt ihr nicht machen!« Er wusste nicht genau, was es mit der Verbannung auf sich hatte, aber er erinnerte sich an Luxas Bemerkung, dass man im Unterland allein nicht lange überleben konnte. Jemand wie Ripred schaffte das vielleicht, aber den konnte man nicht mit normalen Maßstäben messen.

Als Gregor kam, standen alle auf und verneigten sich. »Willkommen, Krieger, und vielen Dank für alles, was du uns gebracht hast«, sagte Vikus. Bei diesen Worten lächelte er Gregor traurig an.

»Nichts zu danken«, sagte Gregor. »Was macht ihr hier mit Ares?«

»Wir werden über sein Schicksal abstimmen«, sagte Vikus. »Wir haben lange darüber debattiert, ob er in Henrys Komplott eingeweiht war.«

»Er war nicht eingeweiht!«, sagte Gregor. »Natürlich nicht! Dann würde ich hier nämlich nicht stehen. Als er kapiert hat, was los war, hat er mich gerettet und Henry fallen gelassen!«

»Er war mit Henry verbunden«, sagte eine große rote Fledermaus. »Es fällt schwer, an seine Unschuld zu glauben.«

»Und was ist mit meiner Unschuld?«, fragte Luxa zwischen den Zähnen. »Niemand stand Henry näher als ich. Wollt ihr mich ebenfalls verbannen?«

Ein unbehagliches Gemurmel ging durch den Saal. Alle wussten, wie eng die beiden befreundet waren, und doch war Luxa zum Opfer von Henrys Verrat geworden.

»Selbst wenn Ares vom Verdacht des Verrats freigesprochen wird, bleibt die Tatsache, dass er den Bund gebrochen hat«, sagte die rote Fledermaus. »Das allein ist Grund genug, ihn zu verbannen.«

»Und wenn man feststellt, dass man mit einem ganz üblen Schurken verbunden ist?«, fragte Gregor. »Ich finde, dafür müsste es eine Ausnahmeregelung geben.«

Einige Mitglieder des Rates begannen in Stapeln alter Schriftrollen zu wühlen, als hofften sie, dort eine Antwort auf Gregors Frage zu finden. Andere wollten Ares eindeutig an den Kragen.

»Ob er wegen Verrats oder wegen Bruchs des Bundes verbannt wird, ist mir einerlei. Ich will ihn nur weghaben. Wer von uns könnte ihm je wieder trauen?«, rief eine Frau.

Ein Tumult erhob sich in der Arena. Ares schien unter dem Gewicht der Angriffe noch mehr in sich zusammenzusinken.

Gregor wusste nicht, was er machen sollte. Er konnte nicht tatenlos zusehen, wie Ares ins Land des Todes gejagt wurde, um sich dort allein durchzuschlagen. Aber wie konnte Gregor sie überzeugen?

Die rote Fledermaus wiederholte die letzten Worte der Frau: »Ja, wer von uns könnte ihm je wieder trauen?«

»Ich!«, schrie Gregor plötzlich und brachte die Menge damit augenblicklich zum Schweigen. »Ich vertraue ihm bei meinem Leben!« Und dann wusste er, was er zu tun hatte.

Er lief zu Ares und reichte ihm die Hand. Ares hob verwirrt den Kopf, dann verstand er. »O nein, Überländer«, flüsterte er. »Ich bin es nicht wert, das anzunehmen.«

Gregor fasste mit der rechten Hand die Kralle an Ares' linkem Flügel. Man hätte eine Stecknadel fallen hören können, als er die Worte sprach.

»Ares der Flieger, mein Los ist deins«,

das war die einzige Zeile des Schwurs, an die er sich erinnern konnte, aber Luxa stand hinter ihm und flüsterte ihm die Worte zu.

»Wir sind zwei, unser Leben und Tod sind eins.
Ob sich Flammen, Kriege oder Kämpfe erheben«,

und für die letzte Zeile brauchte Gregor keine Souffleuse.

»Ich werde dich retten wie mein Leben.«

Ares schöpfte wieder ein wenig Hoffnung. Wenn sich der Krieger mit ihm verband, war das noch keine Garantie dafür, dass er der Verbannung entkommen würde, aber der Rat konnte auch nicht einfach darüber hinweggehen. Ares zögerte.

»Sag es«, flüsterte Gregor. »Erwidere den Schwur.«

Und schließlich gehorchte Ares.

»Gregor der Mensch, mein Los ist deins,
wir sind zwei, unser Leben und Tod sind eins.
Ob sich Flammen, Kriege oder Kämpfe erheben,
ich werde dich retten wie mein Leben.«

Gregor trat zurück und wandte sich zum Publikum. Ares' Kralle hielt er immer noch fest. Gregor sprach mit einer bisher ungekannten Kraft. »Ich bin der Krieger. Ich bin der Sohn der Sonne. Wer von euch wagt es, Ares, den mit mir Verbundenen, zu verbannen?«

27. Kapitel

Es gab Ärger und Streit und es wurde über das Gesetz hin und her geredet, aber am Ende konnten sie Ares nicht verbannen. Die Tatsache, dass Gregor sich mit ihm verbunden hatte, wog schwerer, als Gregor erwartet hatte.

Ein alter Mann wühlte immer noch wild in seinen Schriftrollen, bis Vikus zu ihm sagte: »Du brauchst nicht weiter zu suchen, ein solcher Fall ist noch nie da gewesen.«

Gregor wandte sich zu seiner Fledermaus. »Tja, ich werde wohl nicht mehr lange bei euch sein.«

»Das kümmert mich nicht«, sagte Ares. »Solange ich fliegen kann, werde ich immer für dich hier sein.«

Als sich die Aufregung gelegt hatte, marschierte Gregor schnurstracks zur Krankenstation. Bevor er das Zimmer seines Vaters betrat, versuchte er sich auf alles gefasst zu machen. Er hatte Angst, sein Vater könnte einen Rückfall erlitten haben. Doch als er hineinging, erwartete ihn ein fröhliches Bild. Sein Vater saß im Bett und lachte, als Boots ihn mit Keksen zu füttern versuchte.

»Hallo, Dad«, sagte Gregor lächelnd.

»Oh, Gregor«, sagte sein Vater und strahlte. Er breitete die Arme aus, und Gregor warf sich hinein und hielt seinen Vater ganz fest. Er hätte ihn am liebsten nie mehr losgelassen, aber Boots zerrte an ihm.

»Nein, Ge-go. Da-da Kekse essen«, sagte sie.

»Die Krankenschwester hat ihr gesagt, sie soll mich zum Essen anhalten, und sie nimmt diese Aufgabe sehr ernst«, sagte sein Vater lächelnd.

»Geht's dir gut?«, fragte Gregor, ohne ihn loszulassen.

»Ach, noch ein paar anständige Mahlzeiten, dann bin ich wieder ganz der Alte«, sagte sein Vater. Sie wussten beide, dass es so einfach nicht sein würde. Das Leben würde nie wieder so sein, wie es einmal war, aber sie würden ihr Leben wiederhaben, und zwar zusammen.

Die nächsten Stunden verbrachte Gregor nur mit seinem Vater, Boots und Temp, der hereinkam, um nach der Prinzessin zu sehen. Gregor hätte seinen Vater nicht nach seinem Martyrium gefragt, aber offenbar wollte er darüber sprechen. »In der Nacht, als ich gefallen bin, konnte ich nicht schlafen. Da bin ich in den Wäschekeller gegangen, um ein bisschen Saxophon zu spielen. Ich wollte niemanden wecken.«

»Wir sind auch von dort aus gefallen!«, sagte Gregor. »Durch den Luftschacht.«

»Genau. Das Gitter hat plötzlich geklappert«, erzählte sein Vater. »Als ich nachsehen wollte, was los war, wurde ich sofort eingesaugt und bin hier gelandet. Weißt du, hier gibt es so ein merkwürdiges Phänomen der Luftströme …« Und dann sprach sein Vater zwanzig Minuten darüber, was es mit dem Luftstrom physikalisch auf sich hatte. Gregor verstand kein Wort, aber er genoss es, seinem Vater zuzuhören.

»Ich war schon wochenlang in Regalia und wurde ganz verrückt vor Sehnsucht nach euch. Da hab ich eines Nachts mit ein paar Taschenlampen und einem Luftgewehr aus dem Museum einen Fluchtversuch gewagt. Aber die Ratten haben mich erwischt, ehe ich die Wasserstraße erreicht hatte.« Er schüttelte den Kopf.

»Wieso haben sie dich am Leben gelassen?«, fragte Gregor.

»Das hatte nichts mit mir zu tun. Es lag an dem Gewehr. Als ich keine Munition mehr hatte, haben sie mich eingeholt. Eine von ihnen fragte nach dem Gewehr, und da hab ich einfach das Blaue vom Himmel runtererzählt. Ich hab ihnen weisgemacht, ich könnte Gewehre bauen, und deshalb haben sie beschlossen mich am Leben zu lassen. Ich hab meine Tage damit verbracht, Waffen zu bauen, die ich benutzen konnte, die aber auseinander fielen, sobald die Ratten sie anfassten. Eine Armbrust, eine Schleuder, einen Mauerbrecher. Gut, dass du endlich gekommen bist. Ich glaube, sie hatten allmählich den Verdacht, dass ich nie irgendwas bauen würde, das zweimal funktioniert«, sagte sein Vater.

»Ich weiß nicht, wie du das ausgehalten hast«, sagte Gregor.

»Ich hab einfach immer daran geglaubt, dass ich eines Tages wieder nach Hause komme«, sagte sein Vater. Ein Schatten glitt über sein Gesicht, und er hatte große Mühe, die nächste Frage zu stellen. »Und wie geht es deiner Mutter?«

»Im Moment wahrscheinlich nicht so besonders«, sagte Gregor. »Aber wenn wir dich zurückbringen, ist alles wieder gut.«

Sein Vater nickte. »Und wie geht's dir?«

Gregor sprach nicht über seine Probleme, er erzählte nur von den angenehmen Sachen. Er erzählte vom Laufen und von der Schule und von seinem Saxophonauftritt in der Carnegie Hall. Er sagte nichts von Spinnen und Ratten und was er alles durchgemacht hatte, seit sein Vater verschwunden war.

Den ganzen Nachmittag spielten sie mit Boots, sie versuchten sich gegenseitig zu füttern und sie fassten sich immer wieder ohne besonderen Grund an.

Schließlich kam Dulcet und bestand darauf, dass sein Vater und Boots Ruhe brauchten. Als Gregor in den Palast zurückkehrte, war er glücklicher, als er in den letzten zwei

Jahren, sieben Monaten und es-kam-nicht-mehr-darauf-an-wie-vielen Tagen gewesen war. Jetzt konnte er die Regel vergessen. Für immer. Selbst wenn wieder einmal schlechte Zeiten kommen sollten, würde er nicht von vornherein die Möglichkeit ausschließen, dass es eine glücklichere Zukunft geben könnte. Er würde es sich erlauben zu träumen.

Auf dem Weg ins Bett kam er an dem Raum vorbei, in dem man ihn in der Nacht seines Fluchtversuchs gefangen gehalten hatte. Darin saß Vikus allein am Tisch, um sich herum stapelweise Schriftrollen und Karten. Seine Miene hellte sich auf, als er Gregor sah, und er winkte ihn herein.

»Komm, komm, seit du zurück bist, haben wir noch nicht gesprochen«, sagte er eifrig. »Wie geht es deinem Vater?«

»Besser. Viel besser«, sagte Gregor und setzte sich Vikus gegenüber.

»Und der Prinzessin?«, fragte Vikus lächelnd.

»Es geht ihr gut. Das Fieber ist weg«, sagte Gregor.

Eine Weile saßen sie da und wussten nicht, wo sie anfangen sollten.

»Also, Krieger … du bist gesprungen«, sagte Vikus.

»Ja, das kann man wohl sagen.« Gregor grinste. »Ein Glück, dass Ares da war.«

»Auch für Ares war es ein Glück«, sagte Vikus. »Ein Glück für uns alle. Weißt du, dass die Ratten auf dem Rückzug sind?«

»Mareth hat's mir erzählt«, sagte Gregor.

»Ich glaube, der Krieg hat bald ein Ende«, sagte Vikus. »Die Ratten haben begonnen, einander im Kampf um den Thron zu zerfleischen.«

»Was ist mit Ripred?«, fragte Gregor.

»Ich habe von ihm gehört. Er versammelt im Land des Todes eine Gruppe von Ratten, die seiner Sache gewogen sind. Er wird es nicht leicht haben, die Führung zu übernehmen. Zuerst muss er die anderen Ratten davon überzeugen, dass Frieden erstrebenswert ist, und das wird ein zäher Kampf. Doch Ripred ist keiner, den man einfach übergehen könnte«, sagte Vikus.

»Allerdings«, sagte Gregor. »Sogar die anderen Ratten haben Angst, gegen ihn zu kämpfen.«

»Aus gutem Grund. Niemand kann ihn besiegen«, sagte Vikus. »Ah, das erinnert mich an etwas. Ich habe noch etwas für dich. Auf der Reise hast du mehrmals erwähnt, dass dir ein Schwert fehlt. Der Rat bittet mich, dir dies zu überreichen.«

Vikus fasste unter den Tisch und holte einen länglichen Gegenstand hervor, der in dicke Seide gehüllt war. Gregor wickelte sie auseinander und fand darin ein atemberaubend schönes, mit Juwelen besetztes Schwert.

»Es hat Bartholomäus von Sandwich persönlich gehört. Es ist der Wunsch meines Volkes, dass du es annimmst«, sagte Vikus.

»Das geht nicht«, sagte Gregor. »Ich meine, es ist zu

wertvoll, und außerdem erlaubt meine Mutter noch nicht mal, dass ich ein Taschenmesser habe.« Das stimmte. Sein Onkel hatte ihm zum zehnten Geburtstag ein ungefähr fünfzehnteiliges Taschenmesser geschenkt. Seine Mutter hatte es weggelegt und wollte es ihm erst geben, wenn er einundzwanzig war.

»Ich verstehe«, sagte Vikus. Er schaute Gregor genau an. »Vielleicht würde sie es erlauben, wenn dein Vater es für dich verwahren würde.«

»Vielleicht. Aber da ist noch was …«, sagte Gregor. Doch er wusste nicht, wie er es sagen sollte. Es war der Hauptgrund dafür, dass er den Gegenstand auf dem Tisch nicht berühren wollte. Es hatte mit Tick und Treflex und Gox zu tun und mit all den Lebewesen, die er auf der Rückreise leblos hatte daliegen sehen. Es hatte sogar mit Henry und den Ratten zu tun. Vielleicht war er nicht schlau genug, um zu verstehen, worum es ging. Aber Gregor dachte sich, man hätte doch auch eine Lösung finden müssen, bei der nicht so viele ums Leben gekommen wären.

»Ich hab so getan, als wär ich der Krieger, weil ich meinen Vater finden wollte«, sagte Gregor. »Aber ich will kein Krieger sein. Ich will so sein wie Sie.«

»Ich habe in vielen Schlachten gekämpft, Gregor«, sagte Vikus vorsichtig.

»Ich weiß, aber Sie legen es nicht darauf an. Erst mal versuchen Sie, die Probleme auf andere Weise zu lösen.

Sogar mit den Spinnen. Und mit Ripred«, sagte Gregor. »Sie versuchen es sogar, wenn die anderen glauben, dass Sie auf dem falschen Weg sind.«

»Nun denn, dann weiß ich, was ich dir gern schenken würde, doch das kannst du nur selbst finden«, sagte Vikus.

»Was denn?«, fragte Gregor.

»Hoffnung«, sagte Vikus. »Es wird Zeiten geben, da sie sehr schwer zu finden ist. Zeiten, da es leichter sein wird, den Hass zu wählen. Doch um Frieden zu schaffen, bedarf es zunächst der Hoffnung, dass er möglich ist.«

»Glauben Sie nicht, dass ich das kann?«, fragte Gregor.

»Im Gegenteil, ich habe große Hoffnung, dass du es kannst«, sagte Vikus mit einem Lächeln.

Gregor schob das Schwert über den Tisch zu Vikus. »Sagen Sie ihnen meinen Dank, aber dass ich es nicht annehmen kann.«

»Du kannst dir nicht vorstellen, wie gern ich diese Botschaft überbringen werde«, sagte Vikus. »Und jetzt musst du ruhen. Morgen steht dir eine Reise bevor.«

»Ja? Wohin? Doch nicht wieder ins Land des Todes?«, fragte Gregor und fühlte sich ein wenig elend.

»Nein, ich glaube, es ist an der Zeit, dass wir dich nach Hause schicken«, sagte Vikus.

Sie stellten ein zusätzliches Bett in das Zimmer seines Vaters, damit Gregor und Boots in seiner Nähe schlafen konnten. Jetzt, da er nach Hause zurückkehren würde, erlaubte Gregor es sich, an Lizzie und seine Großmutter und vor allem an seine Mutter zu denken. Ob alles in Ordnung sein würde, wenn er nach Hause kam? Er dachte an das Gespräch mit Vikus und versuchte das Beste zu hoffen.

Sobald sein Vater und Boots wach waren, brachte man sie zum Kai, wo Gregor in der ersten Nacht seinen Fluchtversuch gestartet hatte. Einige Unterländer hatten sich versammelt, um sie zu verabschieden.

»Ares wird euch zum Tor über der Wasserstraße bringen«, sagte Vikus. »Von dort bis zu eurem Haus ist es nicht weit.«

Mareth drückte Gregor einen Stapel Papier in die Hand. Gregor sah, dass es Geld war. »Ich habe es aus dem Museum genommen. Vikus sagte, ihr werdet es brauchen, um im Überland zu reisen.«

»Danke«, sagte Gregor. Er hätte gern gewusst, wo der Ausgang im Verhältnis zu ihrer Wohnung lag. Aber das würde er wohl bald herausfinden.

»Der Weg ist jetzt sicher, aber ihr solltet nicht zaudern. Wie ihr wisst, können sich die Dinge im Unterland schnell verändern«, sagte Solovet.

Gregor wurde sich plötzlich bewusst, dass er diese Leute nie wiedersehen würde. Er war selbst überrascht, wie sehr sie ihm fehlen würden. Sie hatten eine Menge zusammen durchgemacht. Er umarmte alle zum Abschied. Als er zu Luxa kam, überlegte er, ob er ihr vielleicht nur die Hand geben sollte, doch dann umarmte er auch sie. Sie erwiderte seine Umarmung sogar, ein wenig steif zwar, aber schließlich war sie ja auch eine Königin.

»Und wenn ihr zufällig mal im Überland seid, meldet euch«, sagte Gregor.

»Vielleicht treffen wir uns hier eines Tages wieder«, sagte Luxa.

»Na, ich weiß nicht. Meine Mutter gibt mir wahrscheinlich für den Rest meines Lebens Hausarrest, damit mir nichts mehr passieren kann«, sagte Gregor.

»Was bedeutet das, Hausarrest?«, fragte Luxa.

»Dass ich die Wohnung nicht mehr verlassen darf«, sagte Gregor.

»Davon ist in der nächsten Prophezeiung nicht die Rede«, sagte Luxa nachdenklich.

»Was? Was für eine Prophezeiung ist das?«, fragte Gregor und spürte Panik in sich aufsteigen.

»Hat Vikus dir nichts davon erzählt? Sie folgt auf ›Die graue Prophezeiung‹«, sagte Luxa.

»Aber da komm ich nicht drin vor. Oder? Nein, oder? Vikus?«, sagte Gregor.

»Oh, ihr müsst auf der Stelle los, wenn ihr die Strömung nehmen wollt«, sagte Vikus, setzte ihm die Trage mit Boots auf die Schultern und führte ihn zu Ares, der schon Gregors Vater auf dem Rücken trug.

»Was verheimlichen Sie mir? Was ist das für eine Prophezeiung?«, fragte Gregor noch einmal, als er auf Ares' Rücken gehoben wurde.

»Ach, die«, sagte Vikus leichthin. »Sie ist sehr unklar. Seit Jahrhunderten kann sie niemand erklären. Fliege hoch, Gregor der Überländer.« Auf ein Zeichen von Vikus breitete Ares die Schwingen aus.

»Aber was ist es denn? Was steht drin?«, rief Gregor, als sie sich in die Lüfte erhoben.

»Tschüs, Temp! Bis bald!«, rief Boots und winkte fröhlich.

»Nein, Boots, nein! Wir kommen nicht zurück«, sagte Gregor.

Das Letzte, was Gregor sah, als sie den Palast verließen, war Vikus, der ihnen nachwinkte. Ganz sicher war er sich nicht, aber er meinte den alten Mann rufen zu hören: »Auf bald!«

Es ging wieder den Fluss hinab, aber diesmal flog er auf Ares' starkem Rücken über das aufgewühlte Wasser. Bald kamen sie zu dem Strand, wo er Fangor und Shed begegnet war. Er sah kurz die schwarze Erde, wo das Feuer gewütet hatte.

Zehn Minuten später mündete der Fluss in etwas, das entweder ein Meer oder der größte See war, den Gregor je gesehen hatte. Riesige Wellen rollten über die Wasseroberfläche und brachen an felsigen Stränden.

Zwei Wachen auf Fledermäusen tauchten auf und geleiteten sie übers Wasser. Gregor sah keine Ratten, aber wer wusste schon, was hier sonst noch alles auf einen Leckerbissen wartete. Aus dem Augenwinkel sah er einen sieben Meter langen gezackten Schwanz, der kurz aus dem Wasser schnellte und dann wieder in die Tiefe tauchte. Lieber gar nicht fragen, dachte er.

Die Wachen hielten ihre Stellung, als Ares in einen riesigen Steinkegel flog und darin immer höher stieg. Am Boden hatte er einen Durchmesser von mehreren Kilometern. Ein seltsamer nebliger Wind schien sie hinaufzublasen. Bestimmt die Strömungen, dachte Gregor.

Je höher sie kamen, desto enger wurden die Kreise, die Ares flog. In der Spitze musste er die Flügel anlegen, um sich durch die Öffnung zu zwängen.

Plötzlich sausten sie durch Tunnels, die Gregor vertraut vorkamen. Sie waren nicht aus Stein, sondern aus Beton, und Gregor wusste, dass sie jetzt bald zu Hause waren. Ares landete auf einer verlassenen Treppe und machte eine Kopfbewegung nach oben.

»Weiter kann ich euch nicht begleiten«, sagte Ares. »Hier kommt ihr nach Hause. Fliege hoch, Gregor der Überländer.«

»Fliege hoch, Ares«, sagte Gregor. Er schloss die Hand fest um Ares' Kralle. Dann ließ er los. Die Fledermaus verschwand in die Dunkelheit.

Gregor musste seinem Vater eine lange Treppe hinaufhelfen. Oben in der Decke war eine Steinplatte. Als Gregor sie zur Seite schob, schlug ihm eine Woge frischer Luft ins Gesicht. Er zog sich hinaus, und seine Finger fanden Gras. »Wahnsinn«, sagte er und half seinem Vater schnell heraus. »Guck mal!«

»Mond«, sagte Boots fröhlich und zeigte zum Himmel.

»Ja, der Mond, Kleine. Guck mal, Dad, da ist der Mond!« Sein Vater war von dem Aufstieg zu erschöpft, um zu antworten. Eine ganze Weile saßen sie einfach im Gras und bewunderten den schönen Nachthimmel. Gregor schaute sich um und erkannte an der Skyline, dass sie im Central Park waren. Gleich hinter einer Baumreihe hörte er den Verkehr rauschen. Er schob die Steinplatte wieder auf die Öffnung und half seinem Vater auf.

»Komm, wir nehmen ein Taxi. Wollen wir jetzt zu Mama, Boots?«, fragte er.

»Jaaa!«, sagte Boots ohne Zögern. »Zu Mama.«

Es musste sehr spät sein. Ein paar Restaurants waren noch geöffnet, aber die Straßen waren fast menschenleer. Das war ganz gut so, denn in ihren Unterlandkleidern sahen sie ziemlich komisch aus.

Gregor hielt ein Taxi an und sie quetschten sich auf die Rückbank. Entweder achtete der Fahrer nicht darauf, wie sie aussahen, oder es war ihm egal. Er hatte wahrscheinlich schon vieles gesehen.

Gregor drückte sich die Nase am Fenster platt und sog die Häuser, die Autos und die Lichter ein. All die wunderbaren Lichter! Die Zeit, bis sie zu Hause waren, verging wie im Flug. Gregor zahlte und gab dem Taxifahrer ein dickes Trinkgeld.

An der Haustür holte Gregors Vater den Schlüsselanhänger heraus, den Gregor ihm gebastelt hatte. Mit zitternden Fingern breitete er die Schlüssel aus und fand den richtigen. Der Aufzug war ausnahmsweise einmal nicht kaputt und sie fuhren hinauf zu ihrer Etage.

Leise machten sie die Wohnungstür auf, weil sie niemanden wecken wollten. Gregor sah die schlafende Lizzie auf dem Sofa. Aus dem Schlafzimmer hörte er seine Großmutter im Schlaf murmeln, also ging es ihr gut.

In der Küche brannte Licht. Reglos wie eine Statue saß seine Mutter am Küchentisch. Sie hatte die Hände gefaltet und starrte auf einen kleinen Fleck auf der Tischdecke. Unzählige Abende hatte Gregor sie so dasitzen sehen, nachdem sein Vater verschwunden war. Er wusste nicht, was er sagen sollte. Er wollte ihr keine Angst einjagen, sie erschrecken oder ihr noch mehr Schmerz bereiten.

Deshalb trat er ins Küchenlicht und sagte das, was sie am liebsten von allem hören wollte.

»Hallo, Mom. Wir sind wieder zu Hause.«

Danksagung

An erster Stelle möchte ich dem hervorragenden Kinderbuchautor James Proimos danken. Ohne seine Unterstützung und Großzügigkeit hätte ich nie mit dem Schreiben angefangen. Ich bin ihm sehr dankbar dafür, dass er mich unserer gemeinsamen Agentin Rosemary Stimola vorgestellt hat. Von Lektoren habe ich gehört, sie sei die Beste in ihrer Branche, und ich habe daran keinen Zweifel. Bevor ich sie kennen lernte, hat mich mein Anwalt Jerold Coutute viele Jahre lang geschickt durch die dornigen Wege des Unterhaltungsgeschäfts geleitet, und dafür werde ich ihm immer dankbar sein.

Besonders erwähnen möchte ich Jane und Michael Collins, meine Eltern und zufälligerweise auch das beste Rechercheteam weltweit. Sie haben mir bei der Planung des Lebens in und außerhalb von Büchern geholfen.

Unter mehreren befreundeten Autoren möchte ich zwei besonders erwähnen. In einem frühen Stadium dieses Buchs hatte ich ein Gespräch mit Christopher Santos, das mir den richtigen Weg wies. Richard Register, ich ver-